O CAMINHO DO GUERREIRO PACÍFICO

DAN MILLMAN

O CAMINHO DO GUERREIRO PACÍFICO

A Redescoberta do Verdadeiro Significado da Vida

Tradução

Terezinha Batista dos Santos

Editora Pensamento
SÃO PAULO

Título do original: *Way of the Peaceful Warrior – A Book that Changes Lives.*

Publicado originalmente nos Estados Unidos por HJ Kramer, Inc., em conjunto com New World Library.

3ª edição 2025.

Editor: Adilson Silva Ramachandra
Gerente editorial: Roseli de S. Ferraz
Gerente de produção editorial: Indiara Faria Kayo
Preparação de originais: Alessandra Miranda de Sá
Editoração eletrônica: Ponto Design Gráfico
Revisão: Claudete Agua de Melo

Dados Internacionais de Catalogação na Publicação (CIP)
(Câmara Brasileira do Livro, SP, Brasil)

Millman, Dan
O caminho do guerreiro pacífico : a redescoberta do verdadeiro significado da vida / Dan Millman ; tradução Terezinha Batista dos Santos. -- 3. ed. -- São Paulo : Editora Pensamento, 2025.

Título original: Way of the peaceful warrior : a book that changes lives
Bibliografia.
ISBN 978-85-315-2427-1

1. Millman, Dan, 1946 - 2. Vida espiritual I. Título.

25-263451 CDD--204.4

Índices para catálogo sistemático:

1. Desenvolvimento pessoal : Vida espiritual 204.4

Cibele Maria Dias - Bibliotecária - CRB-8/9427

Direitos de tradução para a língua portuguesa adquiridos com exclusividade pela
EDITORA PENSAMENTO-CULTRIX LTDA., que se reserva a
propriedade literária desta tradução.
Rua Dr. Mário Vicente, 368 – 04270-000 – São Paulo – SP – Fone: (11) 2066-9000
http://www.editorapensamento.com.br
E-mail: atendimento@editorapensamento.com.br
Foi feito o depósito legal.

Ao Supremo Guerreiro da Paz,
de quem Sócrates é apenas um reflexo fugaz
– Aquele que não tem um nome, mas muitos,
e que é a Origem de todos nós.

Guerreiros, guerreiros, assim nos chamamos.
Lutamos pela gloriosa virtude, por elevadas aspirações,
pela sublime sabedoria, por isso nos chamamos guerreiros.
– Aunguttara Nikaya

Sumário

AGRADECIMENTOS

A vida me abençoou com inúmeros mestres e influências orientadoras e, cada um à sua maneira, contribuiu para eu escrever este livro. Entre eles, e não por último, estão os meus pais, Herman e Vivian Millman, que me alimentaram com seu amor, confiança e sacrifício, e o meu editor, Hal Kramer, que confiou em sua luz interior e no seu instinto e deu uma oportunidade a este livro. Agradeço também à coeditora Linda Kramer, pelo seu pródigo apoio e apaixonada integridade; a Marc Allen, Jason Gardner e à equipe da New World Library, cuja perícia na área de publicações criou uma vibrante plataforma de lançamento para o meu livro no seu vigésimo ano e depois.

Desde o início, Charlie Winton e a equipe do Publishers Group West propiciaram um elo instrumental entre autor, editor e o público. Seu excelente trabalho muitas vezes não é proclamado, mas os seus esforços são a chave para muitos autores, sendo muito apreciados por este aqui. Também agradeço aos meus agentes Michael Larsen e Elizabeth Pomada.

E, por último, mas sempre em primeiro lugar, meu amor permanente e gratidão eterna para Joy – minha esposa, companheira, amiga, professora, valente editora e a mais leal protetora – uma bênção em minha vida e um anjo da guarda para o meu espírito.

E, naturalmente, a Soc.

PREFÁCIO

Uma extraordinária série de acontecimentos em minha vida teve início em dezembro de 1966, durante meu penúltimo ano na Universidade da Califórnia, em Berkeley. Tudo começou às três e vinte da madrugada, quando topei pela primeira vez com Sócrates, num posto de gasolina que fica aberto a noite inteira. (Ele não disse seu verdadeiro nome, mas depois de passarmos algum tempo juntos naquela primeira noite, segui um impulso e dei-lhe o nome do grande sábio grego; ele gostou e o nome pegou.) Esse encontro casual e as aventuras subsequentes iriam transformar minha vida.

Os anos anteriores a 1966 tinham me favorecido. Criado por pais amorosos em ambiente tranquilo, ganhei o Campeonato Mundial de Acrobacia em Londres, viajei pela Europa e recebi muitas homenagens. A vida proporcionava recompensas, mas paz ou satisfação duradouras, não.

Hoje, percebo que de alguma maneira eu estivera adormecido durante todos aqueles anos, apenas sonhando que estava acordado – até conhecer Sócrates, que iria se tornar meu mentor e amigo. Antes disso, eu sempre achava que uma existência de bom nível, prazeres e sabedoria eram um direito meu inato e me seriam automaticamente concedidos com o passar do tempo. Jamais desconfiei que teria de aprender como viver – que havia disciplinas e modos específicos de ver o mundo, que eu precisaria dominar antes de poder despertar para uma vida simples, feliz e descomplicada.

Sócrates apontou os erros do meu caminho, comparando-os com o caminho *dele*, o Caminho do Guerreiro Pacífico. Costumava zombar de minha vida séria, problemática e cheia de preocupações, até que passei a enxergar através de seus olhos de sabedoria, compaixão e humor. E ele não descansou enquanto não descobri o significado da vida de guerreiro.

Eu costumava me sentar com ele ao amanhecer – ouvia-o, questionava-o e, sem querer, ria com ele. Esta história baseia-se na minha aventura, mas é um romance. O homem a quem dei o nome de Sócrates realmente existiu. Contudo, ele tinha uma maneira de fundir-se com o mundo que às vezes tornava difícil dizer onde terminava ele e onde começavam os outros mestres e as experiências de vida. Tomei certas liberdades com os diálogos e com algumas sequências de tempo, e salpiquei a história com casos e metáforas, a fim de ressaltar as lições que Sócrates gostaria que eu transmitisse.

A vida não é um assunto particular. Uma história e suas lições só se tornam úteis quando compartilhadas. Assim, decidi homenagear meu mestre compartilhando com o leitor a sua sabedoria e seu perspicaz senso de humor.

O POSTO DE GASOLINA NO FIM DO ARCO-ÍRIS

A vida começou, pensei, acenando para meus pais e afastando-me no meu velho e fiel Valiant, com a carroceria branca e desbotada, abarrotada com a bagagem que eu estava levando para o meu primeiro ano de faculdade. Sentia-me forte, independente, pronto para tudo.

Cantarolando mais alto que a música que tocava no rádio, tomei a direção norte, percorrendo as rodovias de Los Angeles; atravessei Grapevine, com conexão para a Via 99, que me levaria pelas verdejantes planícies agrícolas que se estendem até o sopé das montanhas de San Gabriel.

Pouco antes do entardecer, depois de descer as estradas sinuosas das colinas de Oakland, deparei com a visão bruxuleante da baía de San Francisco. Minha excitação aumentou ao aproximar-me do *campus* de Berkeley.

Depois de encontrar o meu alojamento, desfiz as malas e, da janela, contemplei a paisagem: a Golden Gate e as luzes de San Francisco cintilavam em meio à escuridão.

Cinco minutos depois eu estava andando pela Telegraph Avenue, contemplando as vitrines, aspirando o ar puro do norte da Califórnia, deliciando-me com os aromas que saíam dos pequenos cafés. Encantado com tudo, caminhei pelas calçadas e pelos jardins do *campus*, até depois da meia-noite.

Na manhã seguinte, logo depois do café da manhã, fui até o ginásio Harmon, onde treinaria seis dias por semana, durante quatro horas muito suadas, forçando os saltos mortais e os músculos, perseguindo o meu sonho de tornar-me um campeão.

Passaram-se dois dias e eu já estava mergulhado num mar de pessoas, papéis e aulas. Logo os meses se fundiram, sucedendo-se suavemente como as brandas estações californianas. Eu sobrevivia nas aulas e florescia nos exercícios. Certa vez, um amigo me disse que eu nasci para ser acrobata. Sem dúvida, eu tinha a aparência de um deles: sou bem-apessoado, tenho cabelos castanhos e curtos, sou magro porém forte. Sempre tive inclinação para acrobacias temerárias; mesmo quando criança, gostava de desafiar os limites do medo. A sala de ginástica tornou-se o meu santuário, onde eu encontrava emoção, desafio e algum prazer.

Ao final dos primeiros dois anos, eu já estivera na Alemanha, na França e na Inglaterra, representando a Federação de Ginástica dos Estados Unidos. Ganhei o Campeonato Mundial de Acrobacia; meus troféus estavam amontoados num canto do meu quarto; minha fotografia aparecia com tanta regularidade no *Daily Californian* que as pessoas começavam a reconhecer-me; e minha reputação crescia. As mulheres sorriam para mim. Susie, uma amiga de inesgotável simpatia, de cabelos louros e um sorriso maravilhoso, fazia-me visitas carinhosas, cada vez mais frequentes. Até nos estudos eu ia bem! Sentia-me no topo do mundo.

Contudo, no início do outono de 1966, meu penúltimo ano na faculdade, alguma coisa ainda obscura e impalpável começou a tomar forma. Nessa época, eu já tinha deixado o alojamento e estava morando sozinho (em um pequeno apartamento atrás da casa do meu locador). Eu sentia uma melancolia crescente, não obstante todas as minhas conquistas. Pouco depois, começaram os pesadelos. Quase todas as noites, eu acordava sobressaltado e suando. Quase sempre o sonho era o mesmo:

Eu caminhava por uma rua escura; prédios altos, sem portas nem janelas, agigantavam-se à minha volta, em meio à névoa turbilhonante e misteriosa.

Um vulto alto e com roupas escuras aproximava-se de mim. Eu sentia mais do que via o espectro deprimente, uma caveira branca e cintilante, cujas órbitas negras fitavam-me em silêncio mortal. Um dedo de ossos brancos apontava para mim; os nós dos dedos transformavam-se numa garra, e eu era chamado. Eu ficava petrificado.

Um homem de cabelos brancos surgia por trás daquele terror encapuzado; seu rosto era calmo e sem rugas. Os passos silenciosos. De alguma forma, sentia que ele era minha única esperança; ele tinha o poder de me salvar, mas não me via e eu não conseguia chamá-lo.

Zombando do meu medo, a Morte, de capuz negro, rodopiava e encarava o homem de cabelos brancos, que, por sua vez, soltava uma risada. Eu observava tudo, aterrorizado. A Morte, furiosa, tentava agarrar o homem. Em seguida o espectro lançava-se na minha direção, mas o ancião segurava-o pelo manto e sacudia-o no ar.

De repente o Ceifeiro Implacável desaparecia. O homem de reluzentes cabelos brancos olhava para mim e estendia as mãos, num gesto de acolhida. Eu caminhava na direção dele, diretamente para dentro dele, dissolvendo-me em seu corpo. Olhei para mim e vi que estava usando um manto negro. Ergui as mãos e vi meus ossos nodosos e descorados unidos em oração.

Eu acordava com a respiração ofegante.

Certa noite, no começo de dezembro, eu estava deitado na cama, ouvindo o vento que entrava por uma pequena fresta da janela do meu apartamento. Sem poder dormir, vesti meus *jeans* desbotados, camiseta, tênis e jaqueta, e saí para andar pela noite. Eram três e cinco da madrugada.

Caminhei sem rumo, aspirando profundamente o orvalho frio, contemplando o céu salpicado de estrelas, prestando atenção aos possíveis e raros sons nas ruas silenciosas. Senti fome e me dirigi para um posto de gasolina que ficava aberto a noite inteira, a fim de comprar biscoitos e um refrigerante. Mãos nos bolsos, atravessei o *campus* correndo, passei pelas casas escuras, e só parei ao ver as luzes do posto, um oásis de néon brilhante em meio à solidão e à penumbra de lanchonetes, lojas e cinemas fechados.

Contornei a garagem junto ao posto e quase caí em cima de um homem que estava sentado nas sombras, a cadeira encostada na parede de tijolos vermelhos. Recuei sobressaltado. Ele usava um boné vermelho de lã, calça cinza de veludo cotelê, meias brancas e sandálias japonesas. Parecia aquecido com um blusão fino de couro, embora o termômetro na parede atrás dele registrasse três graus.

Sem erguer a cabeça, ele disse com uma voz forte, quase musical:

— Desculpe se o assustei.

— Oh, tudo bem. Você tem soda Pop?

— Só suco de fruta. E não me chame de pop![*] — Ele virou-se para mim e, com um meio sorriso, tirou o boné e revelou reluzentes cabelos brancos. Então começou a rir.

Aquela risada! Por um instante fitei-o confuso. Era o velho que eu via nos meus sonhos! Os cabelos brancos, o rosto sereno e sem rugas, a estatura e a aparência de um homem de 50 ou 60 anos. Ele riu novamente. Ainda confuso, não sei como consegui chegar à porta onde se lia: "Escritório". Abri. Senti outra porta abrir-se, juntamente com a primeira, para uma outra dimensão. Desabei em um sofá velho e estremeci, imaginando o que poderia surgir por essa porta e entrar em meu mundo disciplinado. O medo misturava-se com um estranho fascínio que eu não conseguia compreender. Fiquei ali sentado, ofegante, tentando recobrar o controle sobre a minha realidade habitual.

---

[*] Trocadilho com *soda Pop* (efervescente), e *Pop*, maneira carinhosa de chamar o "pai". (N. do E.)

Corri os olhos pelo escritório. Era tudo muito diferente da aridez e da desordem comuns em um posto de gasolina. No sofá onde eu estava havia um desbotado mas colorido cobertor mexicano. À esquerda, junto à entrada, vi um estojo muito bem organizado de artigos para viagem: mapas, fusíveis, óculos escuros e várias outras coisas. Atrás de uma escrivaninha de nogueira havia uma cadeira com assento de veludo cor de terra. Um bebedouro protegia uma porta onde se lia: "Privativo". Ao meu lado estava a segunda porta, que dava para a garagem.

O que mais me impressionou foi o conforto que havia naquela sala. Em toda a sua extensão era coberta por um tapete rústico, amarelo-brilhante, que ia quase até o capacho da porta, na entrada. As paredes estavam recém-pintadas de branco, adornadas por coloridos quadros de paisagem. A iluminação suave me acalmou, criando um contraste relaxante com as luzes fluorescentes lá de fora. Toda a sala transmitia uma sensação de aconchego, ordem e segurança.

Como eu poderia saber que aquele se tornaria um local de aventuras, magia, terror e romance, todos imprevisíveis? Naquele momento pensei apenas que uma lareira cairia muito bem ali.

Logo a minha respiração voltou ao normal, e minha cabeça, se não estava tranquila, pelo menos deixara de girar. A semelhança daquele homem de cabelos brancos com o dos sonhos sem dúvida não passara de coincidência. Pus-me de pé com um suspiro, fechei o zíper da jaqueta e saí.

O velho continuava sentado no mesmo lugar. Passei por ele e lancei-lhe um último e rápido olhar; um lampejo nos olhos dele atraiu os meus. Nunca tinha visto olhos como aqueles. A princípio, eles me pareceram cheios de lágrimas, prontas a serem vertidas; então, ao piscar, elas se transformaram, como uma estrela a tremeluzir no firmamento. Fui mergulhando cada vez mais naquele olhar, até que as estrelas tornaram-se apenas um reflexo dos olhos dele. Por algum tempo fiquei perdido, sem ver nada além daqueles olhos, curiosos e resolutos como os de uma criança.

Não sei por quanto tempo fiquei ali; podem ter sido segundos ou minutos – talvez mais. Estremecendo, tomei consciência de onde estava. Murmurei um boa-noite, sentindo-me meio zonzo, e apressei-me rumo à esquina.

Parei ao chegar à calçada. Minha nuca formigava; eu sentia que ele ainda me olhava. Espiei por sobre o ombro. Não haviam se passado mais do que quinze segundos. Mas lá estava ele, *de pé no telhado*, os braços cruzados, contemplando o céu estrelado! Aturdido, olhei a cadeira vazia, ainda encostada na parede, e depois voltei a olhar para cima. Não era possível! Se ele estivesse trocando a roda de uma carruagem feita com uma abóbora gigante, e conduzida por ratos enormes, o efeito não teria sido mais surpreendente.

Em meio à quietude da noite, contemplei aquela figura magra, cuja presença se impunha mesmo a distância. Ouvi as estrelas como sinos bimbalhando ao vento. Súbito, ele voltou-se e fixou os olhos diretamente em mim. Estava a uns vinte metros de distância, mas quase pude sentir sua respiração em meu rosto. Estremeci, e não por causa do frio. Aquela porta em que a realidade se dissolvia em sonhos voltou a se abrir com um rangido.

Retribuí-lhe o olhar.

— Sim? — disse ele. — Em que posso ajudá-lo?

Palavras proféticas!

— Desculpe-me, mas...

— Está desculpado. — Ele sorriu. Senti meu rosto enrubescer; aquilo estava começando a me irritar. Ele estava brincando comigo, mas não me dizia quais eram as regras do jogo.

— Muito bem, como foi que subiu ao telhado?

— Subi ao telhado? — ecoou ele, com ar inocente e intrigado.

— Sim. Como saiu daquela cadeira — apontei — e subiu ao telhado em menos de vinte segundos? Você estava encostado na parede bem aqui. Eu me virei, caminhei até a esquina, e você...

— Sei exatamente o que *eu* estava fazendo — a voz era retumbante. — Não precisa me dizer. A questão é: *você* sabe o que estava fazendo?

— Claro que sei o que estava fazendo! — Eu já estava irritado; não era mais uma criança para ser surpreendido! Mas queria desesperadamente conhecer o truque do velho, por isso controlei-me e pedi educadamente:

— Por favor, diga-me como subiu ao telhado.

Ele continuou a olhar-me em silêncio, até todo o meu pescoço começar a formigar. Finalmente, replicou:

— Usei uma escada. Está lá nos fundos. — Então, ignorando-me, voltou a contemplar o céu.

Fui rapidamente para a parte de trás. Realmente, havia uma velha escada encostada na parede. No entanto, ela ficava pelo menos dois metros abaixo da borda do telhado; mesmo que tivesse sido utilizada — o que era duvidoso —, não explicaria como ele subira ao telhado em poucos segundos.

Algo tocou no meu ombro na escuridão. Contive um grito e girei sobre mim mesmo: era a mão do velho. De algum modo ele descera do telhado e se aproximara sem que eu percebesse. Então adivinhei a única resposta possível: ele tinha um irmão gêmeo! Com certeza gostavam de assustar visitantes inocentes. Imediatamente perguntei:

— Muito bem, onde está seu irmão gêmeo? Não sou nenhum idiota.

Ele franziu levemente o cenho; em seguida, começou a rir. Ah!, então era isso. Eu estava certo; descobrira o truque. Mas sua resposta não me deixou tão seguro.

— Se eu tivesse um irmão gêmeo, acha que perderia meu tempo aqui, falando com uma pessoa que "não é nenhum idiota"? — Deu outra risada e voltou a passos largos para a garagem, deixando-me ali, boquiaberto. Eu não podia acreditar no atrevimento daquele sujeito!

Apressei-me para alcançá-lo. Ele tinha entrado na garagem e começara a consertar um carburador, sob o capô de uma velha caminhonete verde.

— Então me julga um bobo, não é? — indaguei, parecendo ainda mais agressivo do que pretendia.

— Somos todos bobos — replicou ele. — Só que alguns sabem disso, e outros não. Você deve pertencer a esse último tipo. Pode me passar aquela chave inglesa menor?

Estendi-lhe a maldita chave inglesa e fiz menção de ir embora. Antes, entretanto, eu precisava saber.

— Por favor, diga como conseguiu subir tão rápido ao telhado. Estou realmente intrigado.

Ele me devolveu a chave.

— O mundo é um enigma; não há necessidade de compreendê-lo disse, apontando a prateleira às minhas costas. — Agora vou precisar do martelo e da chave de fenda, bem ali.

Frustrado, observei-o durante mais um minuto, tentando descobrir uma maneira de fazê-lo revelar o que eu queria saber, mas ele parecia indiferente à minha presença. Desisti. Dirigia-me para a porta quando, então, ele disse:

— Não vá.

Ele não estava pedindo; não estava ordenando. Era uma declaração banal. Olhei-o, e seus olhos eram suaves.

— Por que não devo ir embora?

— Posso lhe ser útil — disse ele, removendo habilmente o carburador, como um cirurgião procedendo a um transplante de coração. Colocou-o cuidadosamente no chão e voltou-se para mim.

Eu o olhava embasbacado.

— Tome — disse ele, passando-me o carburador. — Desmonte-o e coloque as peças naquela lata para que sejam lavadas. Isso afastará seus pensamentos dessas perguntas.

Minha frustração transformou-se numa gargalhada. Aquele velho podia ser ofensivo, mas também era interessante. Decidi ser sociável.

— Meu nome é Dan — disse, estendendo a mão para cumprimenta-lo e sorrindo falsamente. — Qual é o seu?

Ele colocou a chave de fenda na minha mão estendida.

— Meu nome não interessa; nem o seu. O importante é o que está *além* dos nomes e das perguntas. Bem, você precisará desta chave de fenda para desmontar o carburador.

— Nada existe além das perguntas — retorqui. — Como foi que voou para aquele telhado?

— Não voei ... saltei — respondeu ele, impassível. — Não é mágica, portanto pode perder a esperança. Em seu caso, contudo, acho que serei obrigado a fazer uma mágica bem difícil. Talvez transformar um asno em ser humano.

— Afinal quem diabo você pensa que é, para me dizer essas coisas?

— Sou um guerreiro! — retrucou ele bruscamente. — Além disso, quem sou depende de quem você quer que eu seja.

— Você não pode responder a uma pergunta diretamente? — Irritado, ataquei com violência o carburador.

— Faça uma pergunta direta e tentarei respondê-la — disse ele, com um sorriso inocente. A chave de fenda escorregou e esfolou o meu dedo.

— Droga! — gritei, indo lavar o corte na pia. Sócrates ofereceu-me um Band-Aid. — Pois muito bem. Eis uma pergunta direta — eu estava decidido a manter a paciência: — Como você pode ser útil a mim?

— Já fui útil a você — replicou ele, apontando o Band-Aid em meu dedo.

Isso bastou.

— Olhe, não posso mais ficar perdendo meu tempo aqui. Preciso dormir. — Pus o carburador no chão e comecei a me retirar.

— Como sabe que não esteve dormindo toda a sua vida? Como sabe que não está dormindo neste exato momento? — salmodiou ele, os olhos brilhando.

— Como você quiser. — Eu já estava cansado demais para discutir. — Só uma coisa: antes de eu ir embora, pode me dizer como fez aquela acrobacia?

Ele se aproximou, estendeu a mão e tomou a minha.

— Amanhã, Dan, amanhã — disse ele, abrindo um sorriso caloroso. Todo o medo e a frustração anteriores desapareceram de mim. Minha mão, meu braço e em seguida todo o meu corpo começaram a formigar. Ele, então, acrescentou: — Foi um prazer revê-lo.

— O que quer dizer com isso? — comecei, mas logo me contive. Já sei, amanhã, amanhã. — Ambos caímos na risada. Fui até a porta, parei, voltei-me e disse: — Até logo... *Sócrates*.

Ele pareceu surpreso, mas então deu de ombros. Achei que tinha gostado do nome. Fui embora sem dizer mais nada.

Na manhã seguinte, dormi durante a aula das oito horas. Quando a aula de ginástica da tarde começou, eu estava desperto e pronto.

Depois de subir e descer correndo as arquibancadas, Rick, Sid, eu e nossos companheiros de equipe deitamo-nos no chão, suados e ofegantes, alongando as pernas, os ombros e as costas. Em geral eu mantinha silêncio durante esse ritual, mas agora sentia vontade de contar a eles o que acontecera na noite anterior. Tudo o que consegui dizer foi:

— Conheci um cara diferente num posto de gasolina, ontem à noite. Meus amigos estavam mais interessados na dor do alongamento de seus músculos que em minhas histórias.

O aquecimento foi brando. Fizemos algumas flexões, e então começamos a série de saltos. Enquanto lançava-me ao ar repetidas vezes girando na barra baixa, fazendo tesouras no cavalo e esforçando-me na rotina de estiramento muscular, fiquei pensando nos misteriosos feitos do homem a quem eu chamara de Sócrates. Meus sentimentos contraditórios diziam-me que o evitasse, mas eu precisava compreender aquele estranho personagem.

Depois do jantar, dei uma olhada nos trabalhos de história e psicologia, fiz o rascunho de um trabalho em inglês e saí apressado do apartamento. Eram onze horas da noite. As dúvidas começaram a assaltar-me à medida que eu me aproximava do posto. Será que ele queria me ver outra vez? Como poderia mostrar a ele que eu era uma pessoa profundamente inteligente?

Encontrei-o parado diante da porta. Cumprimentou-me com um aceno de cabeça e com um movimento de mão me fez entrar em sua sala.

— Por favor, tire os sapatos... é um costume que tenho.

Sentei-me no sofá e deixei os sapatos à mão para o caso de querer sair rapidamente. Ainda não confiava naquele misterioso estranho.

Começou a chover. As paredes coloridas e o calor do escritório formavam um confortável contraste com a noite escura lá fora e as nuvens ameaçadoras. Comecei a sentir-me à vontade.

— Sabe, Sócrates, é como se já nos conhecêssemos.

— Já nos conhecemos — respondeu ele, voltando a abrir a porta em minha mente, onde os sonhos e a realidade tornavam-se uma só coisa.

Fiz uma pausa.

— Sabe, Sócrates, eu tenho sonhado... com você. — Eu o observava atentamente, mas seu rosto nada revelava.

— Estive nos sonhos de muitas pessoas; nos seus também. Conte-me o sonho — disse, sorrindo.

Relatei-o com o máximo de detalhes que pude lembrar. A sala parecia escurecer à medida que as cenas terríveis tornavam-se vivas em meu pensamento; meu universo familiar começou a distanciar-se.

— Sim, é um sonho muito bom — disse ele, quando terminei.

Antes de eu perguntar o que ele queria dizer com isso, a campainha do posto tocou duas vezes. Ele vestiu um poncho e saiu para a noite úmida. Fiquei observando-o da janela.

Era noite de sexta-feira e havia muito movimento, grande agitação, um freguês atrás do outro. Senti-me como um tolo sentado ali; saí então para ajudá-lo, mas ele não pareceu tomar conhecimento da minha presença.

A fila de carros era interminável: carros vermelhos, verdes, pretos, cupês, caminhonetes e carros esporte estrangeiros. O humor dos fregueses variava tanto quanto os carros. Apenas uma ou duas pessoas conheciam Sócrates, e os demais olhavam-no duas vezes, como se percebessem alguma coisa estranha mas indefinível.

Havia gente em clima de festa que ria muito, ouvia o rádio a todo o volume enquanto ia sendo atendida. Sócrates ria também. Um ou dois fregueses mostraram-se irritados, esforçando-se para ser desagradáveis, mas Sócrates tratou-os com a mesma cortesia — como se cada um fosse um convidado especial.

Depois da meia-noite, os carros começaram a rarear. O ar frio parecia estranhamente silencioso, depois de tanto barulho e atividade. Voltamos ao escritório, e Sócrates agradeceu-me pela ajuda. Dispensei os agradecimentos, mas fiquei satisfeito por ele ter percebido meu esforço. Há muito tempo eu não ajudava ninguém.

No interior da sala aquecida, lembrei-me da nossa conversa interrompida. Comecei a falar assim que me acomodei no sofá.

— Sócrates, tenho algumas perguntas a fazer.

Ele uniu as mãos em gesto de oração e olhou para o alto como se pedisse ajuda divina — ou paciência divina.

— Quais são suas perguntas? — suspirou ele.

— Bem, ainda quero saber a respeito do telhado, e por que você disse que estava contente por me ver *de novo*. Quero saber também o que posso fazer por você e como você pode ser útil para mim. E quantos anos você tem.

— Vamos responder à mais fácil, para começar. Tenho 96 anos, pelo seu tempo.

Ele não tinha 96 anos; 76 possivelmente, mas surpreendente. Mas *96*? Estava mentindo; mas por que mentiria? E eu precisava descobrir as outras coisas que ele deixara para depois.

— Sócrates, o que significa "pelo seu tempo"? Você segue o horário oficial de Greenwich ou é um visitante do espaço? — gracejei, debilmente.

— E não é de onde todos vêm? — replicou. A essa altura eu já considerava essa possibilidade bastante provável.

— Continuo querendo saber o que podemos fazer um pelo outro.

— Apenas isto: eu gostaria de ter um último aluno, e você, obviamente, precisa de um professor.

— Já tenho professores suficientes — apressei-me a responder.

— Ah, tem? — ele fez uma pausa. — Se você tem um professor adequado ou não, vai depender daquilo que você quer aprender — disse, erguendo-se da cadeira com leveza e dirigindo-se para a porta. Venha comigo. Quero lhe mostrar uma coisa.

Fomos até a esquina; de lá podíamos ver a avenida até as luzes do bairro industrial, e, mais além, as luzes de San Francisco.

— Este mundo — disse ele, apontando o horizonte — é uma escola, Dan. A vida é, na verdade, o único professor possível. Ela oferece muitas experiências; mas se apenas a experiência proporcionasse sabedoria e realização, então os velhos seriam todos mestres iluminados e satisfeitos. Mas a experiência oculta suas lições. Posso ajudá-lo a aprender com a experiência, a ver o mundo com clareza, que, neste momento, é só do que você precisa. Por intuição você sabe que é verdade, mas racionalmente se rebela contra isso. Você já viveu muita coisa, mas pouco aprendeu.

— Nada sei sobre você, Sócrates. Isto é, eu não poderia ir tão longe.

— Não, Dan, você ainda não sabe, mas saberá. E garanto-lhe que irá tão longe e mais além.

Voltávamos para o escritório, quando um Toyota vermelho reluzente estacionou. Sócrates continuou a falar enquanto abria o tanque de gasolina.

— Assim como a maioria das pessoas, você foi ensinado a conseguir informações fora de si mesmo: dos livros, das revistas, das autoridades. — Ele enfiou a mangueira no tanque. — Como este carro, você se abre e deixa os fatos entrarem. Às vezes a informação é preciosa, outras, é de baixa qualidade. Você adquire seu conhecimento a preço de mercado, assim como compra gasolina.

— Ei, obrigado por me lembrar. Minha bolsa para o próximo trimestre será daqui a dois dias!

Sócrates limitou-se a assentir com um movimento de cabeça e continuou a encher o tanque do carro. Encheu-o e continuou pondo gasolina, até começar a transbordar e cair no chão. Um fio de combustível corria pela calçada.

— Sócrates! O tanque está cheio... preste atenção!

Ignorando-me, ele deixou a gasolina continuar escoando.

— Dan, assim como este tanque, você está transbordando ideias preconcebidas, está repleto de informação inútil. Guarda muitas verdades e opiniões, mas sabe muito pouco de si mesmo. Antes de estar apto para aprender, terá, em primeiro lugar, que esvaziar seu tanque — ele sorriu para mim, deu uma piscadela, e desligou a bomba. — Você pode limpar esta sujeira? — acrescentou.

Tive a impressão de que ele se referia a algo além da gasolina derramada. Lavei apressadamente a calçada. Soc pegou o dinheiro do motorista e devolveu o troco com um sorriso. Voltamos ao escritório e nos acomodamos.

— O que pretende fazer? Encher-me com as *suas* verdades? — perguntei irritado.

— Não, não vou sobrecarregá-lo com mais verdades, mas mostrar-lhe a sua sabedoria corporal.

— O que é "sabedoria corporal"?

— Tudo o que você precisa saber está aí, dentro de você. Os segredos do universo estão gravados nas células do seu corpo. Mas você ainda não aprendeu a como ler a sabedoria do corpo. Seu único recurso tem sido ler livros e ouvir os especialistas, esperando que estejam certos.

Não pude acreditar naquilo — aquele atendente de posto de gasolina estava dizendo que meus professores eram ignorantes e insinuando que minha formação universitária era inútil!

— Eu entendo o conceito de "sabedoria corporal", mas não estou interessado.

Ele balançou a cabeça lentamente.

— Você entende muita coisa, mas não percebe praticamente nada.

— O que quer dizer com isso?

— A compreensão é unidimensional. É a compreensão pelo intelecto que leva ao conhecimento. A percepção, por outro lado, é tridimensional. É a compreensão simultânea da cabeça, do coração e do instinto. Ela provém unicamente da experiência pura.

— Ainda não entendi.

— Você se lembra de quando aprendeu a dirigir? Antes você era um passageiro, apenas entendia o processo. Mas você *percebeu* o que era dirigir quando o fez pela primeira vez.

— É verdade! — exclamei. — Lembro-me dessa sensação. É assim, então!

— Exatamente! Essa frase descreve perfeitamente a experiência da percepção. Um dia você dirá o mesmo a respeito da vida.

Permaneci um momento em silêncio e então disse:

— Mas você ainda não explicou como funciona a sabedoria corporal.

— Venha comigo. — Sócrates chamou-me com um gesto, conduzindo-me à porta onde se lia: "Privativo". Uma vez lá dentro, mergulhamos na escuridão total. Comecei a ficar tenso, mas logo o medo cedeu lugar à expectativa. Eu estava prestes a aprender meu primeiro segredo de verdade: a sabedoria corporal.

As luzes se acenderam. Estávamos num banheiro, e Sócrates urinava ruidosamente no vaso sanitário.

— Isto é sabedoria corporal — anunciou, orgulhoso. Sua risada ecoava nas paredes de azulejos. Saí e fui me sentar no sofá, olhando ferozmente para o tapete.

Ele voltou do banheiro, e eu disse:

— Sócrates, continuo querendo saber...

— Se vai me chamar de Sócrates — interrompeu-me ele — ao menos honre o nome e me permita de vez em quando fazer perguntas às quais você poderá responder. O que acha?

— Ótimo! — retruquei. — Você fez sua pergunta, e eu respondi a ela. Agora é minha vez. Aquela acrobacia que você fez na outra noite...

— Você é persistente, jovem rapaz, hem?

— Sou, sim. Cheguei aonde estou hoje graças a muita persistência. Eis outra pergunta à qual respondi diretamente. Então, que tal responder às minhas?

Ignorando-me, ele indagou:

— Onde você está hoje, neste exato momento?

Comecei a falar de mim animadamente. Entretanto, percebi que estava sendo desviado das respostas às minhas perguntas. Ainda assim, relatei meu passado recente e remoto, e minhas inexplicáveis depressões. Ele ouviu com paciência e atenção, como se tivesse todo o tempo do mundo, até eu concluir, várias horas depois.

— Muito bem — disse ele. — Mas você ainda não respondeu à minha pergunta: onde você está?

— Respondi, sim, não se lembra? Eu lhe disse como cheguei onde estou hoje: trabalhando duro.

— Onde você está?

— O que quer dizer com "onde estou"?

— Onde você *está*? — repetiu ele suavemente.

— Estou aqui.

— Onde é aqui?

— Neste escritório, neste posto de gasolina! — Eu estava ficando impaciente com esse jogo.

— Onde fica este posto de gasolina?

— Em Berkeley.

— Onde é Berkeley?

— Na Califórnia.

— Onde é a Califórnia?

— Nos Estados Unidos.

— Onde ficam os Estados Unidos?

— Em uma massa de terra, um dos continentes do hemisfério ocidental. Sócrates, eu...

— Onde estão os continentes?

Suspirei.

— Na Terra. Acabamos?

— Onde está a Terra?

— No sistema solar, terceiro planeta a partir do Sol. O Sol é uma pequena estrela da galáxia Via Láctea, certo?

— Onde está a Via Láctea?

— Ah, meu irmão — suspirei impaciente, girando os olhos —, no Universo. — Recostei-me no sofá e cruzei os braços, decidido.

— E onde está o Universo? — Sócrates sorriu.

— O Universo, bem, existem teorias sobre a sua formação...

— Não foi o que perguntei. Onde está o Universo?

— Não sei... como posso responder a isso?

— Essa é a questão. Você não pode responder e jamais poderá. Não há como saber isso. Você ignora onde está o Universo, por conseguinte, onde você está. Na verdade, você não tem a menor ideia de onde está o que quer que seja, tampouco sabe o que é ou como veio a existir. A vida é um mistério.

"Minha ignorância baseia-se nessa compreensão. A sua compreensão baseia-se na ignorância. Sou um tolo brincalhão e você é um asno sério."

— Ouça — disse —, você precisa saber certas coisas sobre mim. Em primeiro lugar, já sou um guerreiro, embora sofrível. Eu nasci para ser um ótimo ginasta. — A fim de enfatizar o que disse e mostrar a ele que eu podia ser espontâneo, levantei-me do sofá e dei um salto mortal para trás, pousando graciosamente no tapete.

— Ei — exclamou ele —, excelente! Faça de novo!

— Bem, não é tão fantástico assim, Soc. É bastante fácil para mim — sorri. Estava acostumado a mostrar esse tipo de coisa a crianças, na praia ou no parque. Elas também pediam para repetir.

— Muito bem, agora olhe com atenção, Soc.

Saltei, e ia dar uma cambalhota, quando algo ou alguém arremessou-me em pleno ar. Caí no sofá. O cobertor mexicano no encosto enrolou-se em mim e me cobriu. Descobri rapidamente a cabeça, à procura de Sócrates. Ele continuava sentado do outro lado da sala, a três metros de distância, enroscado em sua cadeira e sorrindo maliciosamente.

— *Como você fez isso?* — Minha confusão era tão grande quanto seu ar de inocência.

— Quer ver de novo? — indagou ele. Então, vendo a minha expressão, acrescentou: — Não se lamente por esse pequeno deslize, Dan; até mesmo um grande guerreiro como você pode levar um susto de vez em quando.

Pus-me de pé, meio tonto, e arrumei o sofá, recolocando o cobertor no encosto. Precisava fazer algo com as mãos, precisava de tempo para pensar. Como ele fizera aquilo? Outra pergunta que ficaria sem resposta.

Sócrates saiu calmamente do escritório e foi encher o tanque de uma caminhonete carregada com artigos domésticos. Lá se vai ele, animar outro viajante em sua jornada, pensei. Então fechei os olhos e fiquei pensando como Soc aparentemente desafiava as leis naturais ou, no mínimo, o bom senso.

— Gostaria de aprender alguns segredos? — Eu não percebi que ele voltara. Estava sentado em sua cadeira, com as pernas cruzadas.

— Também cruzei as pernas e debrucei-me para a frente, ansioso. Calculando mal a maciez do sofá, inclinei-me demais e caí. Antes de conseguir descruzar as pernas, caí de cara no tapete.

Sócrates fez um grande esforço para não rir. E fracassou. Sentei-me rapidamente, rígido como uma vara. Uma olhada para meu rosto imperturbável quase fez Sócrates descontrolar-se. Mais acostumado aos aplausos que ao ridículo, pus-me de pé de um salto, envergonhado e furioso.

— Sente-se! — ordenou, apontando o sofá. Obedeci. — Perguntei se você queria ouvir um segredo.

— Quero... sobre o telhado.

— *Você* decide se quer ou não ouvir um segredo. *Eu* decido qual segredo.

— Por que sempre temos que seguir as suas regras?

— Porque o posto de gasolina é meu, só por isso. — Soc falava com petulância exagerada, talvez zombando ainda mais de mim. — Agora, preste bastante atenção. Aliás, está confortável e firme? — disse, dando uma piscadela. Cerrei os dentes.

"Dan, tenho lugares para lhe mostrar e histórias para contar. Tenho segredos a revelar. Mas antes de iniciarmos esta jornada juntos, você deve saber que o valor de um segredo não está naquilo que você sabe, mas naquilo que *faz*."

Soc pegou um velho dicionário na gaveta e ergueu-o no ar.

— Utilize todo o conhecimento de que dispõe, mas procure ver suas limitações. Apenas o conhecimento não basta; ele não tem coração. Nem todo conhecimento do mundo conseguirá nutrir ou sustentar seu espírito, jamais poderá lhe proporcionar a felicidade ou a paz absoluta. A vida exige mais que conhecimento; ela exige sentimentos profundos e energia constante. A vida requer *ação correta*, para que o conhecimento tenha vida.

— Sei disso, Soc.

— Esse é o seu problema... você sabe, mas não *age*. Você não é um guerreiro.

— Sócrates, sei que às vezes ajo como um guerreiro, quando a pressão é realmente violenta... você devia me ver no ginásio!

— De fato, você deve ter a mente de um guerreiro em certas ocasiões: resoluta, flexível, clara e livre de dúvidas. Pode desenvolver o corpo de um guerreiro: ágil, elástico, sensível, cheio de energia. Em raros momentos, pode até mesmo sentir o coração de um guerreiro, amando a tudo e a todos que surjam à sua frente. Mas essas qualidades estão fragmentadas dentro de você. Falta-lhe integração. Minha tarefa consiste em integrá-lo novamente, Humpty.[1]

1. Humpty-Dumpty: personagem de história infantil. (N. da T.)

— Espere um instante, sei que você tem certos talentos incomuns e que gosta de cercar-se de um ar de mistério, mas não vejo como pode achar-se capaz de me integrar. Vamos analisar a situação: sou um universitário e você é um mecânico de automóveis; sou um campeão mundial e você trabalha numa oficina, faz chá e espera que algum pobre idiota apareça para deixá-lo desnorteado. Talvez *eu* possa ajudá-lo a integrar-se. — Eu nem sabia o que estava dizendo, mas me pareceu bom.

Sócrates limitou-se a rir, balançando a cabeça como se não pudesse acreditar no que ouvia. Então, aproximou-se e ajoelhou-se ao meu lado, olhou nos meus olhos e disse suavemente.

— Talvez algum dia possa ter essa chance. Mas por enquanto deve compreender a diferença que existe entre nós dois. — Ele deu um soco nas minhas costelas e continuou: — O guerreiro age...

— Maldição, pare com isso! — berrei. — Você está me irritando!

— ... e o tolo apenas reage.

— Bem, o que espera que eu faça?

— Eu lhe dou um soco, e você fica irritado; eu o insulto, e você reage com orgulho e raiva; eu escorrego numa casca de banana, e ... — ele deu dois passos para trás e escorregou, caindo com um baque surdo no tapete. Não pude me conter. Eu berrei.

Ele sentou-se no chão e voltou-se para mim, encerrando o assunto. — Seus sentimentos e reações, Dan, são automáticos e previsíveis; os meus não. Eu crio minha vida espontaneamente enquanto a sua é determinada pelos seus pensamentos e emoções do passado.

— Como pode presumir tudo isso a meu respeito e do meu passado?

— Porque há anos o observo.

— Claro — zombei, esperando alguma brincadeira que não veio.

Estava ficando tarde, e eu tinha muito em que pensar. Senti-me sobrecarregado com uma nova obrigação, que não tinha certeza se conseguiria cumprir. Sócrates entrou, lavou as mãos e encheu sua caneca de água mineral. Enquanto ele bebericava lentamente, eu disse:

— Agora terei que ir, Soc. Já é tarde e tenho muitos trabalhos importantes a fazer para a universidade.

Sócrates continuou sentado calmamente. Levantei-me e vesti a jaqueta. Quando eu já estava prestes a sair, ele começou a falar, lenta e cuidadosamente. Cada palavra causava o efeito de um tapa suave em meu rosto.

— É melhor reconsiderar suas "prioridades" se quiser ter pelo menos a chance de se tornar um guerreiro. Neste momento você possui a inteligência de um jumento e seu espírito é frágil. Realmente tem muito trabalho importante para fazer, mas numa sala de aula diferente dessa que você está imaginando.

Eu permanecia com os olhos postos no chão. Ergui repentinamente o rosto para encará-lo, mas não consegui fazer isso. Desviei o rosto.

— Para sobreviver às lições que o esperam — continuou —, você vai precisar de muito mais energia que antes. Terá que retirar a tensão do seu corpo, libertar sua mente das crenças estagnadas e abrir o seu coração ao amor benevolente.

— Soc, é melhor eu lhe dizer como é o meu horário. Quero que você saiba como sou ocupado. Gostaria de visitá-lo com mais frequência, mas disponho de muito pouco tempo.

Ele fitou-me com olhos sombrios.

— Você dispõe de menos tempo do que imagina.

— O que quer dizer com isso? — perguntei, ansioso.

— Por enquanto, não importa — disse ele. — Prossiga.

— Bem, tenho alguns objetivos. Quero ser campeão de ginástica. Quero que nossa equipe vença os campeonatos nacionais. Quero formar-me com boas notas, e isso significa ler muitos livros e trabalhos para fazer. E o que você parece estar me oferecendo é passar metade da noite acordado num posto de gasolina, ouvindo... espero que não considere o que vou lhe dizer um insulto... um homem muito estranho que quer me atrair para seu mundo de fantasia. Isso é loucura!

— Sim — ele sorria com tristeza. — É loucura.

Sócrates recostou-se na cadeira e fixou os olhos no chão. Minha mente rebelava-se contra a manobra de velho desamparado que Sócrates usava, mas meu coração era atraído para aquele ancião robusto e excêntrico que se proclamava uma espécie de "guerreiro". Voltei a me sentar. Então lembrei-me de uma história contada por meu avô:

"Era uma vez um rei muito amado pelos seus súditos, cujo castelo situava-se no alto de uma colina, de onde se via todo o reino. Ele era tão popular que os moradores da cidade vizinha enviavam-lhe presentes diariamente, e seu aniversário era comemorado em toda a redondeza. O povo adorava-o por sua célebre sabedoria e ponderação.

"Um dia, a tragédia atingiu a cidade. A água poluída enlouqueceu a todos, homens, mulheres e crianças. Apenas o rei, que tinha uma nascente particular, foi poupado.

"Pouco depois da tragédia, os moradores, enlouquecidos, passaram a notar que o rei estava agindo de *maneira estranha*, que seus julgamentos eram inadequados e sua sabedoria, falsa. Muitos chegaram a dizer que o rei estava louco. Em pouco tempo sua popularidade decresceu. E o povo deixou de oferecer-lhe presentes e celebrar seu aniversário.

"O rei, solitário no topo da colina, não tinha companhia. Um dia, decidiu descer e fazer uma visita à cidade. Era um dia quente, e ele bebeu a água da fonte do vilarejo.

"Nessa noite houve uma grande comemoração. As pessoas regozijavam-se, porque o rei bem-amado *recuperara a sanidade*."

Então percebi que o mundo louco a que Sócrates se referira não era o dele, mas o meu.

Pus-me de pé para sair.

— Sócrates, você me aconselhou a ouvir minha intuição corporal e não depender daquilo que leio ou do que as pessoas me dizem. Então, por que devo ficar aqui sentado em silêncio, ouvindo o que você diz?

— Excelente pergunta — redarguiu ele —, para a qual existe uma resposta igualmente boa. Em primeiro lugar, falo por minha própria experiência. Não estou repetindo teorias abstratas, lidas em algum livro ou ouvidas de um especialista. Sou uma pessoa que conhece verdadeiramente o próprio corpo e a mente, portanto conhece também os de outros. Além do mais — sorriu —, como sabe que eu não sou a sua intuição, conversando neste momento com você?

Sócrates virou-se para a escrivaninha e pegou alguns papéis. Eu estava dispensado naquela noite. Saí de lá com os pensamentos girando em minha cabeça.

Nos dias que se seguiram continuei transtornado. Sentia-me frágil e deslocado na presença daquele homem e irritado com o modo como ele me tratava. Ele parecia estar sempre me subestimando. Eu não era criança! Por que teria que bancar o imbecil, sentado num posto de gasolina, pensei, enquanto ali, no meu território, era admirado e respeitado?

Treinei com mais afinco que nunca — meu corpo febril queimava enquanto eu perseverava na rotina diária. Contudo, a rotina tornara-se, de certo modo, menos gratificante que antes. Todas as vezes que eu aprendia um movimento novo ou recebia um elogio, lembrava-me de que aquele homem me jogara no sofá enquanto eu estava em pleno ar.

Hal, meu treinador, ficou preocupado comigo e quis saber se havia algum problema. Tranquilizei-o, garantindo-lhe que estava tudo bem. Mas não era verdade. Perdera a vontade de sair para me divertir com os colegas de equipe. Estava confuso.

Naquela noite sonhei novamente com a morte, só que havia uma diferença: Sócrates aparecia vestido como o ceifeiro, rindo desdenhosamente e apontando para mim uma arma que disparava. Do cano saía uma bandeira com a palavra "Bum!". Acordei rindo, para variar.

No dia seguinte encontrei um bilhete na caixa de correspondência que dizia apenas: "Segredos do telhado". Quando Sócrates chegou naquela noite, eu já o esperava, sentado nos degraus do posto. Preferi ir mais cedo para fazer algumas perguntas sobre Sócrates aos empregados diurnos, para tentar descobrir seu verdadeiro nome, talvez até onde morava. No entanto, eles nada sabiam sobre ele.

— E quem se interessa? — perguntara um deles, bocejando. — É apenas mais um velho que gosta de trabalhar à noite.

Soc tirou o blusão de couro.

— E então? — adiantei-me. — Finalmente vai me contar como subiu ao telhado?

— Vou sim; acho que você está pronto para ouvir — disse seriamente.

— No Japão antigo existia um grupo de elite de assassinos guerreiros.

Ele proferiu a penúltima palavra com um silvo, fazendo-me perceber o silêncio misterioso oculto nas sombras da noite. Comecei a sentir novamente o formigamento no pescoço.

— Esses guerreiros — prosseguiu — eram chamados *ninjas*. As lendas e a reputação que os cercavam eram terríveis. Dizia-se que podiam transformar-se em animais, que eram capazes até de voar... apenas distâncias curtas, é claro.

— É claro — concordei, sentindo a porta para o mundo dos sonhos abrir-se com uma lufada gélida de vento. Fiquei pensando aonde ele queria chegar, quando de repente o vi acenar, chamando-me para a garagem em que trabalhava em um carro esporte japonês.

— Tenho que trocar as velas — explicou, enfiando a cabeça no capô reluzente.

— Sim, mas e o telhado? — insisti.

— Já vou explicar, assim que trocar as velas. Tenha paciência. Vale esperar por aquilo que vou lhe contar daqui a pouco, acredite em mim.

Sentei-me e fiquei brincando com uma marreta sobre a mesa de trabalho.

De onde estava Sócrates, ouvi:

— Sabe, este trabalho é muito divertido, se você realmente prestar atenção.

Talvez para ele fosse mesmo.

De repente ele pôs as velas no chão, correu até o interruptor de luz e apagou-a. A escuridão era tão impenetrável que não consegui enxergar nem mesmo minhas mãos; comecei a ficar nervoso. Nunca previa o que Sócrates iria fazer, e depois daquela conversa sobre os ninjas...

— Soc? Soc?

— Onde você está? — gritou ele, bem atrás de mim.

Girei sobre mim mesmo e caí sobre a capota de um Chevy.

— Eu... não sei! — gaguejei.

— Absolutamente certo — disse ele, acendendo as luzes. — Acho que você está ficando mais esperto —, observou, com um sorriso inoportuno.

Balancei a cabeça diante de sua loucura e sentei-me no para-lama do Chevy, dando uma olhada no capô aberto. O interior estava vazio.

— Sócrates, você pode parar de bancar o palhaço e continuar?

Ele prosseguiu, enquanto aparafusava habilmente as novas velas, abria a tampa do distribuidor e examinava os rotores.

— Esses ninjas não praticavam magia. Seu segredo residia no treinamento físico e mental mais intenso que se conhece.

— Sócrates, aonde você quer chegar?

— Para saber aonde algo vai dar, o melhor é esperar até chegar ao fim — replicou ele, continuando com a história.

"Os ninjas podiam nadar com armaduras pesadas, subiam em paredes altas como lagartos, usando apenas os dedos dos pés e das mãos nas minúsculas fissuras. Criaram cordas engenhosas para ajudá-los na escalada, escuras e quase invisíveis, e usavam métodos inteligentes para se esconder, bem como truques para confundir, iludir e escapar." Os ninjas, acrescentou finalmente, "eram grandes saltadores".

— Agora sim estamos chegando a algum lugar! — disse eu, quase esfregando as mãos de excitação.

— O jovem guerreiro, ainda criança, era treinado para os saltos da seguinte maneira: davam-lhe uma semente de milho e mandavam que fosse plantá-la. Quando o brotinho começava a crescer, o jovem guerreiro saltava várias vezes sobre ele. Todos os dias o brotinho crescia, e todos os dias a criança saltava. Logo o brotinho tornava-se maior que a criança, mas ela não se detinha. Finalmente, se não conseguia saltar, recebia, uma nova semente e começava tudo de novo. Por fim, não havia brotinho que o jovem ninja não conseguisse saltar.

— Bem, e então? Qual é o segredo? — perguntei, aguardando a revelação final.

Sócrates fez uma pausa e respirou fundo.

— Como você vê, o jovem ninja praticava com caules de milho, e eu com postos de gasolina.

O silêncio caiu sobre a sala. Então, repentinamente, a risada musical de Soc ressoou pelo prédio. Riu tanto que precisou apoiar-se no Datsun em que estivera trabalhando.

— Então é isso, é? Era isso que tinha para me contar sobre o telhado?

— Dan, isso é tudo o que você pode saber, até saber como *se faz* — respondeu ele.

— Está querendo dizer que vai me ensinar a saltar para o telhado? — perguntei, repentinamente animado.

— Talvez sim, talvez não. Por enquanto, pode me passar a chave de fenda?

Atirei a chave de fenda, e juro que Sócrates agarrou-a em pleno ar, olhando para o outro lado! Concluiu o trabalho rapidamente e lançou-a para mim, gritando:

— Agarre!

Não consegui segurar a ferramenta, que caiu no chão com estrépito. Era exasperante! Eu não sabia até onde poderia suportar aquela situação ridícula.

As semanas se passaram rapidamente e minhas noites insones tornaram-se comuns. De alguma maneira consegui acostumar-me. E houve outra mudança: descobri que minhas visitas a Sócrates estavam se tornando mais interessantes do que os treinos de ginástica.

Todas as noites, enquanto cuidávamos dos carros — ele punha gasolina, eu limpava os vidros e ambos brincávamos com os clientes — Sócrates me incentivava a falar sobre minha vida. Ele era estranhamente discreto a respeito da vida dele, respondendo a minhas perguntas sempre com um "depois" sucinto ou com mentiras.

Quando perguntei por que estava tão interessado nos detalhes da minha vida, disse:

— Preciso entender suas ilusões pessoais, a fim de conhecer a gravidade da sua doença. Teremos de limpar a sua mente, e só então a porta para o caminho do guerreiro poderá se abrir.

— Não toque na minha mente. Eu gosto dela do jeito que é.

— Se realmente gostasse, não estaria aqui, agora. Você mudou a sua mente inúmeras vezes no passado. Logo realizará uma mudança mais profunda.

Depois disso, decidi tomar muito cuidado com aquele homem. Não o conhecia bem e ainda não sabia até onde ia sua loucura.

De certo modo, o estilo de Soc mudava constantemente: nada ortodoxo, humorístico, até mesmo bizarro. Certa vez ele saiu correndo e gritando só porque um cachorrinho branco tinha urinado nos degraus do posto — bem no meio de uma preleção acerca dos "benefícios supremos do domínio de si e da serenidade inabaláveis".

Em outra ocasião, cerca de uma semana mais tarde, depois de passarmos a noite inteira acordados, caminhamos até Strawberry Creek e ficamos na ponte, contemplando o regato, que transbordava com as chuvas invernais.

— Qual será a profundidade do regato hoje? — observei casualmente, fitando distraído as águas aceleradas. Em seguida já estava chapinhando na água marrom, enlameada e revolta.

Ele me atirara da ponte!

— E então, qual é a profundidade?

— O suficiente — disse, cuspindo água e arrastando-me com minhas roupas encharcadas até a margem. Tudo aquilo por causa de uma reflexão inconsequente. Anotei para mim mesmo: manter a boca fechada.

Com o passar dos dias, comecei a perceber cada vez mais diferenças que havia entre nós. No posto, eu devorava barras de chocolate quando sentia fome; Soc mastigava uma maçã fresca ou uma pera ou fazia um chá de ervas. Eu me remexia no sofá enquanto ele permanecia sentado tranquilamente em sua cadeira, como um Buda. Meus movimentos eram desajeitados e ruidosos comparados ao modo como ele deslizava suavemente. E ele era um velho, veja bem.

A cada noite aguardavam-me pequenas e variadas lições, às vezes até o amanhecer. Uma noite cometi o erro de criticar o pessoal da faculdade, não muito gentil comigo.

Ele disse suavemente:

— É melhor você assumir a responsabilidade por sua vida em vez de culpar outras pessoas, ou as circunstâncias, por suas dificuldades. Se abrir os olhos, saberá que seu estado de saúde, a felicidade e tudo o que acontece na sua vida, em grande parte, foi causado por você, consciente ou inconscientemente.

— Não sei o que você está querendo dizer, mas acho que não concordo.

— Conheci, certa vez, um sujeito como você:

"Em uma obra no Meio-Oeste, quando soava o apito da hora do almoço, todos os trabalhadores sentavam-se à mesma mesa para comer. E com singularidade, Sam abria sua marmita e começava a reclamar.

"'Filho da mãe'" — gritava, 'sanduíches de pasta de amendoim e geleia, de novo, não! Odeio pasta de amendoim e geleia!'

"Sam se queixava dos sanduíches de pasta de amendoim e geleia dia após dia, até um de seus colegas de trabalho finalmente lhe dizer:

"'Pelo amor de Deus, Sam, se você detesta tanto pasta de amendoim e geleia, por que não pede para a sua mulher fazer algo diferente?'"

"'Que história é essa de minha mulher?', replicou Sam. 'Não sou casado. Eu mesmo faço os sanduíches.'"

Sócrates fez uma pausa e acrescentou:

— Como você vê, todos fazemos nossos próprios sanduíches nesta vida — disse, estendendo-me um saco de papel pardo com dois sanduíches. — Quer sanduíches de queijo e tomate ou tomate e queijo? indagou, abrindo um sorriso largo.

— Oh, tanto faz — retribuí o gracejo.

Enquanto comíamos, Sócrates disse:

— Quando você assumir a inteira responsabilidade pela sua vida, poderá tornar-se completamente humano; tornando-se humano, poderá descobrir o que significa ser um guerreiro.

— Obrigado, Soc, por alimentar-me o pensamento e o estômago. Fiz uma reverência pretensiosa, vesti a jaqueta e fiz menção de ir embora. — Não aparecerei durante algumas semanas. Estão chegando as provas finais. E também tenho muito em que pensar. — Antes de ele ter tempo de fazer qualquer comentário, despedi-me com um aceno e fui para casa.

Absorvi-me com as últimas aulas do semestre. Dediquei-me com afinco ao treinamento no ginásio. Sempre que tinha algum tempo livre, meus pensamentos e sentimentos começavam a agitar-se. Sentia os primeiros sinais daquilo que iria se tornar o sentimento crescente de alienação no meu dia a dia. Pela primeira vez na vida tinha de escolher entre duas realidades distintas. Uma louca, a outra, equilibrada. Só que simplesmente não sabia qual era o que, por conseguinte não me comprometia com nenhuma das duas.

Não conseguia afastar a sensação cada vez mais forte de que talvez, apenas talvez, Sócrates não fosse tão excêntrico, afinal. Talvez a descrição que fez de minha vida estivesse mais certa do que eu imaginara. Passei a ver realmente como eu agia com as pessoas, e o que vi começou a perturbar-me. Externamente eu era bastante sociável, mas, na verdade, preocupava-me apenas comigo mesmo.

Bill, um de meus melhores amigos, caíra do cavalo e quebrara o pulso; Rick aprendera um salto mortal de costas e em espiral, no qual estivera trabalhando há um ano. Senti a mesma resposta emocional em ambos os casos: nenhuma.

Sob o peso de um crescente autoconhecimento, meu amor-próprio decrescia rapidamente.

Uma noite, pouco antes das provas finais, ouvi uma batida na porta. Fiquei surpreso e feliz ao ver Susie-da-pasta-de-dentes, a loura, chefe de torcida, que não encontrava há semanas. Percebi então como andava solitário.

— Não vai me convidar para entrar, Danny?

— Ah! Sim. Estou contente em vê-la. Sente-se, deixe-me guardar seu casaco. Quer comer alguma coisa? Ou beber? — Ela apenas me olhava. — O que foi, Susie?

— Você parece cansado, Danny, mas... — Estendeu a mão e tocou o meu rosto. — Tem alguma coisa... seus olhos estão diferentes, de alguma maneira. O que foi?

Toquei o rosto dela.

— Fique comigo esta noite, Susie.

— Pensei que você nunca iria pedir. Trouxe minha escova de dentes!

Na manhã seguinte, virei-me e aspirei o perfume dos cabelos despenteados de Sue, doce como palha de verão, e senti sua respiração suave no meu travesseiro. Devia estar me sentindo bem, pensei, mas meu estado de espírito era sombrio como a neblina que encobria o sol lá fora.

Nos dias seguintes, Sue e eu passamos muito tempo juntos. Acho que não era boa companhia, mas a disposição de Sue era suficiente para ambos.

Algo me impedia de falar a respeito de Sócrates. Ele pertencia a outro mundo, do qual ela não fazia parte. Como ela poderia entender, se nem mesmo eu sabia o que estava me acontecendo?

As provas finais chegaram e passaram. Saí-me bem, mas já não estava me importando. Susie foi passar as férias em sua casa, e eu fiquei contente por estar sozinho.

As férias da primavera passaram rápido e os ventos quentes começaram a soprar nas ruas sujas de Berkeley. Eu sabia que estava na hora de voltar para o universo do guerreiro, para aquele posto de gasolina pequeno e estranho — quem sabe dessa vez mais aberto e humilde que antes. Contudo, agora eu tinha certeza de uma coisa: se Sócrates viesse novamente com sua esperteza, eu revidaria!

LIVRO UM

OS VENTOS DA MUDANÇA

1

RAJADAS DE MAGIA

A tarde chegava ao fim. Depois da ginástica e do jantar, tirei uma soneca. Quando acordei já era quase meia-noite. Caminhei lentamente pela noite revigorante de começo de primavera até o posto. Uma brisa forte fustigava-me, como que me impelindo para a frente, pelas calçadas do *campus*.

Reduzi o ritmo ao aproximar-me do cruzamento familiar. Uma chuva fina começara a cair, resfriando a noite. Na luminosidade do escritório aquecido, podia ver a silhueta de Sócrates contra a janela embaçada, bebendo em sua caneca, e um misto de expectativa e medo contraiu meus pulmões e acelerou as batidas do meu coração.

Atravessei a rua e aproximei-me da porta do escritório, olhos postos na calçada. O vento fustigava-me a nuca. Subitamente congelado de frio, levantei a cabeça e vi Sócrates de pé à porta, olhando-me e farejando o ar como um lobo. Ele parecia olhar através de mim. A lembrança do Ceifeiro Implacável ressurgiu. Eu sabia que aquele homem abrigava dentro de si profundo carinho e compaixão, mas sentia que por trás de seus olhos escuros escondia-se um grande e desconhecido perigo.

O medo desapareceu quando ele disse suavemente:

— Que bom que você voltou!

Sócrates fez-me entrar no escritório com um aceno de mão. Mal tirei os sapatos e sentei-me, a campainha do posto soou. Desembacei o vidro da janela e vi um velho Plymouth com o pneu furado. Sócrates já saíra, usando seu poncho de chuva, lembrança do exército. Observando-o, pensei por um instante como ele conseguira me assustar.

Nuvens pesadas escureciam a noite, trazendo de volta as imagens fugazes da morte de capuz negro, em meu sonho, transformando a chuva suave em dedos ossudos que martelavam loucamente o telhado. Remexi-me inquieto no sofá, cansado dos exercícios puxados no ginásio. A sequência de campeonatos começaria na semana seguinte, e aquele fora o último dia de treinos intensos, antes do encontro.

Sócrates abriu a porta do escritório. Parou no umbral e disse:

— Venha aqui fora... já — e saiu. Levantei-me, e enquanto calçava os sapatos, olhei através da neblina. Sócrates estava atrás das bombas, pouco além das luzes do posto. Um tanto imerso na escuridão, ele parecia vestir um capuz negro.

O escritório era como uma fortaleza contra a escuridão da noite e contra o mundo lá fora —, que começava a me incomodar tanto quanto o tráfego barulhento do centro. Não. Eu não ia sair. Sócrates chamou-me mais algumas vezes, mergulhado na escuridão. Rendendo-me ao destino, fui.

Aproximei-me cautelosamente.

— Ouça, pode sentir? — indagou ele.

— O quê?

— Sinta!

Nesse momento a chuva parou e o vento pareceu mudar de direção. Estranho, era um vento quente.

— O vento, Soc?

— É, os ventos. Estão mudando. Isso significa um momento decisivo para você... agora. Talvez não tenha percebido, e para falar a verdade tampouco eu me dei conta... mas esta noite é um momento crucial para você. Você partiu, mas voltou. E agora os ventos estão mudando. — Olhou-me por um instante e então voltou a passos largos para o escritório.

Segui-o e sentei-me no sofá tão familiar. Sócrates permaneceu imóvel em sua cadeira marrom, os olhos cravados em mim. Com uma voz forte o suficiente para perfurar paredes, mas bastante suave para ser levada pelos ventos de março, ele anunciou:

— Tenho que fazer uma coisa agora. Não tenha medo. — E pôs-se de pé.

— Sócrates, você está me deixando com medo! — balbuciei, zangado, escorregando no sofá quando ele se aproximou, sorrateiramente, como um tigre à espreita.

Ele lançou um olhar rápido pela janela, verificando possíveis interrupções; em seguida ajoelhou-se na minha frente e disse baixinho:

— Dan, lembra-se de que eu lhe disse que devíamos trabalhar para mudar sua mente antes de você ver o caminho do guerreiro?

— Lembro, mas realmente, acho que...

— Não tenha medo — repetiu ele. — Console-se com um provérbio de Confúcio — ele sorriu. — "Só os profundamente sábios e os ignorantes não se alteram." — Dizendo isso, estendeu as mãos e pousou-as suave mas firmemente em minhas têmporas.

Por um instante, nada aconteceu. Então, subitamente, senti uma pressão crescente no centro da cabeça. Ouvi um zumbido alto e depois um som semelhante a ondas quebrando na praia. Ouvi sinos tocando e a cabeça pareceu prestes a explodir. Foi quando vi a luz, e minha mente explodiu em luz. Algo dentro de mim estava morrendo — eu não tinha dúvidas sobre isso. E alguma outra coisa estava nascendo! Então a luz englobou tudo.

Encontrei-me deitado no sofá. Sócrates oferecia uma xícara de chá, sacudindo-me delicadamente.

— O que aconteceu comigo?

— Digamos que manipulei suas energias e que abri alguns novos circuitos. Os fogos de artifício eram apenas o prazer de sua mente com o banho de energia. Como resultado, você foi aliviado da ilusão do conhecimento de toda uma vida. De agora em diante, o conhecimento comum não irá mais satisfazê-lo, sinto muito.

— Não entendo.

— Você entenderá — disse ele, sem sorrir.

Eu estava muito cansado. Bebemos o chá em silêncio. Então, pedi licença, levantei-me, vesti o suéter e fui para casa como se estivesse mergulhado num sonho.

O dia seguinte foi cheio de aulas e professores tagarelando palavras que não tinham significado nem importância para mim. Na aula de História, Watson explicou como os instintos políticos de Churchill haviam afetado a guerra. Parei de tomar nota. Estava muito ocupado assimilando as cores e texturas da sala, sentindo a energia das pessoas à minha volta. O som da voz de meus professores era bem mais interessante do que os conceitos transmitidos. *Sócrates, o que fez comigo? Jamais conseguirei chegar às finais.*

Eu estava saindo da sala, fascinado com a textura nodosa do tapete, quando ouvi uma voz familiar.

— Oi, Danny! Não o vejo há dias. Telefonei todas as noites, mas você nunca estava em casa. Onde anda se escondendo?

— Oi, Susie. Que bom ver você de novo! Estive... estudando.

As palavras da garota dançavam no ar. Mal conseguia entendê-las, mas sabia o que ela estava sentindo... mágoa e um pouco de ciúme. No entanto, seu rosto sorria como de hábito.

— Gostaria de ficar mais, Susie, mas tenho que ir para o ginásio.

— Ah, eu tinha me esquecido. — Senti seu desapontamento. — Bem, vejo você a qualquer hora, tá?

— Claro.

— Ei — disse ela —, a aula do Watson não foi ótima? Adorei saber sobre a vida de Churchill. Não foi interessante?

— Foi sim... grande aula!

— Bem, até a próxima, Danny.

— Até. — Afastei-me, recordando o que Sócrates dissera acerca de meus padrões de timidez e medo. Talvez ele tivesse razão. Eu não me sentia muito à vontade com as pessoas, nunca sabia o que dizer.

Porém, naquela tarde no ginásio, sem dúvida eu soube o que *fazer*. Senti-me vivo, abrindo a torneira da minha energia. Exercitei-me, fiz acrobacias, saltei. Eu era um palhaço, um mágico, um chimpanzé. Foi um dos melhores dias da minha vida. Minha mente estava tão clara que executava com perfeição tudo o que eu tentava fazer. Meu corpo estava relaxado, ágil, rápido e leve. Na acrobacia, inventei um salto mortal de costas completo e meio completo, com meia torção e um giro no final; na barra alta, lancei-me em um voo duplo em espiral, nenhum desses movimentos jamais feitos nos Estados Unidos.

Alguns dias depois, a equipe foi para o Oregon, para a sequência de campeonatos. Fomos os vencedores da disputa e voltamos para casa. Tudo parecia um sonho de ostentação, glória e ação — mas eu não conseguia fugir das preocupações que me afligiam.

Analisei tudo o que me acontecera desde a experiência da explosão de luz, na outra noite. Sem dúvida algo acontecera, como Soc previra, mas era assustador, e acho que eu não estava gostando muito. Talvez Sócrates fosse mais esperto do que parecia, ou mais perverso do que eu desconfiava.

Essas desconfianças desapareceram quando cruzei a porta do escritório iluminado e vi seu sorriso ansioso. Assim que me sentei, Sócrates perguntou:

— Está pronto para fazer uma viagem?

— Uma viagem? — repeti.

— Sim ... uma viagem, jornada, temporada, férias... uma aventura.

— Não, obrigado, não estou vestido para isso.

— Tolice! — gritou tão alto que ambos olhamos ao redor a fim de verificar se algum transeunte ouvira. — Psiiuu! — fez ele —, não fale tão alto! Vai acordar todo mundo!

Aproveitando sua afabilidade, disse sem pensar:

— Sócrates, minha vida deixou de ter sentido. Nada funciona, exceto quando estou no ginásio. Você não deveria tornar as coisas melhores para mim? Pensei que fosse isso o que um mestre fazia.

Ele começou a falar, mas eu o interrompi.

— E tem mais: sempre acreditei que precisamos encontrar nosso próprio caminho na vida. Ninguém pode dizer a outra pessoa como viver.

Sócrates deu um tapa na testa e olhou para o alto, resignado.

— Faço parte do seu caminho, seu burro. E não estou tirando você do berço ou trancando-o aqui, sabe? Pode ir embora quando quiser. Foi até a porta e abriu-a.

Nesse momento, uma limusine preta estacionou no posto, e Soc imitou a pronúncia britânica.

— O seu carro chegou, *sir*.

Desorientado, cheguei a pensar que realmente faríamos uma viagem de limusine. Por que não? Aturdido, fui direto para a limusine e fiz menção de entrar pela porta de trás. Vi-me diante do rosto velho e enrugado de um homenzinho, que abraçava uma garota de uns 16 anos, provavelmente tirada das ruas de Berkeley. Ele me olhou como uma fera hostil.

A mão de Soc agarrou a gola do meu suéter e arrancou-me do carro. Fechou a porta e justificou-se:

— Desculpe o meu jovem amigo. Ele nunca entrou num carro como este, e simplesmente ficou empolgado... não foi, Jack?

Assenti em silêncio.

— O que está acontecendo? — sussurrei, furioso, pelo canto da boca. Mas ele já estava lavando os vidros. Quando o carro se afastou, corei, constrangido. — Por que você não me deteve, Sócrates?

— Francamente, foi bem engraçado. Não imaginei que você fosse tão crédulo.

Ficamos ali parados, no meio da noite, olhando-nos fixamente. Sócrates ria, e eu cerrei os dentes, começando a irritar-me.

— Estou cansado de bancar o idiota para você! — gritei.

— Bem, tem de admitir que está se saindo muito bem nesse papel, está quase perfeito.

Girei sobre os calcanhares, chutei a lata de lixo e voltei para o escritório. Então me dei conta:

— Por que me chamou de *Jack*?

— Diminutivo de *jackass*[1] — disse ele.

— Tudo bem, droga! — ultrapassei-o rapidamente e entrei no escritório. — Vamos fazer a tal viagem. Posso aguentar o que for preciso. Para onde vamos? Para onde vou?

Sócrates respirou fundo.

— Dan, não posso lhe dizer nada, pelo menos não com tantas palavras. Grande parte do caminho do guerreiro é sutil e invisível aos não iniciados. Até agora lhe mostrei o que um guerreiro *não é*, apresentando-lhe a sua própria mente. Logo você entenderá isso.

Conduziu-me a um cubículo que eu não percebera antes, oculto atrás das prateleiras de ferramentas na garagem, onde havia um pequeno tapete e uma cadeira de espaldar reto. A cor predominante do lugar era o cinza. Senti o estômago revolver.

— Sente-se — disse ele, delicadamente.

— Não enquanto você não explicar o que significa tudo isto. — Cruzei os braços sobre o peito.

Sócrates suspirou. — *Eu* sou um guerreiro, *você* é um asno. Agora escolha: você pode se sentar e calar a boca... ou pode voltar para os refletores do seu ginásio e esquecer que me conheceu!

1. Literalmente, "asno". (N. da T.)

— Você está falando sério?

— Sim, estou...

Hesitei por um segundo e me sentei.

Sócrates abriu uma gaveta, retirou longas tiras de tecido de algodão e começou a amarrar-me na cadeira.

— O que vai fazer, vai me torturar? — disse meio brincando.

— Não, por favor, não diga nada — pediu, amarrando a última tira de pano em torno da minha cintura e por trás da cadeira, como um cinto de segurança de avião.

— Vamos voar, Soc? — indaguei nervoso.

— De certo modo sim — disse ele, ajoelhando-se diante de mim, tomando minha cabeça entre as mãos e pousando os polegares na curva superior das minhas órbitas. Meus dentes chocalhavam; senti uma vontade torturante de urinar. Mas em um segundo esqueci tudo. Luzes coloridas piscavam. Pensei ouvir uma voz, mas não consegui identificá-la; estava muito distante.

Percorríamos um corredor que estava mergulhado em uma névoa azul. Meus pés se movimentavam mas eu não conseguia sentir o chão. Árvores gigantescas nos cercavam e se transformavam em prédios; os prédios transformavam-se em penedos, e começamos a galgar um desfiladeiro íngreme que se tornou a borda de um despenhadeiro.

A névoa dissipou-se, o ar estava gelado. Nuvens verdes estendiam-se abaixo de nós, ao longo de quilômetros, indo fundir-se ao céu alaranjado, no horizonte.

Eu tremia. Tentei dizer algo a Sócrates, mas a minha voz saiu abafada. Não consegui mais controlar o tremor. Soc colocou a mão quente em minha barriga, produzindo um extraordinário efeito calmante. Relaxei e ele segurou meu braço com firmeza, apertando mais. Então se jogou para a frente, no despenhadeiro, e me levou junto.

Sem aviso, as nuvens desapareceram; de repente estávamos pendurados nos caibros de um estádio, oscilando precariamente, como duas aranhas embriagadas, bem acima do chão.

— Ups! — exclamou Soc. — Ligeiro erro de cálculo.

— Com os diabos! — gritei, lutando para segurar-me melhor. Impulsionei-me para cima e agarrei-me ofegante a uma viga, enroscando braços e pernas em torno dela. Sócrates já estava empoleirado sobre a viga na minha frente. Percebi que ele se segurava bem para um ancião.

— Ei, olhe — apontei. — É uma competição de ginástica! Sócrates, você é maluco.

— Eu, maluco? — disse, soltando uma risada silenciosa. — Olha quem está sentado na viga ao meu lado.

— Como vamos descer?

— Do mesmo modo que subimos, é claro.

— E *como* subimos?

Ele coçou a cabeça.

— Não sei ao certo; eu queria uma cadeira na primeira fila. Acho que já foi vendida.

Comecei a rir estridentemente. Tudo aquilo era ridículo. Soc colocou a mão na minha boca.

— Sshh! — e depois tirou. Foi um erro.

— Há! Há! Há! Há! Há! — gargalhei alto, até ele conseguir me calar novamente. Acalmei-me, mas estava tonto, e comecei a dar risadinhas.

Ele sussurrou asperamente.

— Esta viagem é real... mais real do que os sonhos despertos da sua vida diária. Preste atenção!

Então a cena embaixo atraiu minha atenção. A plateia, daquela altura, fundia-se num conjunto multicolorido de pontos, como uma tela neoimpressionista, ondulada, tremeluzente. Avistei uma plataforma elevada no meio da arena e o familiar quadrado azul reluzente da esteira de exercícios de chão, cercado por diversos aparelhos de ginástica. Meu estômago roncou em resposta; experimentei o habitual nervosismo pré-competição.

Sócrates enfiou a mão em uma pequena mochila (de onde ela surgira?) e passou-me um binóculo, no exato momento em que uma ginasta adentrava a plataforma.

Foquei meu binóculo na ginasta solitária e vi que era da União Soviética. Então estávamos assistindo a uma exibição internacional em algum lugar. Ela caminhou para as barras paralelas e percebi que podia ouvi-la falando consigo mesma! *A acústica aqui deve ser fantástica*, pensei. Mas então vi que os lábios dela não se mexiam.

Movimentei o binóculo rapidamente pela plateia e ouvi o clamor de muitas vozes; todavia todos estavam sentados em silêncio. Por fim percebi. De alguma maneira eu estava lendo suas mentes!

Voltei o binóculo para a ginasta. Não obstante a barreira do idioma, consegui entender seus pensamentos: "Seja forte... pronto...". Vi como era a sua rotina, enquanto ela a repassava mentalmente.

Em seguida, focalizei um homem na plateia, um sujeito de camisa esporte branca mergulhado numa fantasia sexual com uma concorrente da Alemanha Oriental. Outro homem, aparentemente um treinador, voltava a sua atenção para a mulher prestes a apresentar-se. Uma mulher na plateia também a observava e pensava: "Bela garota... sofreu uma queda feia no ano passado... espero que se saia bem".

Percebi que eu não recebia as palavras e sim os sentimentos conceituais, às vezes silenciosos ou abafados, outras altos e claros. Foi assim que pude "entender" russo, alemão ou qualquer outro idioma.

Percebi outra coisa. Enquanto a ginasta soviética se apresentava, sua mente estava tranquila. Ao terminar e voltar para a cadeira, sua mente voltou a funcionar. O mesmo aconteceu com a ginasta da Alemanha Oriental nas argolas e com a americana na barra horizontal. Concluí que, na hora da verdade, as melhores tinham a mente mais tranquila.

Um camarada da Alemanha Oriental distraiu-se com um ruído no momento em que girava nas barras paralelas. Senti que a sua mente era atraída pelo ruído. Ele pensou: "O que... ?" e errou o salto mortal final.

Como um *voyeur* telepático, eu espreitava as mentes da plateia. "Estou com fome... tenho que tomar o avião das onze horas, senão os planos de Düsseldorf estarão arruinados... estou com fome!" Mas sempre que um ginasta saltava na plateia as mentes silenciavam.

Pela primeira vez, compreendi por que amava tanto a ginástica. Ela me proporcionava uma trégua abençoada da mente ruidosa. Quando eu estava dando saltos mortais e lançando-me na barra, nada mais importava. Quando o meu corpo estava ativo, minha mente descansava nos momentos de silêncio.

O ruído mental da plateia estava se tornando irritante, como um rádio alto demais. Abaixei o binóculo e soltei-o, só que me esquecera de passar a correia pelo pescoço, e quase caí da viga na tentativa de agarrá-lo. O binóculo caiu bem no local de exercícios e uma ginasta foi atingida.

— Soc! — sussurrei, alarmado. Ele continuava sentado placidamente. Olhei para baixo, tentando ver o dano que causara, mas o binóculo desaparecera.

Sócrates ria.

— Quando você viaja comigo, as coisas funcionam segundo um conjunto de leis ligeiramente diferente.

Ele desapareceu, e eu rolei no espaço, não para baixo, mas para cima. Tive a vaga sensação de que caminhava para trás, a partir da borda de um penhasco, descendo por um despenhadeiro e mergulhando na névoa, como o personagem de um filme louco, rodado de trás para a frente.

Sócrates enxugava meu rosto com um pano úmido. Ainda amarrado, afundei na cadeira.

— Bem — disse ele —, viajar não é uma expansão?

— Você pode repetir isso de novo. Ah, que tal me desamarrar?

— Ainda não — replicou ele, estendendo as mãos de novo para minha cabeça.

— Não, espere! — gritei, pouco antes de as luzes se apagarem e o vento começar a uivar, arrastando-me à força no espaço e no tempo.

Tornei-me o vento, no entanto tinha olhos e orelhas. Via longe e ouvia a uma grande distância, soprando pela costa leste da Índia, próximo à baía de Bengala, passando por uma faxineira ocupada com seu serviço. Em Hong Kong, transformei-me num turbilhão em torno de um vendedor de tecidos finos, que barganhava em altos brados com um comprador. Varri as ruas de São Paulo, secando o suor dos turistas alemães que jogavam vôlei sob o sol quente dos trópicos.

Não deixei de passar em nenhum país. Retumbante, varri a China e a Mongólia e percorri a rica e vasta terra da União Soviética. Fustiguei vales e campinas alpinas da Áustria, soprei frio sobre os fiordes da Noruega. Revolvi o lixo da Rue Pigalle em Paris. Num momento eu era um ciclone, cortando o Texas; no momento seguinte era uma brisa suave, acariciando os cabelos de uma jovem que pensava em suicídio, em Canton, Ohio.

Experimentei cada emoção, ouvi todos os gritos de angústia e todos os risos. Todas as situações humanas abriram-se para mim. Senti-as todas, e as compreendi.

O mundo era habitado por mentes que giravam mais rápido que qualquer vento, em busca de distração e de um modo de escapar às dificuldades da mudança, ao dilema da vida e da morte; em busca de um objetivo, de segurança e de diversão; tentando compreender o sentido do mistério. Todos, em toda parte, viviam uma busca confusa e amarga. A realidade nunca condizia com seus sonhos, a felicidade estava logo depois da esquina — uma esquina a que jamais chegavam.

E a origem de tudo isso era a mente humana.

Sócrates retirou as faixas que me atavam. A luz do sol penetrava pelas janelas da garagem, ferindo meus olhos — olhos que tanto haviam visto — e encheu-os de lágrimas.

Sócrates ajudou-me a chegar ao escritório. Deitei-me, trêmulo, no sofá e percebi que deixara de ser o jovem ingênuo e vaidoso, que se sentara na cadeira cinza minutos antes, horas ou dias talvez. Sentia-me muito velho. Vira o sofrimento do mundo, a situação da mente humana, e senti uma tristeza inconsolável. Não havia como escapar.

Sócrates, por outro lado, estava jovial.

— Bem, agora não há mais tempo para jogos. Meu turno está quase no fim. Por que não vai para casa e dorme um pouco, garoto?

Pus-me de pé, minhas articulações estalaram e enfiei o braço na manga errada da jaqueta. Desembaracei-me, indagando debilmente:

— Sócrates, por que me amarrou?

— Estou vendo que nunca está fraco demais para fazer perguntas. Amarrei-o para que não caísse da cadeira enquanto voava como Peter Pan.

— Eu voei mesmo? Sentia-me como se estivesse voando. — Voltei a me sentar pesadamente.

— Por enquanto digamos que foi um voo imaginário.

— Você me hipnotizou ou o quê?

— Não como você está pensando... certamente não no mesmo grau em que tem sido hipnotizado por seus próprios processos mentais confusos. — Ele riu, pegou sua mochila (onde eu a vira antes?) e preparou-se para sair. — O que fiz foi levá-lo para uma das inúmeras realidades paralelas, para que você se divertisse e se instruísse.

— Como?

— É um pouco complicado. Vamos deixar isso para outra vez? — Sócrates bocejou e espreguiçou-se como um gato. Cruzei a porta, cambaleante, e ouvi a voz dele atrás de mim.

— Durma bem. Espere por uma pequena surpresa quando acordar.

— Por favor, chega de surpresas — resmunguei, dirigindo-me para casa, atordoado. Lembro-me vagamente de ter me jogado na cama. Em seguida veio a escuridão.

Acordei com o tique-taque do despertador sobre a mesinha azul. Mas eu não tinha um despertador nem uma mesinha azul. Tampouco tinha aquela colcha grossa, agora embolada em meus pés. Então percebi que os pés também não eram meus. Pequenos demais, pensei. O sol entrava por uma misteriosa janela panorâmica.

Quem eu era e onde estava? Agarrei-me a uma recordação fugaz e enfraquecida, que logo desapareceu.

Meus pés pequenos chutaram as cobertas, e pus-me de pé de um salto quando ouvi mamãe gritar:

— Danneeeey... está na hora de levantar, querido.

Era dia 22 de fevereiro de 1952 — meu aniversário de 6 anos. Deixei o pijama cair no chão e chutei-o para debaixo da cama; então desci correndo as escadas, vestindo só minha cueca de Lone Ranger. Em algumas horas meus amigos começariam a chegar com presentes: teríamos bolo, sorvete e muita diversão.

Depois que toda a decoração da festa foi retirada e os convidados se foram, brinquei, desatento, com meus novos brinquedos. Eu estava entediado, cansado e meu estômago doía. Fechei os olhos e adormeci.

Via cada dia passar como o anterior; escola durante a semana, o fim de semana, a escola novamente, outro fim de semana, o verão, o outono, o inverno e a primavera.

Os anos escoavam diante de mim, e logo eu era um dos primeiros ginastas da escola, em Los Angeles. Na ginástica, a vida era excitante; fora da ginástica, uma grande decepção. Meus poucos momentos de diversão consistiam em saltar do trampolim ou namorar Phyllis, no banco de trás de meu Valiant. Ela foi minha primeira namorada cheia de curvas.

Um dia o treinador Harold Frey convidou-me para ir a Berkeley, na Califórnia, e ofereceu-me uma bolsa para a universidade! Mal podia esperar o momento de ir para o litoral e começar vida nova. Phyllis, entretanto, não compartilhou de meu entusiasmo. Começamos a discutir porque eu ia embora e acabamos rompendo o namoro. Senti-me mal, mas consolei-me com meus planos para a universidade. Em breve, eu tinha certeza, a vida realmente iria começar!

Os anos de faculdade passaram rápido, repletos de vitórias na ginástica mas com bem poucos pontos altos. No último ano, pouco antes das competições de ginástica olímpica, casei com Susie. Permanecemos em Berkeley para que eu pudesse treinar com a equipe. Estava tão ocupado que não tinha tempo nem energia para minha nova esposa.

As competições finais aconteceram na UCLA.[2] Quando saiu o resultado final, fiquei radiante — eu tinha ganhado para a equipe! Contudo, minha atuação nas Olimpíadas não correspondera às minhas expectativas. Voltei para casa e mergulhei em relativo anonimato.

Meu filho nasceu e comecei a sentir que a responsabilidade e a pressão aumentaram. Comecei a trabalhar como vendedor de seguros, o que ocupava a maior parte de meus dias e minhas noites. Nunca tinha tempo para a família. Em um ano Susie e eu estávamos separados; por fim ela pediu o divórcio. Um novo começo, pensei tristemente.

Um dia olhei-me no espelho e percebi que quarenta anos haviam se passado: eu não era mais jovem. Para onde fora minha vida? Com o auxílio de meu psiquiatra, tinha conseguido superar o problema de alcoolismo; tinha dinheiro, propriedades e mulheres. Mas não tinha ninguém. Estava só.

Na cama, à noite, imaginei onde estaria meu filho — havia anos que não o via. Pensei em Susie e nos amigos dos velhos tempos.

Eu passava os dias em minha cadeira de balanço, bebendo vinho, assistindo à televisão e pensando no passado. Observava as crianças brincando

2. Universidade da Califórnia, *campus* de Los Angeles. (N. da T.)

na frente da casa. Concluía que tivera uma boa vida. Conseguira tudo por que lutara, então por que eu não estava feliz?

Um dia, uma das crianças que brincavam no gramado aproximou-se do alpendre. Um garotinho simpático, sorridente, que perguntou a minha idade.

— Tenho 200 anos — respondi.

Ele soltou uma risadinha e disse:

— Não tem não — e pôs as mãos nos quadris. Eu também ri, o que desencadeou um de meus acessos de tosse. Mary, minha jovem enfermeira, bonita e competente, teve de pedir ao menino para ir embora.

Depois de ajudar-me a recuperar o fôlego, pedi ofegante:

— Mary, você pode me deixar um pouco sozinho?

— Claro, senhor Millman.

Não a segui com os olhos enquanto se afastava. Esse era um dos prazeres da vida que em mim havia morrido há muito tempo.

Fiquei sozinho. Parecia ter passado a vida inteira sozinho. Recostei-me na cadeira de balanço e respirei. Meu último prazer! E logo esse também acabaria. Chorei amarga e silenciosamente. *Maldição!*, pensei. *Por que meu casamento fracassou? Como poderia ter feito para as coisas serem diferentes? Como poderia ter vivido de verdade?*

De súbito, um medo terrível, penetrante, tomou conta de mim, o maior de toda minha vida. Teria eu perdido algo muito importante — algo que realmente teria feito diferença? Não, é impossível, tranquilizei-me. Repassei em voz alta todas as minhas realizações. O medo persistia.

Lentamente, fiquei de pé e contemplei a cidade da varanda de minha casa, no topo da colina. Para onde teria ido toda a vida? Para que ela tinha servido? Será que todos... Oh, meu coração! Ai... meu braço, que dor! Tentei gritar, mas não podia respirar.

Minhas articulações ficaram brancas quando me agarrei ao parapeito. Então meu corpo transformou-se em gelo e meu coração, em pedra. Deixei-me cair na cadeira, a cabeça pendendo para a frente.

A dor desapareceu abruptamente e surgiram luzes que eu nunca vira antes e sons jamais ouvidos. Imagens dançavam diante de meus olhos.

— É você, Susie? — disse uma voz distante em minha mente. Finalmente, todas as visões e sons tornaram-se um único ponto de luz que desapareceu.

Eu encontrara a única paz conhecida.

Ouvi a gargalhada do guerreiro. Sentei-me, assustado, os anos voltando dentro de mim. Eu estava na minha cama, no meu apartamento, em Berkeley, na Califórnia. Ainda estava na faculdade, e meu relógio digital marcava seis horas e vinte e cinco minutos da tarde. Eu tinha dormido o dia inteiro e perdido as aulas e o treino!

Saltei da cama e olhei-me no espelho. Toquei meu rosto ainda jovem, estremecendo de alívio. Tudo não passara de um sonho — uma vida inteira num único sonho, a "surpresinha" a que Soc se referira.

Permaneci em meu apartamento, olhando, perturbado, pela janela. Meu sonho fora excepcionalmente real. Na verdade, o passado era inteiramente verídico, até mesmo os detalhes há muito esquecidos. Sócrates me dissera que essas viagens eram reais. Será que o sonho previa também o meu futuro?

Corri para o posto, às nove e cinquenta, e encontrei Sócrates chegando. Assim que ele entrou e o empregado do turno anterior saiu, perguntei:

— Muito bem, Soc. O que aconteceu?

— Você sabe melhor que eu. Era a sua vida, não a minha, graças a Deus.

— Sócrates, eu lhe peço... — estendi as mãos para ele. — Minha vida vai ser assim? Porque, se for, não estou a fim de vivê-la.

Ele começou a falar de maneira lenta e suave, como fazia quando queria que eu prestasse particular atenção a alguma coisa.

— Assim como existem diferentes interpretações do passado e muitos modos de se mudar o presente, há inúmeros futuros possíveis. O que você sonhou é um futuro altamente provável... o futuro para o qual você estava caminhando se não tivesse me encontrado.

— Você quer dizer que, se eu tivesse passado direto pelo posto de gasolina naquela noite, esse sonho teria sido o meu futuro?

— É muito provável. E continua sendo. Mas você pode fazer algumas escolhas e mudar as atuais circunstâncias. Pode alterar o seu futuro.

Sócrates fez chá para nós e delicadamente pousou uma caneca ao meu lado. Seus movimentos eram graciosos, estudados.

— Soc, não sei o que fazer. Nesses últimos meses minha vida tem sido um romance improvável. Sabe o que estou querendo dizer? Às vezes gostaria de poder voltar à vida normal. Esta vida secreta, com você, esses sonhos e as viagens têm sido difíceis para mim.

Sócrates respirou fundo; algo de extrema importância estava por vir.

— Dan, vou aumentar minhas exigências à medida que você estiver preparado. Garanto que vai querer abandonar a vida que conhece por alternativas que lhe pareçam mais atraentes, mais agradáveis, mais "normais". Contudo, neste momento, o erro seria maior do que você poderia imaginar.

— Mas eu *vejo* o valor daquilo que você está me mostrando.

— Pode ser, mas ainda tem uma capacidade surpreendente de se enganar. Por isso precisava sonhar com a sua vida. Lembre-se do sonho quando se sentir tentado a correr atrás de suas ilusões.

— Não se preocupe comigo, Sócrates. Posso aguentar.

Se eu soubesse o que me esperava, teria ficado de boca fechada.

2

A TEIA DE ILUSÕES

Os ventos de março amainavam. As flores primaveris distribuíam sua fragrância pelo ar — inclusive no banheiro, onde eu lavava o suor e o cansaço físicos, após um treinamento vigoroso.

Vesti-me rapidamente e desci saltando os degraus dos fundos do Ginásio Harmon, vendo o céu de Edward Fields tornar-se alaranjado com os últimos raios de sol. O ar fresco revigorou-me. Relaxado e em paz com o mundo, caminhei para o centro da cidade, onde comi um hambúrguer a caminho do cinema. Nessa noite estava passando *A Grande Fuga*, um filme excitante sobre a fuga ousada de prisioneiros de guerra ingleses e americanos.

O filme terminou, e subi lentamente a University Avenue em direção ao *campus*. Cheguei ao posto pouco depois de Sócrates iniciar o seu turno. Havia grande movimento, e ajudei-o até pouco depois da meia-noite. Fomos para o escritório e lavamos as mãos; depois ele me surpreendeu, começando a preparar um jantar chinês — iniciava-se uma nova fase de meu aprendizado.

Tudo começou quando falei sobre o filme.

— Parece um filme empolgante — disse ele, desembrulhando um pacote de legumes frescos —, e apropriado, também.

— Como?

— Você também precisa fugir, Dan. É prisioneiro de suas próprias ilusões... ilusões sobre si mesmo e o mundo. Para libertar-se, precisará de mais coragem e resistência que qualquer herói do cinema.

Estava me sentindo tão bem naquela noite que não consegui levar Soc a sério.

— Não me sinto numa prisão... a não ser quando você me amarra na cadeira.

Ele começou a lavar os legumes e comentou, elevando a voz acima do ruído da água corrente:

— Você não vê a sua prisão porque as grades são invisíveis. Parte da minha tarefa consiste em mostrar-lhe sua situação crítica, e espero que esta seja a pior experiência da sua vida.

— Muito obrigado, amigo — respondi, chocado com os seus maus votos.

— Acho que você não me entendeu — disse ele, mostrando-me um nabo e cortando-o em fatias numa tigela. — A desilusão é o maior presente que posso lhe dar. Entretanto, por seu apego à ilusão, você considera a palavra negativa. Solidariza-se com um amigo quando diz: "Oh, que desilusão deve ter sido!". Mas devia estar comemorando com ele. A palavra desilusão significa literalmente "libertar-se da ilusão". Mas você se agarra às suas.

— Aos fatos — desafiei-o.

— Fatos — repetiu ele, colocando de lado o *tofu* cortado em cubos. — Dan, você está sofrendo, não gosta realmente da sua vida. Seus divertimentos, suas distrações e até mesmo a ginástica constituem formas temporárias de distraí-lo da sensação fundamental de medo.

— Espere um momento, Soc — eu estava irritado. — Está dizendo que a ginástica, o sexo, o cinema são ruins?

— Não necessariamente. Mas para você são vícios, não distrações. Você os utiliza para distrair-se da sua vida interior caótica... um desfile de desculpas, ansiedades e fantasias que você chama de sua mente.

— Espere aí, Sócrates. Esses não são fatos.

— São sim, e inteiramente verificáveis, embora você ainda não possa enxergar. Você, Dan, em sua busca condicionada de realização e diversão, evita a origem fundamental do seu sofrimento.

Fez uma pausa.

— Isso não era realmente o que você queria ouvir, era?

— Não em particular. E não creio que isso se aplique a mim. Você tem alguma coisa um pouco mais elaborada? — perguntei.

— Claro — disse ele, terminando de cortar os legumes e reunindo-os. — A verdade é que, assim como está, sua vida é maravilhosa, e você não está sofrendo. Não precisa de mim e já é um guerreiro. Assim está bem?

— Melhorou! — Dei uma risada. Mas sabia que não era verdade. — Provavelmente a verdade está em algum ponto intermediário, não acha?

Sem desviar os olhos dos legumes, Sócrates continuou:

— Acho que o seu "ponto intermediário" é, do meu ponto de vista, o próprio inferno.

Coloquei-me na defensiva.

— Sou o único idiota ou você é especialista em trabalhar com deficientes espirituais?

— Pode achar isso — ele sorriu, colocando óleo de gergelim na frigideira, já sobre a chapa aquecida. — Mas quase toda a humanidade tem a mesma dificuldade que você.

— E que dificuldade é essa?

— Pensei que eu já havia explicado — disse pacientemente. — Se você não tem o que quer, sofre; se tem o que não quer, também sofre. Mesmo que consiga exatamente o que quer, ainda assim você sofre, porque não pode se agarrar, seja ao que for, eternamente. Sua mente é a sua dificuldade. Ela quer se ver livre da mudança, livre da dor, livre das obrigações da vida e da morte. Mas a mudança é uma lei, e nenhuma simulação alterará essa realidade.

— Sócrates, você consegue ser deprimente, sabia? Acho que perdi a fome. Se a vida é apenas sofrimento, então para que preocupar-se?

— A vida não é sofrimento; só que você vai perdê-la, em vez de aproveitá-la, se não abandonar os apegos para seguir livremente, aconteça o que acontecer.

Sócrates colocou os legumes e o *tofu* na frigideira quente e começou a mexer. Um aroma delicioso encheu o escritório enquanto ele dividia os legumes em dois pratos, dispondo-os sobre a velha escrivaninha que servia de mesa de jantar.

— Acho que acabei de recuperar o apetite — disse.

Sócrates riu, então comemos em silêncio, pegando pequenas porções com os pauzinhos chineses. Devorei os legumes em trinta segundos. Acho que estava realmente faminto. Quando Sócrates terminava sua refeição, perguntei:

— Então, quais são os usos positivos da mente?

Soc ergueu os olhos do prato.

— Nenhum — e retomou calmamente à comida.

— Nenhum?! Sócrates, isso é loucura! E as criações da mente? Os livros, as bibliotecas, as artes? E todos os avanços da nossa sociedade, produzidos por mentes brilhantes?

Ele abriu um sorriso largo, pousou os pauzinhos e afirmou:

— Não existem mentes brilhantes. — E levou os pratos para a pia.

— Sócrates, pare de fazer essas afirmações irresponsáveis e explique-se!

Soc saiu do banheiro, erguendo no ar dois pratos lavados.

— Acho melhor redefinir alguns termos para você. "Mente" é uma dessas palavras tão escorregadias quanto "amor". A definição apropriada depende do seu estado de consciência. Considere deste modo: você tem um cérebro que comanda o corpo, armazena informações e lida com essas informações. Aos processos abstratos do cérebro chamamos de "intelecto". Em nenhum momento mencionei a mente. Cérebro e mente não são a mesma coisa. O cérebro é real, a mente não.

"A 'mente' é o reflexo enganador de uma excitação do cérebro agitado. Inclui todos os pensamentos descontrolados, aleatórios, que afloram do subconsciente para o consciente. A consciência não é a mente, a percepção não é a mente, a atenção também não é a mente. Ela é uma obstrução, um empecilho. É uma espécie de erro evolutivo no ser humano, uma fraqueza primordial da experiência humana. Não há nenhuma função que possa ser atribuída à mente."

Permaneci em silêncio, respirando com lentidão. Eu não sabia ao certo o que dizer. Porém, logo as palavras brotaram.

— Não sei bem do que você está falando, mas me parece realmente sincero.

Ele limitou-se a sorrir, dando de ombros.

— Soc — prossegui —, terei de cortar a cabeça para livrar-me da mente?

Sorrindo ele disse: — É um tipo de cura, mas com efeitos colaterais indesejáveis. O cérebro pode ser um instrumento. Ele pode lembrar números de telefone, solucionar problemas matemáticos ou criar poesia. Dessa maneira, ele trabalha para o resto do corpo, como uma máquina. Mas quando você não consegue parar de pensar no problema matemático ou no número de telefone, ou quando os pensamentos ou as lembranças incômodas afloram contra a sua vontade, não é o seu cérebro que trabalha, mas a mente que devaneia. Então a mente assume o controle, a máquina está desgovernada.

— Entendi.

— Para entender realmente, você deve observar e ver o que estou dizendo. Você tem um pensamento de raiva e fica com raiva. O mesmo acontece com todas as suas emoções. Elas são o seu reflexo patelar ao estímulo de pensamentos que você não consegue controlar. Seus pensamentos são como um macaco selvagem mordido por um escorpião.

— Sócrates, acho...

— Você acha demais!

— Eu só ia dizer que estou realmente disposto a mudar. Esta é uma característica minha: sempre fui aberto a mudanças.

— Essa — disse Sócrates — é uma de suas maiores ilusões. Você se dispõe a trocar de roupa, de corte de cabelo, de mulher, de casa e de trabalho. Está disposto a mudar qualquer coisa, exceto a si mesmo, mas você vai mudar. Ou eu ajudo você a abrir os olhos, ou o tempo se encarregará disso, embora nem sempre ele seja gentil — ameaçou. — Decida-se. Mas primeiro reconheça que está numa prisão... Só então poderemos tramar a sua fuga.

Dito isso, ele foi até a escrivaninha, pegou o lápis e começou a conferir recibos, como um contador atarefado. Tive a nítida sensação de que eu estava dispensado por aquela noite. Fiquei satisfeito por não ter mais aulas.

Nos dias que se seguiram, que logo se transformaram em semanas, convenci-me de que estava ocupado demais para fazer uma visita a Sócrates. No entanto, suas palavras não me saíam da cabeça. Comecei a me preocupar com o seu conteúdo.

Passei a utilizar um pequeno caderno de notas, onde escrevia meus pensamentos durante o dia — exceto nos treinos, quando eles eram substituídos pela ação. Em dois dias tive de comprar um caderno maior; em uma semana, esse também logo ficou completo. Impressionei-me com o negativismo geral de meus processos mentais.

Essa prática aguçou a consciência dos ruídos da minha mente; eu havia aumentado o volume de meus pensamentos, que antes não passavam de pano de fundo subconsciente. Parei de escrever, mas os pensamentos continuaram a gritar. Talvez Soc pudesse me ajudar a controlar o volume. Decidi visitá-lo naquela noite.

Encontrei-o na garagem, limpando o motor de um velho Chevrolet. Eu ia começar a falar, quando uma garota de cabelos escuros apareceu à porta. Nem mesmo Soc ouviu-a entrar, o que não era comum. Avistou-a pouco antes de mim e recebeu-a de braços abertos. Ela dançou em volta dele, e ambos se abraçaram, rodopiando pela sala. Nos minutos seguintes, apenas se fitaram. Sócrates perguntava: "Sim?", e ela respondia: "Sim". Uma cena bem estranha!

Não me restava nada a não ser olhar para ela a cada vez que passava rodopiando. Tinha cerca de um metro e sessenta e cinco, era robusta, embora estivesse envolta em uma aura de fragilidade e delicadeza. Os cabelos longos e negros estavam presos num coque, deixando à mostra a tez clara e brilhante. Os traços mais marcantes do rosto eram os olhos grandes e escuros.

Finalmente, meu olhar deve ter atraído a sua atenção. — Dan, esta é Joy — disse Sócrates.

— Joy é o seu nome ou o seu estado de espírito? — indaguei, tentando ser simpático.

— Os dois, na maioria das vezes —, replicou ela, olhando para Sócrates. Ele assentiu. Então, para minha surpresa, ela me abraçou. Seus braços envolveram-me suavemente num abraço muito carinhoso. Senti um aumento brusco de energia correr pela minha espinha. E fui instantaneamente inundado de amor.

Joy fitou-me com seus olhos grandes e luminosos por trás de um sorriso doce e malicioso, e os meus olhos cravaram-se nela.

— O velho Buda está colocando você na máquina de espremer roupa, é? — indagou suavemente.

— Ah, acho que sim — murmurei.

— Bem, vale a pena ser espremido. Eu sei, porque ele me colocou na máquina primeiro.

Eu não tinha forças para perguntar os detalhes. Ademais, ela virou-se para Sócrates e disse:

— Agora tenho que ir. Que tal nos encontrarmos aqui no sábado de manhã, às dez horas, para irmos ao Tilden Park fazer um piquenique? Eu preparo o lanche. Acho que vai fazer bom tempo. OK? — perguntou antes para Sócrates e depois para mim. Assenti em silêncio, e ela saiu sem fazer ruído.

Não ajudei Sócrates durante aquela noite. Aliás, o resto da semana foi totalmente perdido. Por fim, quando chegou o sábado, caminhei sem camisa até a estação rodoviária. Queria muito me bronzear e também impressionar Joy com meu tórax musculoso.

Tomamos o ônibus até o parque e caminhamos pelos campos, pisando em folhas secas que se amontoavam por entre os pinheiros, as bétulas e os olmos. Dispusemos a comida em um outeiro gramado, banhado de sol. Deixei-me cair ruidosamente na grama, louco para tostar ao sol esperando que Joy se sentasse ao meu lado.

De súbito, o vento aumentou, trazendo as nuvens. Eu não queria acreditar. Começou a chover — primeiro um chuvisco, depois um temporal repentino. Peguei a camisa e vesti-a, praguejando. Sócrates apenas ria.

— Como pode achar graça? — censurei-o. — Vamos ficar ensopados, só há ônibus daqui a uma hora e o lanche está todo molhado. Joy preparou-o. Tenho certeza de que ela não deve estar achando tanta... — Joy também estava rindo.

— Não estou rindo da chuva — disse Soc. — Estou rindo de você.

Ele explodiu numa gargalhada, rolando nas folhas molhadas. Joy começou a dançar e a cantar "Cantando na Chuva". Debbie Reynolds e Buda — era demais!

A chuva parou tão repentinamente quanto começara. O sol surgiu, e logo a comida e as roupas estavam secas.

— Acho que minha dança da chuva funcionou — disse Joy, agradecendo com uma mesura.

Ela sentou-se atrás de mim — eu estava todo encurvado — e massageava meus ombros enquanto Sócrates dizia:

— Está na hora de você começar a aprender com as experiências da vida, em vez de reclamar ou aceitá-las passivamente, Dan. Duas experiências muito importantes lhe foram oferecidas, e ambas caídas do céu, por assim dizer. — Eu atacava a comida, tentando não ouvir.

— Primeiro — disse ele, mastigando a alface —, nem o seu desapontamento nem a raiva foram causados pela chuva.

Minha boca estava tão cheia de salada de batatas que não pude protestar. Sócrates continuou, mostrando ostensivamente uma rodela de cenoura.

— A chuva foi uma demonstração perfeita da natureza. O seu "aborrecimento" com o fiasco do piquenique e a "felicidade" quando o sol reapareceu foram produzidos por seus pensamentos. Nada tiveram a ver com os acontecimentos reais. Nunca se sentiu infeliz em comemorações, por exemplo? Então é óbvio que é sua mente e não as pessoas ou o ambiente que causam esse estado de espírito. Essa é a primeira lição.

Engolindo a salada de batatas, ele prosseguiu:

— A segunda lição é a constatação de que você ficou mais furioso ainda ao perceber que eu não estava nem um pouco aborrecido. Você começou a se ver e a se comparar a um guerreiro... a dois guerreiros, aliás. — Sorriu para Joy. — Não gostou nem um pouco do que viu, gostou, Dan? Isso deve ter sugerido uma necessidade de mudança.

Permaneci sentado e mal-humorado, absorvendo o que Sócrates dissera. Nem percebi que ele e Joy tinham se afastado. Em pouco tempo voltou a chuviscar.

Sócrates e Joy voltaram para onde estávamos. Sócrates começou a dar saltos, imitando o meu comportamento anterior.

— Maldita chuva! — gritava. — Estragou nosso piquenique!

Andava de um lado para o outro com passos duros, parava e piscava para mim, sorria maliciosamente. Então jogou-se de barriga em um charco de folhas úmidas e fingiu nadar. Joy começou a cantar ou a rir — eu não saberia dizer qual dos dois.

Por fim, rendi-me e comecei a rolar com eles nas folhas molhadas, lutando com Joy. Apreciei particularmente essa parte, e acho que ela também. Corremos e dançamos loucamente até a hora de partir. Joy era peralta e divertida — embora possuísse todas as qualidades de uma mulher forte e orgulhosa. Rapidamente eu fiquei caidinho por ela.

O ônibus sacolejava ao descer a estrada tortuosa das colinas que se elevavam acima da baía, e o céu foi ficando rosa e dourado ao pôr do sol. Sócrates fez uma tentativa débil de resumir minhas lições enquanto eu me esforçava para ignorá-lo e continuar enroscado com Joy no banco de trás.

— Ei! Quer me dar um pouco de atenção? — pediu. Estendeu a mão, pegou meu nariz entre dois dedos e virou meu rosto para ele.

— O que você quer? — indaguei. Joy sussurrava ao meu ouvido enquanto Sócrates segurava meu nariz. — Prefiro ouvi-la a ouvir você.

— Ela só vai levá-lo para a vida mansa — disse, sorrindo e soltou meu nariz. — Até um tolo, nas garras do amor, pode ver que a mente cria tanto desapontamento quanto... alegrias.

— Excelente escolha de palavras — observei, perdendo-me nos olhos de Joy.

Depois de uma curva, mergulhamos no silêncio, observando San Francisco acender suas luzes. O ônibus parou ao pé da colina. Joy levantou-se rapidamente e saiu do ônibus, seguida por Sócrates. Fiz menção de segui-los, mas ele me lançou um olhar e disse:

— Não.

E isso foi tudo. Joy olhou-me pela janela aberta.

— Joy, quando a verei de novo?

— Talvez logo. Depende — disse ela.

— Depende do quê? — perguntei. — Joy, espere, não se vá. Motorista, deixe-me descer!

Mas o ônibus estava em movimento. Joy e Soc desapareceram na escuridão.

Passei o domingo dominado por profunda depressão, sobre a qual não tinha controle. Nas aulas de segunda-feira, quase não ouvia o que o professor dizia. Fiquei preocupado durante os treinos e minha energia foi consumida. Não comia desde o piquenique. Preparei-me para minha visita de segunda à noite ao posto de gasolina. Se encontrasse Joy lá, pediria que saísse comigo — ou que me deixasse sair com ela.

Ela e Sócrates estavam rindo quando entrei no escritório. Sentindo-me um estranho, pensei que estavam rindo de mim. Entrei, tirei os sapatos e sentei-me.

— Bem, Dan, está mais esperto do que no sábado? — indagou Sócrates. Joy limitou-se a sorrir, mas de um modo que me magoou. Temi que você não fosse aparecer hoje, Dan, com medo de que eu dissesse algo que não quisesse ouvir. — As palavras dele soavam como pequenas marteladas. Cerrei os dentes.

— Tente relaxar, Dan — aconselhou-me ela. Eu sabia que estava tentando ajudar, mas me senti esmagado e criticado pelos dois.

— Dan — prosseguiu Sócrates —, olhe para você. Se continuar cego para suas fraquezas, como poderá corrigi-las?

Eu mal podia falar. Quando o fiz, minha voz tremia de tensão, raiva e autocomiseração.

— Eu *estou* olhando... — Não queria bancar o tolo na frente de Joy. Sócrates prosseguiu jovialmente.

— Já lhe disse que a atenção compulsiva que você dá aos humores e impulsos da mente é um erro fundamental. Se insistir, continuará a ser como é... e não consigo imaginar destino pior. — Sócrates soltou uma gargalhada entusiasmada, e Joy aquiesceu com um movimento de cabeça.

— Ele pode ficar zangado, não é? — disse ela, rindo para Sócrates.

Cerrei os punhos e mantive minha voz firmemente controlada.

— Não estou achando graça em nenhum dos dois.

Sócrates recostou-se na cadeira.

— Você está com raiva, mas está fazendo um péssimo trabalho ao tentar escondê-la. E essa raiva é a prova de suas ilusões obstinadas. Por que defender um eu no qual nem você acredita? Quando esse jovem asno vai crescer?

— Você é o único louco! — Ouvi meu próprio grito. — Eu estava bem, até encontrar você. O seu mundo parece cheio de sofrimento, não o meu. Fico deprimido sim, mas só quando estou aqui com você!

Nem Joy nem Sócrates disseram uma palavra. Limitaram-se a balançar a cabeça, tentando parecer solidários e compassivos. Maldita compaixão!

— Vocês dois acham tudo tão claro, tão simples e tão engraçado! Não entendo nenhum dos dois e não sei se quero entender.

Cego de constrangimento e perplexidade, e sentindo-me um tolo, saí pela porta, jurando a mim mesmo esquecer Soc, esquecer Joy e esquecer que numa madrugada estrelada eu tinha entrado naquele posto de gasolina.

Minha indignação era falsa, e eu sabia disso. E o pior é que eles também sabiam. Eu fiquei furioso. Sentia-me como se fosse um garotinho. Podia suportar perder o prestígio diante de Sócrates, mas não diante dela. E agora tinha certeza de que a perdera para sempre.

Andando pelas ruas, acabei tomando a direção contrária à minha casa. Terminei num bar na University Avenue, perto da Grove Street. Embebedei-me o mais que pude, e quando finalmente cheguei em casa, por sorte estava inconsciente.

Eu jamais poderia voltar lá. Decidi retomar a vida normal que deixara de lado meses antes. A primeira providência consistia em pôr os estudos em dia, se quisesse me formar. Susie emprestou-me seus apontamentos de História, e consegui os de Psicologia com um colega de equipe. Ficava até tarde fazendo os trabalhos, mergulhado nos livros. Tinha muito para recordar — e muito para esquecer.

No ginásio, treinava até a exaustão. A princípio, meu treinador e os colegas de equipe ficaram satisfeitos com essa nova energia. Rick e Sid, meus dois amigos mais íntimos da equipe, surpreenderam-se com minha ousadia e zombaram da minha "vontade de morrer". Aventurava-me em qualquer movimento, estivesse preparado ou não. Acharam-me cheio de coragem. Eu sabia que queria me machucar — queria um motivo físico para a dor que sentia interiormente.

Pouco depois, o entusiasmo de Rick e Sid transformou-se em preocupação.

— Dan, você percebeu que está com olheiras? Quando foi a última vez que fez a barba? — indagou Rick.

— Você parece, não sei, magro demais — disse Sid.

— Problema meu — disse rispidamente. — Não, isto é, obrigado, mas eu estou realmente bem.

— Bom, durma um pouco de vez em quando, ou não vai sobrar nada de você no verão.

— É, tem razão. — Não disse a ele que não acharia nada mal desaparecer.

Transformei os poucos gramas restantes de gordura em cartilagem e músculo. Eu estava sólido como uma estátua de Michelangelo. Minha pele estava pálida e translúcida como mármore.

Eu ia ao cinema quase todas as noites, mas não conseguia tirar da cabeça a imagem de Sócrates sentado naquele posto, talvez com Joy. Às vezes eu tinha uma visão sombria de ambos ali sentados, rindo de mim; talvez eu fosse a presa daqueles dois guerreiros.

Não me encontrei com Susie, nem com as outras garotas que conheci. Todo o impulso sexual era descarregado no treinamento, lavado com suor. Ademais, como eu poderia fitar outros olhos, depois que vira os de Joy? Certa noite, acordei com uma batida na porta e a voz tímida de Susie do lado de fora.

— Danny, você está aí? Dan?

Ela deixou um bilhete debaixo da porta. Nem me dei ao trabalho de me levantar e lê-lo.

Minha vida tornou-se uma provação. O riso das outras pessoas feria meus ouvidos. Imaginava Sócrates e Joy gargalhando como dois feiticeiros, tramando contra mim. Os filmes a que assistia tinham perdido toda a graça, a comida tinha gosto de goma. E um dia, durante uma aula em que Watkins analisava as influências sociais de alguma coisa, fiquei em pé e comecei a gritar a plenos pulmões que era tudo besteira. Watkins tentou ignorar-me, mas todos os olhos, cerca de quinhentos pares deles, voltaram-se para mim. Estava decidido a provar a todos eles que era tudo besteira! Algumas mãos anônimas aplaudiram, ouviram-se alguns risos e sussurros.

Watkins, que não iria perder sua elegância, sugeriu:

— Você poderia explicar isso?

Abri caminho pelo corredor e subi ao estrado. Subitamente desejei estar barbeado e usando uma camisa limpa. Postei-me de frente para ele.

— O que toda essa porcaria tem a ver com a felicidade, com a vida? — Mais aplausos da plateia. Achei que ele estava me avaliando para ver se eu era perigoso; e decidiu que eu podia ser. Ótimo! Fiquei mais confiante.

— Talvez seja válido o que você está dizendo — aquiesceu suavemente.

Meu Deus, ele estava sendo indulgente comigo, na frente de quinhentas pessoas! Eu queria explicar a todos o que isso significava — ensinaria a eles, eu os faria enxergar. Virei-me para a classe e comecei a relatar meu encontro com um homem num posto de gasolina, o qual me mostrara que a vida não era o que parecia ser. Iniciei pelo conto do rei que vivia na montanha sozinho, em meio a uma cidade enlouquecida. A princípio, fez-se um silêncio mortal. Por fim, algumas pessoas começaram a rir. O que havia de errado? Eu não dissera nada engraçado. Prossegui com a história, mas logo uma onda de risos percorreu a plateia. Estavam todos loucos, ou seria eu o louco?

Watkins sussurrou algo para mim, mas não escutei. Continuei inutilmente. Ele sussurrou novamente.

— Filho, acho que estão rindo porque a sua braguilha está aberta. — Mortificado, olhei para baixo e depois para a classe. Não, não! De novo, não! Fazer papel de idiota outra vez, não! Comecei a chorar e os risos morreram.

Saí da sala e atravessei o *campus* correndo, até não poder mais. Duas garotas passaram por mim: robôs de plástico, zumbis sociais. Passaram, olharam-me com repugnância e deram-me as costas.

Olhei para minhas roupas sujas, provavelmente cheirando mal. Meus cabelos estavam desgrenhados e sem brilho, há dias não me barbeava. Dei por mim no centro estudantil, sem saber como chegara lá, e me afundei numa cadeira de plástico pegajosa, onde adormeci. Sonhei que estava preso a um cavalo de madeira por uma espada reluzente. O cavalo, parte de um carrossel, girava sem parar enquanto eu tentava desesperadamente alcançar a campainha. Tocava uma música melancólica e, ao fundo, ouvi uma gargalhada terrível. Acordei zonzo e fui cambaleando para casa.

Desde então deixei-me levar pela rotina escolar como um fantasma. Meu mundo tinha virado de cabeça para baixo. Tentava retomar o velho estilo de vida que conhecia, motivar-me nos estudos e nos treinos, mas nada mais tinha sentido.

Enquanto isso, os professores matraqueavam sobre o Renascimento, os reflexos dos ratos, a maturidade de Milton. Percorria diariamente a Sproul Square em meio a demonstrações dos alunos e andava pelo meio das manifestações estudantis como se estivesse num sonho. Nada tinha sentido para mim. A força estudantil não me proporcionava alívio; as drogas não podiam me consolar. Assim eu vagava como um estranho em terra estranha, preso entre dois mundos, sem apoio em lugar nenhum.

No final de uma tarde, sentei-me num pequeno bosque de sequoias, próximo à parte mais baixa do *campus*, esperando o anoitecer e pensando na melhor maneira de me suicidar. Eu não pertencia mais à Terra. Não sei como perdera os sapatos, tinha apenas uma meia e meus pés estavam sujos de sangue ressecado. Não sentia dor, nada.

Decidi ver Sócrates pela última vez. Arrastei-me até o posto e parei do outro lado da rua. Ele estava terminando de atender um cliente, quando uma senhora e uma menina de cerca de 4 anos entraram no posto. Acho que a mulher não conhecia Sócrates, talvez estivesse pedindo alguma informação. De súbito a menina estendeu a mão para ele. Sócrates tomou-a nos braços e ela enlaçou seu pescoço. A mulher tentou afastar a menina de Sócrates, mas ela não quis soltá-lo. Sócrates riu e conversou com a garota, colocando-a no chão delicadamente. Ajoelhou-se, e eles se abraçaram.

Fiquei inexplicavelmente triste e comecei a chorar. Meu corpo estava tomado por profunda angústia. Virei-me, corri algumas centenas de metros e caí na calçada. Estava demasiado esgotado para ir para casa ou fazer o que quer que fosse. Talvez isso tenha me salvado.

Acordei na enfermaria. Havia uma agulha espetada no meu braço. Alguém me barbeara e limpara. Sentia-me no mínimo repousado. Fui liberado na tarde seguinte e telefonei para o Centro de Saúde Cowell.

— Doutor Baker, por favor. — A secretária dele atendeu. — Meu nome é Dan Millman. Gostaria de marcar uma hora com o doutor Baker, o mais rápido possível.

— Sim, senhor Millman — respondeu ela com a voz jovial e de uma amabilidade profissional, própria das secretárias de psiquiatras. — Pode ser na próxima terça-feira, às treze horas. Está bom para o senhor?

— Não pode ser antes?

— Sinto muito, mas não...

— Antes disso já terei me matado, senhorita.

— Pode vir hoje à tarde? — A voz era tranquilizadora. — Às catorze horas?

— Está bem.

— Ótimo, então até mais tarde, senhor Millman.

O doutor Baker era um homem alto e corpulento, com um leve tique nervoso abaixo do olho esquerdo. De súbito, perdi a vontade de falar com ele. Como começar? "Bem, *Herr Doktor*. Tenho um mestre chamado Sócrates que pula para os telhados... não, não salta deles; isso é o que eu pretendo fazer. Ah, sim... ele me leva em viagens a outros lugares e épocas. Transformei-me no vento e estou um pouco deprimido e, sim, a escola vai bem e sou um astro da ginástica e quero me matar."

Levantei-me.

— Obrigado pelo seu tempo, doutor. De repente estou me sentindo ótimo. Só queria ver como o meu outro lado sadio estava. Foi ótimo.

Ele começou a falar, procurando dizer a coisa "certa", mas eu saí e fui para casa dormir. No momento, dormir parecia a única alternativa possível.

Nessa noite, arrastei-me até o posto. Joy não estava lá. Por um lado, senti um profundo desapontamento; eu queria muito ver novamente aqueles olhos, abraçá-la e ser abraçado; mas, por outro lado, foi um alívio. Éramos novamente um contra um — Sócrates e eu.

Sentei-me. Ele não disse nada sobre a minha ausência, mas apenas que eu parecia cansado e deprimido. Não havia qualquer traço de piedade em sua voz. Meus olhos encheram-se de lágrimas.

— Estou deprimido, sim. Vim dizer adeus. Devo isso a você. Estou encalhado no meio do caminho e não aguento mais. Não quero viver.

— Você está errado em duas coisas, Dan — disse ele, aproximando-se e sentando-se ao meu lado no sofá. — Primeiro, não está no meio do caminho, ainda falta muito. Mas está muito próximo do fim do túnel. E segundo — continuou, estendendo as mãos até as minhas têmporas —, você não vai se matar.

Olhei-o ferozmente.

— E daí? — Só então percebi que não estávamos mais no escritório, mas num quarto de hotel barato. Não havia dúvidas: o cheiro de mofo, o tapete cinzento e puído, as duas camas minúsculas e o espelho de segunda mão, pequeno e rachado. — O que está acontecendo?

Nesse momento a vida retomara à minha voz. Essas viagens eram sempre um choque para o meu sistema. Senti uma onda de energia.

— Uma tentativa de suicídio está em andamento. Apenas você pode impedir.

— Ainda não estou tentando me matar — disse.

— Você não, idiota. O rapaz do lado de fora da janela, na marquise. Ele estuda na Universidade da Califórnia do Sul. Chama-se Donald, joga futebol e está se especializando em filosofia. Está no último ano e não quer viver. Vá até lá. — Sócrates fez um gesto em direção à janela.

— Sócrates, não posso.

— Então ele vai morrer.

Olhei pela janela e vi um agrupamento de pessoas, cerca de quinze andares abaixo, olhando para cima, numa rua do centro de Los Angeles. Perscrutando as laterais da janela, avistei um rapaz de cabelos claros, calça Levi's marrom e camiseta, a uns três metros de mim, do lado de fora do parapeito e olhando para baixo. Estava pronto para saltar.

Sem querer assustá-lo, chamei-o suavemente. Ele não me ouviu. Chamei de novo.

— Donald.

Ele ergueu a cabeça bruscamente e quase caiu.

— Não chegue perto de mim! — avisou. — Como sabe meu nome?

— Um amigo meu conhece você, Donald. Posso sentar aqui e conversar com você? Não vou me aproximar.

— Não, chega de palavras. — Seu rosto era inexpressivo, a voz monótona e sem vida.

— Don... as pessoas o chamam de Don?

— Sim — respondeu ele automaticamente.

— OK, Don, a vida é sua. De qualquer maneira, noventa e nove por cento das pessoas no mundo cometem suicídio.

— Que diabo está querendo dizer? — indagou ele, um pouco de vida ressurgindo em sua voz. Agarrou a parede com mais firmeza.

— Bem, vou lhe contar. A maneira como a maioria das pessoas vive é que as mata... entende o que quero dizer? Podem demorar trinta ou quarenta anos para fazer isso, fumando ou bebendo, por tensão ou comendo demais; é assim que elas se matam.

Aproximei-me mais alguns metros. Eu tinha de escolher cuidadosamente as palavras.

— Meu nome é Dan. Gostaria de conversar mais um pouco, talvez a gente tenha algumas coisas em comum. Também sou atleta, da U.C. de Berkeley.

— Bom... — ele estacou e começou a tremer.

— Ouça, Don, estou começando a sentir um certo medo de ficar sentado aqui nesta marquise. Vou me levantar para que eu possa me segurar em alguma coisa.

Levantei-me lentamente. Eu mesmo estava tremendo um pouco. *Meu Deus*, pensei, *o que estou fazendo aqui fora?*

Falei suavemente, tentando estabelecer contato com ele.

— Eu soube que o pôr do sol vai ser lindo hoje. Os ventos de Santa Ana estão soprando algumas nuvens de chuva para cá. Tem certeza de que nunca mais vai querer ver outro pôr do sol, outro amanhecer? Tem certeza de que nunca mais vai querer subir as montanhas?

— Nunca estive nas montanhas.

— Você não ia acreditar, Don. Lá em cima tudo é puro... a água, o ar. Você sente o aroma dos pinheiros por toda parte. Talvez possamos fazer uma caminhada juntos. O que acha? Diabo, se você quer se matar, pelo menos veja antes como é subir uma montanha!

Pronto, já tinha dito tudo o que podia. Agora só dependia dele. Enquanto falava, desejava cada vez mais que ele vivesse. Agora estávamos a poucos metros um do outro.

— Pare! — exclamou ele. — Quero morrer... agora.

Eu desisti.

— Está bem — disse. — Então vou com você. De qualquer maneira, já vi as malditas montanhas.

Ele me olhou pela primeira vez.

— Está falando sério, não está?

— Estou sim. Quem vai primeiro, você ou eu?

— Mas — disse ele —, por que você quer morrer? É loucura. Você parece tão saudável... deve ter muitos motivos para viver.

— Olhe — expliquei —, não sei quais são os seus problemas mas os meus tornariam os seus pequenos; nem sequer iria entendê-los. Chega de conversa.

Olhei para baixo. Seria tão fácil, bastaria debruçar-me e deixar que a gravidade fizesse o resto. E por fim eu provaria que o presunçoso e velho Sócrates estava errado. Poderia cair rindo e gritando: "Você estava errado, seu velho desgraçado!", até chegar embaixo, até esmagar meus ossos e triturar meus órgãos e acabar de vez com os pores do sol.

— Espere! — Don estendeu a mão para mim. Hesitei e por fim agarrei-o. Olhei-o nos olhos e o rosto de Don começou a mudar. A diminuir. Os cabelos escureceram, o corpo reduziu de tamanho. Lá estava eu, de pé, olhando para mim mesmo. Então a imagem no espelho desapareceu e fiquei sozinho.

Dei um passo para trás, sobressaltado, e escorreguei. Caía, rolando sem parar. Via mentalmente o terrível espectro encapuzado aguardando vigilante lá embaixo. Ouvi a voz de Soc, gritando de algum lugar lá em cima:

— Décimo andar, *lingeries*, colchas. Oitavo andar, artigos domésticos, câmeras fotográficas.

Eu estava deitado no sofá do escritório, diante do sorriso bondoso de Soc.

— E então? — indagou ele. — Vai se matar?

— Não.

Mas com essa decisão, o peso e a responsabilidade de minha vida mais uma vez caíram sobre mim. Disse a ele como me sentia. Sócrates segurou-me pelos ombros e limitou-se a dizer:

— Fique com isso, Dan.

Antes de sair naquela noite, perguntei.

— Onde está Joy? Quero vê-la de novo.

— No devido tempo. Ela irá ao seu encontro. Depois, talvez.

— Mas se ao menos eu pudesse falar com ela, tudo seria muito mais fácil.

— Quem lhe disse que seria fácil?

— Sócrates — disse —, tenho de vê-la!

— Você não tem de fazer nada, exceto parar de ver o mundo através de seus próprios desejos pessoais. Liberte-se! Quando perder a mente, você recuperará os sentidos. Até lá, contudo, quero que continue a observar, tanto quanto possível, as ruínas dessa sua mente.

— Se ao menos eu pudesse telefonar para ela...

— Vá! — ordenou ele.

Nas semanas seguintes, o ruído em minha mente reinou supremo. Pensamentos estúpidos, aleatórios, rebeldes; culpas, ansiedades, desejos: só ruído. Até no sono, a trilha sonora ensurdecedora feria meus ouvidos. Sócrates tivera razão o tempo todo. Eu estava numa prisão.

Numa terça-feira à noite, eram dez horas quando corri até o posto. Entrei no escritório, gemendo.

— Sócrates! Vou enlouquecer se não conseguir diminuir o ruído! Minha mente está descontrolada... é tudo como você disse!

— Ótimo! — exclamou ele. — A primeira percepção de um guerreiro.

— Se isso é progresso eu quero retroceder.

— Dan, quando você monta um cavalo selvagem achando que é manso, o que acontece?

— Ele joga a gente no chão... ou dá um coice na cara.

— Foi dessa maneira que a vida chutou sua cara diversas vezes.

Não pude negar.

— Mas se *sabe* que o cavalo é selvagem, pode lidar com ele de maneira apropriada.

— Acho que entendo, Sócrates.

— Está querendo dizer que entende que pensa? — perguntou sorrindo.

Saí com instruções para deixar que minha "percepção se estabilizasse" nos dias seguintes. Fiz o possível. Minha consciência ampliara-se nos últimos meses, mas voltei ao escritório com as mesmas perguntas:

— Sócrates, finalmente percebi a extensão do meu ruído mental, do meu cavalo selvagem. Como posso domá-lo? Como diminuo o ruído? O que posso fazer?

Ele coçou a cabeça.

— Bom, acho que você vai ter que desenvolver um senso de humor — disse, soltando uma gargalhada. Em seguida bocejou e espreguiçou-se. Não como a maioria das pessoas costuma fazer, com os braços estendidos para os lados, mas como um gato. Curvou as costas e ouvi sua coluna estalar, crac-crac-crac.

— Sócrates, você sabia que parece um gato quando se espreguiça? — perguntei.

— Acho que sim — replicou ele, indiferente. — É uma boa prática imitar os traços positivos dos vários animais, assim como deveríamos imitar as qualidades positivas de alguns seres humanos. Por acaso admiro o gato. Ele se movimenta como um guerreiro. Mas acontece que você escolheu o modelo do asno. Está na hora de começar a expandir seu repertório, não acha?

— Suponho que sim — respondi calmamente. Mas eu estava zangado. Desculpei-me e fui para casa cedo, logo após a meia-noite, e dormi durante cinco horas. Quando o despertador tocou, voltei ao posto.

A partir daquele momento tomei uma decisão secreta. Chega de bancar a vítima, alguém com quem ele pode se sentir superior. Eu seria o caçador, iria caçá-lo.

O turno dele só terminaria ao amanhecer e ainda faltava uma hora. Ocultei-me nos arbustos na extremidade do *campus*, perto do posto. Eu o seguiria e de alguma maneira encontraria Joy.

Escondido entre a folhagem, vigiei cada movimento de Sócrates. Meus pensamentos se aquietaram, envolvidos na vigília. Meu único desejo era descobrir como seria sua vida fora do posto — assunto sobre o qual ele sempre guardara silêncio. Agora eu seguiria a pista até obter as respostas.

Olhava para ele como uma coruja. Percebi então, como nunca havia percebido, que ele se movimentava graciosamente como um gato. Lavava as janelas sem desperdiçar um movimento, colocava a mangueira nos tanques de gasolina como um artista.

Sócrates entrou na garagem, provavelmente para consertar um carro. Eu estava ficando cansado. O céu já clareava quando acordei do que deve ter sido um cochilo de alguns minutos. Ah, não — eu o perdera!

Então localizei-o, ocupado com as últimas tarefas. Meu coração contraiu-se ao vê-lo sair do posto, atravessar a rua e dirigir-se diretamente para onde eu estava — rígido, trêmulo e dolorido, mas bem escondido. Só esperava que naquela manhã ele não estivesse com vontade de passear.

Encolhi-me mais na folhagem e prendi a respiração. Um par de sandálias passou suavemente a pouco mais de um metro da minha toca. Mal se ouviam seus passos leves. Ele tomou uma bifurcação para a direita.

Rápida, mas cautelosamente, fui atrás dele como um esquilo. Sócrates andava surpreendentemente depressa. Eu mal conseguia acompanhar suas largas passadas, e quase o perdi quando, bem adiante, vi uma cabeça grisalha entrando na Biblioteca Doe. O que ele estaria fazendo, justamente naquele lugar?, pensei. E entrei, ardendo de curiosidade.

Atravessei a grande porta de carvalho e cruzei com um grupo de estudantes madrugadores, que se viraram, rindo de mim. Ignorei-os e segui minha presa por um corredor comprido. Vi-o entrar à direita e desaparecer. Corri até o local onde ele havia sumido. Não podia haver erro. Ele entrara por aquela porta. Era o banheiro dos homens e não havia outra saída.

Não me atrevi a entrar. Postei-me junto a uma cabine telefônica próxima. Passaram-se dez minutos, vinte minutos. Será que eu o perdera? Minha bexiga enviava sinais de emergência. Eu tinha de entrar — não apenas para encontrar Sócrates, mas para usar o banheiro. E por que não? Afinal de contas, aquela era a minha área e não a dele. Eu o faria explicar-se. Ainda assim, seria estranho.

Entrei no banheiro, e a princípio não vi ninguém. Após aliviar-me, comecei a procurar mais atentamente. Não havia outra porta; portanto ele ainda devia estar ali. Um cara saiu de um dos compartimentos e me viu agachado, olhando por baixo dos compartimentos. Saiu apressado, o cenho franzido e balançando a cabeça.

Retomei o que fazia. Enfiei a cabeça debaixo do último compartimento e dei uma olhada rápida. Primeiro vi os calcanhares de um par de pés com sandálias, e depois o rosto de Soc entrou bruscamente em meu raio de visão, de cabeça para baixo e com um sorriso torto. Obviamente, estava de costas para a porta e curvado para a frente, a cabeça entre os joelhos.

Recuei aos tropeções, sobressaltado e completamente desorientado. Eu não tinha um bom motivo para o meu comportamento estranho no banheiro.

Sócrates abriu a porta do compartimento e apertou a válvula com um floreio.

— Uau! Um homem pode ter uma prisão de ventre e ser vigiado por um guerreiro iniciante! — Sua risada ecoou pelo banheiro azulejado, e eu enrubesci. Ele conseguira de novo! Eu quase podia sentir minhas orelhas crescendo, novamente transformado em asno. Meu corpo estremeceu com um misto de vergonha e raiva.

Sentia-me envergonhado. Olhei para o espelho e ali, bem amarrada em meus cabelos, havia uma berrante fita amarela. As coisas começaram a se encaixar: os olhares e as risadas das pessoas quando atravessei o *campus*, a expressão estranha do cara no banheiro. Sócrates devia ter colocado o laço na minha cabeça enquanto eu cochilava nos arbustos. De repente senti-me muito cansado, virei-me e saí.

Pouco antes de a porta fechar, ouvi Sócrates dizer, num tom de voz amável:

— Isso foi apenas para lhe lembrar quem é o mestre e quem é o discípulo.

Naquela tarde, treinei como as fúrias do inferno. Não falei com ninguém e, sensatamente, ninguém me dirigiu a palavra. Em silêncio, jurei, enfurecido, que faria qualquer coisa para que Sócrates me reconhecesse como um guerreiro.

Um dos meus companheiros de equipe me deteve quando eu estava saindo e entregou-me um envelope.

— Alguém deixou isto na sala do treinador. É para você, Dan. Alguma fã?

— Não sei. Obrigado, Herb.

Saí e abri o envelope. Estava escrito num pedaço de papel sem pauta: "A raiva é mais forte que o medo, mais forte que o sofrimento. Seu espírito está evoluindo. Você está pronto para a espada — Sócrates".

3

LIBERTAÇÃO

Na manhã seguinte, a baía amanheceu encoberta por uma neblina que ocultava o sol de verão e resfriava o ar. Acordei tarde, fiz chá, comi uma maçã, liguei minha pequena televisão e coloquei alguns biscoitos numa tigela. Mudei de canal, sintonizei numa novela e mergulhei nos problemas de outras pessoas. Enquanto assistia ao programa, hipnotizado, estiquei a mão para pegar outro biscoito e descobri que a tigela estava vazia. Será que tinha comido todos os biscoitos?

Ao final daquela manhã, fui correr em torno do Campo Edwards. Lá conheci Dwight, que trabalhava no Salão de Ciências Lawrence, nas colinas de Berkeley. Tive que perguntar seu nome pela segunda vez, porque não o fixei na primeira; outro sinal de desatenção e de mente dispersiva. Após algumas voltas completas, Dwight fez uma observação sobre o céu azul. Eu estivera tão imerso em meus pensamentos que nem olhara para o céu. Em seguida ele tomou a direção das colinas — era maratonista —, e eu voltei para casa, pensando em minha mente — uma atividade contraproducente, se é que há alguma.

Observei que no ginásio eu me concentrava em cada ação, mas quando o movimento cessava, os pensamentos voltavam a obscurecer minha percepção.

Nessa noite fui cedo para o posto, na esperança de encontrar Sócrates no início do seu turno. A essa altura já fizera o possível para esquecer o incidente do dia anterior na biblioteca, e estava disposto a receber qualquer antídoto para a minha superatividade mental que Sócrates pudesse a me dar.

Esperei. Chegou meia-noite. Logo depois chegou Sócrates também.

Sentamos no escritório, e eu comecei a espirrar: precisava assoar o nariz, estava um pouco resfriado. Soc colocou a chaleira de água para o chá no fogo e, como de hábito, iniciei com uma pergunta.

— Sócrates, como posso parar os meus pensamentos, a minha mente... senão desenvolvendo um senso de humor?

— Primeiro, precisará entender de onde provêm os pensamentos, como eles surgem. Por exemplo, agora você está resfriado, os sintomas físicos lhe dizem que o corpo precisa se reequilibrar, retomar a relação adequada com a luz do sol, o ar puro, a alimentação simples. Em perfeita ordem, os pensamentos estressantes refletem um conflito com a realidade. O estresse só acontece quando a mente resiste ao que ela é.

Um carro entrou no posto; era um casal de idosos, vestidos formalmente e sentados como duas varetas no banco da frente.

— Venha comigo — ordenou Soc. Ele tirou o blusão de couro e a camisa de algodão, revelando o peito e os ombros lisos, com músculos alongados e bem definidos, sob a pele macia e translúcida.

Ele aproximou-se do carro pelo lado do motorista e sorriu para o casal chocado.

— Em que posso ajudá-los, pessoal? Gasolina para abastecer seus espíritos? Talvez óleo para suavizar os pontos ásperos do dia? Que tal uma bateria nova para colocar um pouco de energia na vida de vocês? — Ele piscou ostensivamente para o casal, sorrindo, enquanto o carro saía do posto em disparada. Sócrates coçou a cabeça. — Talvez eles tenham se lembrado de que deixaram a torneira aberta em casa.

Enquanto relaxávamos bebericando o chá, no escritório, Sócrates explicou a sua lição.

— O que você viu foi aquele homem e aquela mulher resistirem ao que, para eles, representa uma situação anormal. Condicionados por seus valores e medos, eles não sabem lidar com a espontaneidade. Eu poderia ter sido o ponto culminante do dia deles! Veja só, Dan, é isso o que acontece quando você resiste: sua mente dispara. Os mesmos pensamentos que o invadem são, na verdade, criados por você.

— E a sua mente funciona de modo diferente?

— Sim e não. Minha mente é um lago sem ondulações. A sua é repleta de ondas, porque você se sente dividido e, com frequência, ameaçado por um acontecimento indesejável. Sua mente é um lago no qual alguém acaba de jogar uma pedra!

Eu ouvia, contemplando as profundezas de minha xícara de chá, quando senti um toque bem atrás das orelhas. De súbito minha atenção intensificou-se. Olhei cada vez mais profundamente a xícara, mergulhando...

Eu estava debaixo d'água, olhando para cima. Era ridículo! Será que eu havia caído em minha própria xícara de chá? Eu tinha barbatanas e guelras: era um peixe. Agitei o rabo e nadei para o fundo, onde havia silêncio e paz.

De repente, uma pedra enorme atingiu a superfície da água. Ondas de choque atingiram-me por trás. Minhas barbatanas bateram novamente e parti em busca de abrigo. Escondi-me, até que tudo voltasse a se acalmar. O tempo passou e acostumei-me com as pequenas pedras que às vezes caíam na água, formando ondas. Contudo, as pedras grandes ainda me assustavam.

Eu estava deitado no sofá, num universo árido e cheio de sons, contemplando de olhos arregalados o sorriso de Soc.

— Sócrates, foi incrível!

— Por favor, outra história de peixe não! Alegra-me que você tenha dado uma bela nadada. Agora, posso continuar? — Ele não esperou a resposta.

"Você era um peixe muito nervoso, fugindo das ondulações. Mais tarde, acostumou-se a elas mas continuou não percebendo o que as causava. Como pode ver, é necessário que o peixe dê um salto magnífico de percepção de modo a ampliar sua visão da água em que está imerso e alcançar a origem das ondulações.

"Um salto de percepção semelhante será exigido de você. Quando puder compreender claramente a fonte, verá que as ondulações da mente nada têm a ver com você. Simplesmente as observará sem qualquer apego, não sendo mais impelido a agir cada vez que uma pedra for jogada. Você estará livre da turbulência do mundo, assim que parar de levar seus pensamentos tão a sério. Lembre-se... quando estiver perturbado, abandone os pensamentos e ocupe-se da mente!"

— Como, Sócrates?

— Nada má essa pergunta! — exclamou. — Segundo o que você aprendeu no treinamento físico, os saltos de percepção não acontecem de uma vez; exigem tempo e prática. E a prática da percepção da origem de suas próprias ondulações é a meditação.

Depois dessa declaração bombástica, ele pediu licença e foi ao banheiro. Agora era a minha vez de fazer-lhe uma surpresa. Do sofá, gritei para que ele pudesse ouvir apesar da porta fechada do banheiro.

— Estou um passo à sua frente, Sócrates. Entrei para um grupo de meditação há uma semana. Pensei em fazer algo com esta minha velha mente — expliquei. — E já estou começando a relaxar mais e a ter algum controle sobre os meus pensamentos. Não percebeu que estou mais calmo? De fato...

A porta do banheiro abriu-se num estrondo e Sócrates veio direto até mim, dando um grito estridente, de gelar o sangue, e empunhando uma reluzente espada de samurai acima da cabeça! Antes que tivesse tempo de me mexer, ele brandiu a espada na minha direção, cortando silenciosamente o ar e parando a poucos centímetros da minha cabeça. Ergui os olhos para a espada e depois olhei para Sócrates. Ele sorria.

— Sem dúvida você sabe entrar em cena. Você me apavorou! — balbuciei.

A espada ergueu-se lentamente. Suspensa sobre minha cabeça, ela parecia captar e intensificar toda a luz da sala. Ofuscava-me e obrigava-me a semicerrar os olhos. Decidi calar minha boca.

Sócrates ajoelhou-se à minha frente e, colocando a espada entre nós, fechou os olhos e respirou profundamente, em perfeita imobilidade. Observei-o durante algum tempo e ponderei se aquele "tigre adormecido" acordaria e saltaria sobre mim, caso eu me movesse. Passaram-se dez, vinte minutos. Imaginei que talvez ele quisesse que eu meditasse também. Assim, fechei os olhos e permaneci sentado por meia hora. Quando os abri, vi que ele continuava sentado como um Buda. Comecei a ficar irrequieto; levantei-me silenciosamente e fui beber água. Estava enchendo a caneca quando senti a mão dele em meu ombro. Sobressaltado, derramei água nos sapatos.

— Sócrates, por favor, não se aproxime mais de mim dessa maneira. Será que não pode fazer algum ruído?

Ele sorriu.

— O silêncio é a arte do guerreiro — disse ele —, e a meditação, sua espada. Com ela você interromperá suas ilusões. Mas compreenda uma coisa: a utilidade da espada depende de quem a usa. Se você não souber usá-la corretamente, ela poderá se tornar um instrumento perigoso, ilusório e até inútil. Inicialmente a meditação poderá ajudá-lo a relaxar. Você exibe a "espada", mostra-a orgulhosamente a seus amigos. O brilho dessa espada distrai muitos meditadores, até que eles a abandonam e vão buscar outra prática esotérica.

"O guerreiro, por outro lado, usa a espada da meditação com habilidade e compreensão. Com ela, corta a mente em fatias, expondo os pensamentos e revelando sua falta de substância. Talvez você se lembre dessa história: Alexandre, o Grande, marchava com seus exércitos pelo deserto, quando encontrou duas cordas grossas, amarradas num grande e enroscado nó górdio. Ninguém conseguira desatá-lo até então. Sem hesitar um momento, Alexandre sacou sua espada e com um só golpe generoso cortou o nó em dois. Esse é o caminho do guerreiro da meditação. E é dessa maneira que você deve aprender a desatar os nós da sua mente. Até o dia em que transcender a necessidade de qualquer arma."

Nesse momento, uma velha perua Volkswagen branca, com um arco-íris na lateral, entrou ruidosamente no posto. No seu interior havia seis pessoas, difíceis de serem distinguidas. Quando nos aproximamos, pudemos ver que havia duas mulheres e quatro homens, todos vestidos, da cabeça aos pés, com os mesmos trajes azuis. Reconheci-os como sendo membros de um dos inúmeros grupos espirituais surgidos recentemente na região da baía. Aquela gente esquisita e virtuosa evitou admitir a nossa presença, como se o nosso mundanismo pudesse contaminá-los.

Naturalmente Sócrates respondeu ao desafio, simulando imediatamente um personagem manco e com problemas de fala. Coçando-se sem parar, era um perfeito Quasímodo.

— Ei, amigo — disse ao motorista, cuja barba era a mais comprida que eu já vira —, quer gasolina ou não?

— Queremos, sim — disse o homem, a voz mole como um pudim.

Sócrates olhou de soslaio para as duas mulheres no banco de trás e, enfiando a cabeça pela janela, murmurou.

— Ei, vocês *meditam*? — perguntou, como se estivesse se referindo a uma forma solitária de satisfação sexual.

— Meditamos, sim — disse o motorista, transpirando superioridade cósmica na voz. — Será que agora você pode colocar a gasolina no nosso carro?

Com um gesto de mão, Soc pediu que eu enchesse o tanque enquanto ele continuava a interpelar o motorista.

— Ei, você parece uma mulher metido nesse vestido, cara... não me leve a mal, é legal! E por que não faz a barba? O que é que você tá escondendo debaixo desses pelos?

Eu me encolhi todo, e ele piorou ainda mais as coisas.

— Ei — dirigiu-se a uma das mulheres —, este cara é seu namorado? Me conta — pediu ao outro homem no banco da frente: — Você transa ou economiza, como li no *National Enquirer*?

Foi o bastante. Enquanto Sócrates contava o troco — com uma lentidão torturante, ele errava na conta e começava tudo de novo — eu estava prestes a explodir em gargalhadas, e o pessoal no carro tremia de raiva. O motorista arrancou o dinheiro da mão dele e deixou o posto da maneira menos satisfeita possível. Sócrates gritou para eles:

— A meditação é uma boa. Continuem praticando!

Mal retornáramos ao escritório, um grande Chevy entrou no posto. O ruído da campainha chamando foi seguido por uma buzina musical e impaciente. Eu saí com Sócrates.

Atrás do volante estava um "adolescente" de 40 anos, usando roupas de cetim espalhafatosas e um grande chapéu de safári com uma pena espetada na copa. Ele era extremamente irrequieto e não parava de tamborilar no volante. Ao seu lado, uma mulher de idade indefinida pestanejava cílios postiços no espelho retrovisor, enquanto empoava o nariz.

Por algum motivo eles me ofenderam. Pareciam asnos. Senti vontade de dizer: "Por que não agem de acordo com a sua idade?". Mas preferi observar e aguardar.

— Ei, cara, tem máquina de cigarros aqui? — indagou o motorista hiperativo.

Sócrates parou o que estava fazendo e, com um sorriso afável, respondeu:

— Não, senhor, mas tem um mercado aberto a noite inteira logo ali na estrada. — Voltou a verificar o óleo com toda a atenção. Ele devolveu o troco como se estivesse servindo chá ao imperador.

Depois que o carro arrancou cantando pneus, permanecemos junto à bomba, aspirando o ar noturno.

— Você tratou essa gente com tanta cortesia, mas foi positivamente antipático com os devotos de roupa azul, que, sem dúvida, estão num nível de evolução superior. Qual é?

Pela primeira vez ele me deu uma resposta simples e direta:

— Os únicos níveis que devem preocupar você são os meus e os seus — disse, com um sorriso. — Essas pessoas só precisavam de bondade. As outras, aspirantes à espiritualidade, precisam de algo mais em que pensar.

— Do que eu preciso? — indaguei, abruptamente.

— De mais prática — respondeu ele, rápido. — Apenas a prática semanal de meditação não o ajudará a se acalmar quando eu partir em sua direção com a espada, e nem tampouco ajudará nossos amigos de roupa azul, quando eu implicar um pouco com eles.

Deixe-me analisar as coisas da seguinte maneira: uma cambalhota para a frente não é toda a ginástica. Uma técnica de meditação não é todo o caminho do guerreiro. Se você não consegue compreender todo o quadro, poderá iludir-se, praticando apenas cambalhotas para a frente, ou apenas a técnica de meditação, durante a vida inteira, conseguindo apenas os benefícios fragmentados do treinamento. Você precisa de um mapa especial, que cubra todo o terreno que irá explorar. Assim você perceberá os usos e os limites da meditação. E eu lhe pergunto: onde se pode conseguir um bom mapa?

— Num posto de gasolina, é claro!

— Muito bem, senhor; entre no escritório e eu lhe darei o mapa de que precisa. — Entramos rindo pela porta da garagem. Lancei-me ruidosamente sobre o sofá. Sócrates acomodou-se sem fazer ruído entre os braços maciços de sua cadeira de couro.

Ele olhou para mim durante um minuto inteiro. Comecei a sentir minha pele arrepiar.

— Oh, não — sussurrei nervosamente. — O que está acontecendo?

— O problema é que não posso descrever o terreno para você — finalmente ele suspirou —, pelo menos, não em tantas palavras. — Levantou-se e caminhou na minha direção com aquele brilho no olhar que me dizia para fazer as malas, pois eu ia partir numa viagem.

Por um instante, de um ponto vantajoso no espaço, senti-me expandir à velocidade da luz, inflando como um balão, crescendo aos limites mais distantes da existência, até tornar-me o universo. Nada permaneceu separado. Eu era tudo. Eu era Consciência, reconhecendo-se a si mesma; eu era a luz pura que os físicos equiparam a toda a matéria, e os poetas definem como amor. Eu era um e era tudo, eclipsando todos os mundos. Naquele momento, o eterno, o incognoscível, foram-me revelados com indescritível certeza.

Num piscar de olhos estava de volta à minha forma mortal, flutuando entre as estrelas. Vi um prisma com a forma de um coração humano, que excedia a todas as galáxias. O prisma difratava a luz da consciência numa explosão de cores radiantes, faíscas cintilantes das cores do arco-íris que se espalhavam pelo cosmos.

Meu próprio corpo tornou-se um prisma radiante, lançando raios de luz multicolorida para toda parte. E ocorreu-me que o propósito maior do corpo humano consistia em tornar-se um canal aberto para essa luz — de forma que seu brilho pudesse dissolver todas as obstruções, todos os nós, toda resistência.

Senti a luz que se propagava atravessar cada canto do meu corpo. Soube, então, que a percepção é a maneira de o ser humano experimentar a luz da consciência.

Aprendi o significado da atenção — a canalização intencional da percepção. Senti meu corpo, novamente, como um vaso vazio. Contemplei minhas pernas; elas estavam mergulhadas em luz radiante e quente, e desapareciam nessa luminosidade. Olhei para meus braços, e o mesmo acontecia com eles. Concentrei a atenção em cada parte do corpo, transformando-me novamente em pura luz. Finalmente, compreendi o processo da verdadeira meditação — expandir a percepção, direcionar a atenção, até, por fim, render-se à Luz da Consciência.

Uma luz bruxuleou na escuridão. Acordei com Sócrates passando uma lanterna acesa diante dos meus olhos.

— Acabou a luz — explicou, cerrando os dentes como uma abóbora do Dia das Bruxas e erguendo a lanterna diante do rosto. — Está um pouco mais claro, agora? — indagou, como se eu tivesse acabado de aprender o funcionamento de uma lâmpada elétrica e não o da alma do universo. Eu mal conseguia falar.

— Sócrates, tenho uma dívida com você que jamais poderei saldar. Agora compreendo tudo, e sei o que tenho a fazer. Acho que não precisarei vê-lo de novo. — Eu me sentia triste por ter me graduado. Sentiria falta dele.

Ele olhou para mim, uma expressão de surpresa no rosto, e então soltou a gargalhada mais alta que eu já ouvi. Todo o seu corpo sacudia, lágrimas rolavam-lhe pelo rosto. Finalmente, acalmou-se e explicou o porquê dos risos.

— Você ainda não está pronto, garoto; o seu trabalho mal começou. Olhe para você. É fundamentalmente o mesmo de quando entrou aqui, há meses. O que você teve foi apenas uma visão, não uma experiência definitiva. Ela será esquecida, mas mesmo assim servirá de base para a sua prática. Agora relaxe e pare de bancar o sério!

Recostou-se na cadeira, malicioso e esperto como sempre.

— Como vê — disse jovialmente —, essas pequenas viagens economizam algumas explicações difíceis de serem dadas para que eu possa elucidá-lo. — Então as luzes voltaram a acender e ambos caímos na gargalhada.

Sócrates abriu a porta da pequena geladeira ao lado do resfriador de água e tirou de dentro algumas laranjas. Enquanto as espremia, continuou dizendo:

— Se quer saber, você também está me prestando um favor. Eu também estou preso em algum lugar no tempo e no espaço, e também tenho uma espécie de dívida. Grande parte de mim está ligada ao seu progresso. Para ensiná-lo — ia falando e lançando por sobre o ombro as cascas da laranja na lixeira, acertando todas as vezes — foi preciso colocar, literalmente, uma parte de mim em você. Um grande investimento, posso garantir. Portanto, o tempo todo tem sido um esforço conjunto.

Terminou com as laranjas e estendeu-me um pequeno copo de suco.

— Brindemos a uma parceria bem-sucedida — disse eu.

— Certo — ele sorriu.

— Fale-me mais sobre essa dívida. A quem você deve?

— Digamos que isso faz parte das Regras da Casa.

— Isso é tolice, não é resposta.

— Pode ser tolice, mas ainda assim, em meu trabalho, tenho que obedecer a um conjunto de regras. — Ele tirou do bolso um pequeno cartão aparentemente comum, mas então percebi nele um leve brilho. Estava escrito em alto-relevo:

Guerreiro, Associados
Sócrates, Proprietário
Especialista em: Paradoxos, Humor e Mudança

— Guarde-o bem. Algum dia poderá ser útil. Quando precisar de mim... quando realmente precisar de mim..., basta segurar o cartão com as duas mãos e chamar. Eu aparecerei, de uma forma ou de outra.

Guardei o cartão cuidadosamente na minha carteira.

— Está bem guardado, Sócrates. Pode ter certeza. Ah, por acaso você não teria um desses cartões com o endereço de Joy?

Ele me ignorou.

Então mergulhamos no silêncio, e Sócrates começou a preparar uma de suas saladas. Então pensei numa outra pergunta.

— Sócrates, como fazer isso? Como abrir-me a essa luz da percepção?

Respondendo minha pergunta com outra pergunta, ele disse: — Bem, o que você faz quando quer ver?

Dei uma risada.

— Eu olho! Ah, você está se referindo à meditação, não é?

— É! Eis a essência disso — disse, terminando de cortar os legumes.

— A meditação baseia-se em dois processos simultâneos: um é a percepção instantânea, concentrando-se precisamente naquilo que se deseja ver. O outro processo é a entrega, o abandono de todos os pensamentos que surgirem. Assim você poderá livrar-se da mente.

— Acho que entendi o que você quis dizer.

— Bem, talvez você já tenha ouvido a história de um aluno de meditação que estava mergulhado em profundo silêncio, juntamente com um pequeno grupo de praticantes. Aterrorizado por uma visão de sangue, morte e demônio, ele se levantou, foi até o mestre e sussurrou: "*Roshi,* acabo de ter visões horríveis!".

"Esqueça-as", disse o mestre.

"Alguns dias mais tarde, ele se deliciava com fantásticas fantasias eróticas, percepções instantâneas sobre o significado da vida, visões com anjos — o mecanismo.

"'Esqueça-as', disse o mestre, surgindo atrás dele com uma vara e golpeando-o."

Ri da história e disse:

— Sabe, Soc, estive pensando...

E Sócrates golpeou-me a cabeça com uma cenoura, dizendo:

— Esqueça!

Comemos. Cravei o garfo nos legumes enquanto ele pegava pequenas porções com pauzinhos, respirando e mastigando pausadamente. Só pegava outra porção quando já engolira totalmente a primeira, como se cada bocado fosse em si uma pequena refeição. De certo modo, eu admirava a maneira como ele comia, enquanto eu mastigava e engolia. É claro que terminei primeiro; recostei-me na cadeira e anunciei:

— Acho que estou pronto para tentar a verdadeira meditação.

— Ah, sim. — Ele pousou os pauzinhos no prato. — Conquistar a mente. Se ao menos você estivesse interessado...

— Eu estou interessado! Busco a consciência de mim mesmo. Por isso estou aqui.

— Você quer a imagem de si mesmo, não a consciência. Está aqui porque não tem alternativas melhores.

— Mas quero livrar-me da minha mente ruidosa — protestei.

— Mais ilusões, como o homem que se recusa a usar óculos e insiste em que os jornais não são mais impressos com a mesma nitidez.

— Errado — balancei a cabeça.

— Não espero que você enxergue a verdade, mas que ao menos a ouça.

— Aonde você está querendo chegar? — indaguei, impaciente, a atenção dirigida para o exterior.

— Aqui é o fim da linha — disse Sócrates com um tom de voz que atraiu inteiramente a minha atenção. — Você ainda acredita que é seus pensamentos e os defende como se fossem tesouros.

— Tolice! Como você pode saber?

— Suas ilusões obstinadas são um navio fazendo água, garoto. Recomendo que pule fora enquanto há tempo.

Contive a irritação crescente.

— Como *você* pode saber a que ponto eu me *identifico* com a minha mente?

— OK — ele suspirou. — Vou provar a você: o que quer dizer quando faz a seguinte declaração: "Vou para casa"?. Você assume naturalmente que está separado da casa aonde vai?

— Bem, claro que sim!

— Então o que quer dizer quando diz: "Hoje meu corpo está dolorido"? Quem é o "eu" separado do corpo, que fala dele como se fosse algo que lhe pertence?

Eu tive que rir.

— Semântica, Sócrates. Tem-se que dizer alguma coisa.

— É verdade, mas a linguagem convencional revela a maneira como se vê o mundo. Na verdade, você age como se fosse a "mente", ou algo sutil dentro do corpo.

— Por que eu faria isso?

— Porque você tem medo da morte e suplica pela sobrevivência. Você quer o *para sempre*, você quer a *eternidade*. Na sua crença ilusória de que você é essa "mente", ou "espírito", ou "alma", descobre a cláusula que permite a revogação do seu contrato com a morte. Talvez, como "mente", você possa voar para além do corpo, quando ele morre, hum?

— É uma ideia — disse eu com um sorriso largo e forçado.

— É exatamente isso, Dan, uma ideia, nada mais real que a sombra de uma sombra. A verdade é que a consciência não está no corpo e sim o corpo está na consciência. E você é essa consciência, não a mente fantasma que tanto o perturba. Você é o corpo, mas também é todo o resto. É isso que as suas visões lhe revelam. Apenas a mente resiste à mudança. Assim, se você simplesmente relaxar em seu corpo, ficará feliz, contente e livre, sem a sensação de estar separado. A imortalidade já é sua, mas não da maneira que você imagina ou espera. Você é imortal desde antes de ter nascido, e ainda será, muito depois de o corpo terminar. O corpo é a consciência; nunca nasce; nunca morre; só muda. A mente... o ego, as convicções, a identidade e a história pessoal... é a única mortal; portanto, quem precisa dela?

Sócrates acomodou-se na cadeira.

— Não sei se assimilei tudo.

— Claro que não! — ele soltou uma gargalhada. — De qualquer maneira, as palavras pouco significam, até que você perceba por si mesmo a verdade que contêm. Então finalmente estará livre e indefeso na eternidade.

— Isso parece ser muito bom.

Ele riu.

— Sim, eu diria que é ótimo. Mas no momento estou apenas lançando as bases do que ainda está por vir.

Eu refleti sobre o que ele havia dito pelo menos dez segundos antes de fazer minha próxima pergunta.

— Sócrates, se não sou os meus pensamentos, o que sou então?

Ele olhou para mim como se tivesse acabado de explicar que um mais um é igual a dois e então eu perguntei: — Sim, mas o que é um e o outro?

Ele foi até a geladeira, pegou uma cebola e arremessou-a para mim.

— Descasque-a, camada por camada — ordenou. Comecei a descascar. — O que está encontrando?

— Outra camada.

— Continue.

Descasquei outras camadas.

— Apenas mais camadas, Soc.

— Continue a descascar até acabarem as camadas. O que encontrou?

— Não sobrou nada.

— Não sobrou nada; muito bem.

— O que é isso?

— O universo. Pense nisso enquanto estiver indo para casa.

Olhei pela janela. Estava quase amanhecendo.

Voltei na noite seguinte, depois de uma sessão medíocre de meditação, ainda repleta de pensamentos. Nessa noite não houve muito movimento. Sentamos no escritório, bebemos chá de hortelã e relatei minha insípida prática de meditação.

Ele sorriu e disse:

— Talvez você tenha ouvido falar do discípulo que perguntou ao seu *roshi* qual o elemento zen mais importante.

"O *roshi* replicou: 'A atenção'.

"'Sim, obrigado', respondeu o estudante. 'Mas pode me dizer qual é o segundo elemento mais importante?'

"'Ao que o *roshi* respondeu: 'A atenção'."'

Intrigado, olhei para Soc, à espera de algo mais.

— É só isso, cara — disse ele.

Fui pegar um pouco de água, e ele indagou:

— Está prestando bastante atenção à sua posição?

— Ah, sim — respondi, sem muita certeza. Fui até o bebedouro.

— Está prestando atenção aos seus passos? — indagou ele.

— Estou sim — respondi, começando a compreender o jogo.

— Está prestando bastante atenção à maneira como você fala?

— Bom, acho que sim — respondi, ouvindo minha própria voz. Eu estava começando a ficar confuso.

— Está prestando atenção à maneira como pensa? — perguntou.

— Sócrates, dê um tempo... estou fazendo o melhor que posso!

Ele se debruçou na minha direção.

— O melhor não é o bastante! Pelo menos não ainda. A intensidade da sua atenção deve *queimar*. Ficar rolando num colchão de ginástica, sem qualquer objetivo, não faz um campeão. Ficar sentado de olhos fechados, deixando que sua atenção se disperse, não treina a sua percepção. Concentre-se! Faça ou morra!

Soc sorriu.

— Isso me faz lembrar algo que aconteceu comigo muitos anos atrás.

"Num mosteiro, eu me debatia dia após dia com um *koan*, um enigma que meu mestre me dera para estimular a mente e perceber a sua verdadeira natureza. Eu não conseguia solucioná-lo. Todas as vezes ia até o *roshi* sem nada a oferecer. Eu era um discípulo lento e começava a sentir-me desanimado. Ele me disse para continuar trabalhando em meu *koan* durante mais um mês. 'Sem dúvida, depois de um mês você irá solucioná-lo', encorajou-me.

"Passou-se um mês e fiz o melhor que pude. O *koan* ainda era um mistério.

"'Continue mais uma semana com ele, com fogo em seu coração!', disse o mestre. Dia e noite o *koan* me queimava, e mesmo assim eu não conseguia compreendê-lo.

"Meu *roshi* disse: 'Mais um dia, com todo o vigor'. Ao final do dia, eu estava exausto. 'Mestre', disse eu, 'de nada adianta um mês, uma semana, um dia — não consigo solucionar o enigma.' Meu mestre olhou-me durante um longo tempo. 'Medite por mais uma hora', disse. 'Se então não tiver solucionado o *koan*, terá que se matar.'

"Ao fim de uma hora, encarando a morte iminente, minha percepção transpôs as barreiras da minha mente."

— Por que um guerreiro deve se sentar e ficar meditando por aí? — perguntei. — Pensei que o caminho do guerreiro fosse uma forma de ação.

— Sentar-se para meditar é o início da prática. Em última análise, aprenderá a meditar em todas as ações. Sentar-se para meditar serve como um ritual, um momento dedicado a aumentar a intensidade da prática. Você tem que dominar o ritual antes que possa usá-lo adequadamente na vida diária.

"Como mestre, usarei todos os métodos e artifícios que tiver ao meu alcance, a fim de estimulá-lo e ajudá-lo a perseverar no trabalho. Se eu simplesmente me aproximasse e contasse o segredo da felicidade, você nem teria ouvido. Você precisava de uma pessoa que o fascinasse, que saltasse para os telhados, para que se interessasse um pouco.

"Bem, estou disposto a jogar, ao menos durante algum tempo, mas chegará o momento em que todo guerreiro terá que caminhar sozinho. Por enquanto, farei o que for necessário para mantê-lo aqui, aprendendo este caminho."

Senti-me manipulado e fiquei furioso.

— Então posso envelhecer aqui neste posto de gasolina, como você, esperando para fisgar estudantes inocentes? — Arrependi-me imediatamente do que disse.

Sócrates sorriu, impassível, e respondeu suavemente:

— Não confunda este lugar, nem o seu mestre, Dan. As coisas e as pessoas nem sempre são o que parecem. Sou definido pelo universo, não por este posto. Quanto ao motivo da sua permanência, não está claro ainda o que pode ganhar? Eu estou plenamente feliz, como pode ver. E você?

Um carro entrou no posto com nuvens de fumaça escapando do radiador.

— Venha — disse Soc. — Aquele carro está sofrendo, e talvez tenhamos que sacrificá-lo para livrá-lo do sofrimento. — Saímos e aproximamo-nos do carro com o radiador fervendo e do dono, que estava de mau humor, furioso.

— Por que demoraram tanto? Não posso esperar aqui a noite inteira, maldição!

Sócrates olhou-o com nada menos que uma compaixão amorosa.

— Vamos ver se podemos ajudá-lo, senhor, e transformar isto em um inconveniente menor. — Pediu ao homem que levasse o carro para a garagem, onde colocou uma cápsula de pressão no radiador para encontrar o vazamento. Em poucos minutos Soc soldou o buraco, e disse ao homem que ele precisaria de um radiador novo dentro de pouco tempo.

— Tudo morre e se transforma, até mesmo os radiadores — disse, piscando para mim.

O homem foi embora, e a verdade das palavras de Soc ecoou dentro de mim. Ele era realmente feliz! Nada parecia afetar esse seu estado de ânimo. Desde que o conhecera ele demonstrara raiva, tristeza, delicadeza, senso de humor e até preocupação. Mas sempre a felicidade brilhara em seus olhos, mesmo quando eles se enchiam de lágrimas.

Voltei para casa pensando em Sócrates, vendo minha sombra crescer e diminuir conforme eu passava pelas lâmpadas da rua. Chutei uma pedra na escuridão; já estava perto de casa, descendo devagar pela entrada de carros, onde minha pequena garagem reformada aguardava-me sob os galhos de uma nogueira.

Em poucas horas amanheceria. Deitei-me na cama mas não consegui dormir. Fiquei pensando se poderia descobrir o segredo de Sócrates, o que agora me parecia ainda mais importante do que saltar para o telhado.

Então me lembrei do cartão que ele me dera. Levantei rapidamente da cama e acendi a luz. Enfiei a mão no bolso e peguei minha carteira, de onde tirei o cartão. Meu coração começou a acelerar. Sócrates dissera que, se realmente precisasse dele, bastava segurar o cartão com as duas mãos e chamar. Bem, eu ia testá-lo.

Fiquei um momento parado, trêmulo, meus joelhos começavam a vacilar. Peguei o cartão brilhante com ambas as mãos e chamei:

— Sócrates, venha Sócrates! Dan está chamando! — Senti-me um completo idiota: de pé, às quatro horas e cinquenta e cinco minutos da manhã, segurando um cartão brilhante e falando com o nada. Nada aconteceu. Joguei o cartão descuidadamente sobre a cômoda, desgostoso. Então a luz se apagou.

— Qual é? — gritei, girando sobre os calcanhares e tentando sentir se ele estava ali. Ao estilo de um filme clássico, dei um passo para trás, tropecei na cadeira e bati na borda da cama, caindo no chão, esparramado.

A luz voltou. Se houvesse alguém nas redondezas, pensaria tratar-se de um estudante tendo problemas com o tema da Grécia antiga. Por que outro motivo eu estaria gritando às cinco horas e dois minutos da manhã?

— Maldição, Sócrates!

Eu jamais fiquei sabendo se a falta de luz foi coincidência ou não. Sócrates dissera apenas que viria, mas não como. Peguei o cartão, envergonhado, e guardei-o de novo na carteira, e só então percebi que ele mudara. Abaixo da última linha, "paradoxos, humor e mudança", havia mais duas palavras em destaque: "Apenas Emergências!".

Deitei-me rindo e adormeci imediatamente.

Os treinos de verão haviam começado. Foi bom rever velhos amigos. Herb estava deixando a barba crescer; Rick e Sid cultivavam o bronzeado de verão e pareciam mais esguios e fortes que nunca.

Eu sentia muita vontade de contar sobre minha vida e as lições que estava aprendendo aos colegas de equipe, mas não sabia por onde começar. Então lembrei-me do cartão de Soc. Antes de começar o aquecimento, chamei Rick.

— Ei, quero lhe mostrar uma coisa.

Assim que ele visse o cartão brilhante e as "especialidades" de Soc, achei que fosse querer saber mais a respeito; talvez todos quisessem.

Depois de uma pausa dramática, joguei o cartão para ele.

— Dê uma olhada. Bem estranho, não? Esse cara é o meu mestre. Rick olhou para o cartão, virou-o e depois fitou-me, o rosto tão em branco quanto o próprio cartão.

— É alguma piada? Não entendi, Dan.

Olhei o cartão, em seguida virei-o.

— Ah — resmunguei, voltando a guardá-lo na carteira —, foi um erro, Rick. Vamos para o aquecimento. — Suspirei interiormente. Isso conseguiria reforçar minha reputação de excêntrico da equipe.

Sócrates, pensei, que truque barato! Fazer a tinta desaparecer!

Naquela noite entrei no escritório com o cartão na mão. Joguei-o na mesa.

— Gostaria que você parasse de me pregar peças práticas, Sócrates. Estou cansado de bancar o idiota.

Ele fitou-me, compreensivo.

— Oh! Você fez papel de idiota, novamente?

— Ora, vamos, Sócrates. Estou lhe pedindo... Quer parar com isso, por favor?

— Parar com o quê?

— A brincadeira de fazer desaparecer... — Pelo canto do olho vi um brilho suave junto à mesa:

Guerreiro, Associados.
Sócrates, Proprietário.
Especialista em: Paradoxos, Humor e Mudança.
Apenas Emergências!

— Não entendo — murmurei. — Este cartão muda?

— Tudo muda — replicou ele.

— Sim, eu sei, mas ele desaparece e volta a aparecer?

— Tudo desaparece e volta a aparecer.

— Sócrates, quando mostrei o cartão ao Rick, não havia nada escrito.

— São as Regras da Casa — ele deu de ombros, sorrindo.

— Você não está sendo muito prático. Quero saber como...

— Deixe para lá — disse ele. — Deixe para lá.

O verão passou rapidamente com treinos intensivos e noites insones, na companhia de Sócrates. Metade do tempo praticávamos meditação e na outra trabalhávamos na garagem ou relaxávamos tomando chá. Nessas ocasiões eu perguntava sobre Joy; estava ansioso para revê-la. Sócrates nada dizia.

As férias chegavam ao final e comecei a pensar na volta às aulas. Decidira pegar um avião para Los Angeles e passar uma semana com meus pais. Eu guardaria meu Valiant na garagem, compraria uma motocicleta em Los Angeles e subiria pelo litoral com ela.

Caminhava pela Telegraph Avenue, onde fizera algumas compras; tinha acabado de sair da farmácia com uma pasta de dentes quando um adolescente esquelético aproximou-se tanto de mim que pude sentir o cheiro rançoso de álcool e suor.

— Tem um trocado? — indagou sem me olhar.

— Não, sinto muito — respondi, sem nada sentir. Afastei-me, pensando que ele devia arrumar um emprego. Então, um vago sentimento de culpa aflorou em minha mente. Eu dissera não a uma pessoa carente. Seguiram-se pensamentos de raiva. Ele não devia abordar as pessoas dessa maneira!

Eu já estava na metade do quarteirão, quando percebi todo o ruído mental com que estava sintonizado e a tensão que estava provocando, só porque um sujeito me pedira dinheiro e eu me negara a dar. No mesmo instante, abandonei essas ideias. Sentindo-me mais leve, respirei fundo, livrei-me da tensão, e comecei a me ligar no lindo dia que estava fazendo.

À noite, no posto, contei minhas decisões a Sócrates.

— Soc, vou para Los Angeles de avião daqui a alguns dias visitar meus pais, talvez eu compre uma motocicleta. E esta tarde soube que a Federação de Ginástica vai dar a passagem para que Sid e eu possamos ir para a Iugoslávia, para treinar com os ginastas que vão participar do Campeonato Mundial de Ginástica. Acham que nós dois somos possíveis atletas para as Olimpíadas e querem que façamos algumas exibições. O que acha?

Para minha surpresa, Sócrates apenas franziu o cenho.

— O que tiver de ser, será — disse.

Preferi ignorar essa reação e dirigi-me à porta.

— Bem, até a volta, Soc. Verei você daqui a algumas semanas.

— Daqui a poucas horas — respondeu ele. — Encontre-me ao meio-dia na Fonte de Ludwig.

— OK! — respondi, imaginando o que iria acontecer. Despedi-me com um boa-noite.

Dormi durante seis horas e corri até a Fonte. Chamava-se Fonte de Ludwig por causa de um cachorro que ficava sempre ali. Vários outros cães brincavam na água, refrescando-se do calor de agosto. Alguns meninos também divertiam-se na água rasa.

Quando o Campanário, famosa torre de sinos de Berkeley, começou a bater doze horas, avistei a sombra de Soc aos meus pés.

— Vamos andar — disse ele. Passeamos pelo *campus*, passando por Sproul Hall, fomos além da Escola de Optometria e do Hospital Cowell, passamos pelo estádio de futebol e galgamos as colinas do Strawberry Canyon.

Por fim, ele falou.

— Dan, iniciou-se em você um processo consciente de transformação. Não há como voltar atrás; não existe retrocesso. Tentar tal coisa significaria a loucura. Agora você só pode seguir em frente; você já está comprometido.

— Quer dizer que é como uma instituição? — tentei gracejar. Ele abriu um sorriso largo.

— Talvez haja algumas semelhanças.

Voltamos a caminhar em silêncio à sombra dos arbustos que ladeavam a pista de corrida.

No alto da cidade, Sócrates disse novamente: — Ninguém poderá ajudá-lo além de determinado ponto, Dan. Eu orientarei você durante um certo tempo, mas depois, também terei que me retirar e você estará sozinho. Você será severamente testado antes de terminar. Terá de desenvolver uma grande força interior. Só espero que ela chegue a tempo.

A brisa suave da baía não soprava mais. Fazia calor. No entanto, senti um calafrio. Tremendo, apesar do calor, observei um lagarto atravessar rapidamente a vegetação rasteira. Soc acabara de pronunciar as últimas palavras. Voltei os olhos para ele.

Soc desaparecera.

Assustado, desci correndo o caminho, sem saber por quê.

Naquele momento eu não sabia, mas minha iniciação chegara ao fim. Meu treinamento estava prestes a começar. E começaria, então, uma prova à qual quase não sobrevivi.

LIVRO DOIS

O APRENDIZADO DO GUERREIRO

4

A ESPADA É AFIADA

Depois de guardar o Valiant numa garagem alugada, embarquei no ônibus para San Francisco que faz conexão com o aeroporto. Pegamos um engarrafamento; achei que perderia o voo. Comecei a ficar ansioso; senti o abdômen tenso. Tão logo percebi isso, pus a sensação de lado, conforme fora treinado. Relaxei e apreciei a paisagem ao longo da rodovia litorânea, refletindo no crescente domínio que adquiria sobre a tensão, que tanto me afligira no passado. Consegui pegar o avião quase em cima da hora.

Papai, uma versão mais velha de mim mesmo, já com os cabelos ralos, e usando uma camisa esporte de um azul berrante sobre o peito musculoso, recebeu-me no aeroporto, com um forte aperto de mão e um sorriso carinhoso. O rosto de mamãe contraiu-se ternamente ao receber-me à porta do apartamento, abraçando-me e beijando-me, contando as novidades de minha irmã e de meus sobrinhos.

Nessa noite mamãe tocou piano para nós — Bach, eu creio. Na manhã seguinte, papai e eu fomos ao campo de golfe. Durante todo o tempo senti uma forte tentação de contar-lhe minhas aventuras com Sócrates, mas achei melhor silenciar. Talvez algum dia explicasse tudo por escrito. Era bom estar em casa, só que tudo me parecia distante e recuado no tempo.

Depois do jogo de golfe fomos à sauna no ginásio.

— Danny, a vida de universitário deve estar lhe fazendo bem disse papai. — Você está diferente... mais relaxado, mais agradável de se conviver... não que antes você não fosse... — ele buscava as palavras certas, mas eu já entendera.

Sorri. Se ele ao menos soubesse...

Alguns dias depois encontrei minha motocicleta — uma Triumph, quinhentas cilindradas. Foram necessários alguns dias para acostumar-me a ela e quase levei dois tombos. Nas duas vezes pensei ter visto Joy saindo de uma loja e virando uma esquina. E fiz o possível para não me esquecer desse detalhe.

Chegou a minha última noite em Los Angeles; peguei o capacete e saí para comprar uma mala nova. Ao sair, ouvi papai dizer:

— Cuidado, Dan, não se veem muito bem as motocicletas à noite. — Seus conselhos como de costume.

— Está bem, pai, tomarei cuidado — gritei em resposta. Liguei a moto e saí no ar quente da noite, usando minha camiseta de ginasta, a Levi's desbotada e botas. Senti-me no topo do mundo; havia tantas expectativas. Meu futuro estava prestes a mudar, pois naquele mesmo momento, três quarteirões adiante, George Wilson se preparava para virar à esquerda na Western Avenue.

A motocicleta seguia ruidosa ao entardecer, as luzes da rua faiscando ao me aproximar da Seventh com a Western. Ia atravessar o cruzamento quando percebi o Cadillac branco à minha frente, sinalizando para a esquerda. Reduzi a velocidade — uma precaução menor que provavelmente salvou minha vida.

Quando atravessei o cruzamento, o Cadillac acelerou, repentinamente, cortando-me a frente. Por uma fração de segundo, o corpo com o qual eu nascera não foi destruído.

Houve tempo suficiente para pensar, mas não para agir. Vire à esquerda!, gritou minha mente. Mas havia o tráfego.

Dê uma guinada para a direita!, mas eu bateria no para-lama de um carro. Incline a moto!, e eu ficaria debaixo das rodas. Não havia mais opções. Acionei os freios e esperei. Parecia irreal como um sonho até eu vislumbrar a expressão horrorizada no rosto do motorista. Com um baque terrível e o ruído de vidros quebrando, a moto chocou-se com o para-lama dianteiro do carro, esmagando minha perna direita. Em seguida tudo se acelerou e o mundo enegreceu.

Devo ter perdido a consciência pouco depois que fui lançado sobre o carro e estatelei no asfalto. Um instante de abençoado entorpecimento, e então a dor começou como um torno incandescente que apertava e esmagava cada vez mais minha perna, até eu não conseguir mais suportar e começar a gritar. Queria que a dor parasse; rezei por um momento de inconsciência. Ouvia vozes distantes: "Não sei como não o vi ...", "Telefone dos pais...", "Calma, eles já estão chegando".

Por fim ouvi uma sirene e percebi que tiravam meu capacete e me colocavam na maca. Olhei para baixo e vi um osso branco saindo pelo couro rasgado da minha bota. A porta da ambulância bateu e de súbito lembrei-me das palavras de Soc: "... e você será testado severamente antes de terminar".

Segundos depois pareceu-me estar deitado na mesa de raios X, da sala de emergência do Hospital Ortopédico de Los Angeles. Um médico reclamava do cansaço. Meus pais chegaram correndo ao hospital, parecendo muito velhos e pálidos. Foi quando a realidade desabou sobre mim. Atordoado e em estado de choque, comecei a chorar.

O médico foi eficiente; anestesiou-me, pôs o osso no lugar, e suturou meu pé direito. Mais tarde, na sala de operação, o bisturi traçou uma linha vermelha, longa e profunda em minha pele, cortando músculos que antes haviam trabalhado tão bem para mim. O osso da pelve foi retirado e o médico fez um enxerto na fratura da coxa direita. Finalmente, uma placa metálica foi introduzida no centro do osso, a partir do quadril, como uma espécie de gesso interno.

Permaneci semiconsciente durante três dias, tomando pílulas para dormir que mal me livravam da dor implacável e torturante. Durante a noite do terceiro dia acordei na escuridão ao sentir alguém sentado ao meu lado, silencioso como uma sombra.

Joy levantou-se e ajoelhou-se ao lado da minha cama. Acariciava a minha testa quando me virei, envergonhado. Ela sussurrou:

— Vim assim que soube. — Eu queria que ela presenciasse as minhas vitórias, mas sempre me via derrotado. Mordi o lábio e senti o gosto salgado das lágrimas. Joy virou delicadamente meu rosto e fitou-me nos olhos. — Sócrates tem um recado para você, Danny, pediu que contasse a você esta história. — Fechei os olhos e ouvi com atenção.

"Um velho e seu filho trabalhavam numa pequena fazenda e dispunham de um único cavalo para puxar o arado. Um dia o cavalo fugiu.

"'Que lástima!', solidarizaram-se os vizinhos. 'Que azar!'

"'Quem pode dizer se é sorte ou azar?', replicou o fazendeiro.

"Uma semana depois, o cavalo voltou das montanhas, trazendo cinco éguas selvagens para o estábulo.

"'Que sorte!', exclamaram os vizinhos.

"'Sorte? Azar? Quem pode dizer?', respondeu o velho.

"No dia seguinte, o filho, tentando domar uma das éguas, caiu e quebrou a perna.

"'Que horror! Quanto azar!'

"'Azar? Sorte?'

"O exército passou por todas as fazendas recrutando os jovens para a guerra. O filho do fazendeiro não teria utilidade para eles, por isso não foi levado.

"'Bom? Mau?'"

Sorri tristemente e mordi novamente o lábio, assaltado por uma onda de dor.

Joy tranquilizou-me.

— Tudo tem um propósito, Danny. Cabe a você tirar o melhor proveito disso.

— Como tirar proveito deste acidente?

— Não existem acidentes, Danny. Tudo é uma lição. Tudo tem um propósito, um propósito, um propósito — repetiu sussurrando ao meu ouvido.

— Mas e a ginástica, o treinamento...

— Esse é o seu treinamento. A dor pode purificar a mente e o corpo, queimar muitos obstáculos. — Joy percebeu meu olhar interrogador, e acrescentou: — Um guerreiro não busca a dor, mas se ela vem, ele a usa. Agora descanse, Danny, descanse — disse, saindo silenciosamente quando a enfermeira entrou.

— Não vá, Joy — murmurei, mergulhando em sono profundo, sem me lembrar de nada.

Os amigos vinham e meus pais estavam lá diariamente. Porém, a maior parte do dia interminável eu passava sozinho, deitado de costas. Observava o teto branco e meditava durante horas, assaltado pela melancolia, autopiedade e esperanças vãs.

Numa terça-feira, sustentado por um par de muletas novas, saí na manhã ensolarada de setembro e manquei lentamente até o carro de meus pais. Emagrecera quase quinze quilos e as calças frouxas caíam nos quadris saltados. A perna direita parecia uma vara, com uma longa cicatriz arroxeada na lateral.

Era uma manhã limpa e clara, e uma brisa fresca acariciou meu rosto. O vento trazia aromas já esquecidos de flores, e o gorjeio dos pássaros numa árvore próxima misturava-se aos ruídos do tráfego, produzindo uma sinfonia para meus sentidos recém-despertos.

Permaneci alguns dias com meus pais, descansando ao sol e exercitando-me lentamente na parte rasa da piscina. Forçava dolorosamente os músculos de minha perna machucada a trabalhar. Minha alimentação era frugal: iogurte, nozes, queijo e verduras frescas. Começava a recuperar a vitalidade.

Alguns amigos convidaram-me para passar algumas semanas em sua casa de Santa Mônica, a cinco quarteirões da praia. Aceitei, satisfeito com a oportunidade de passar mais algum tempo ao ar livre.

Todas as manhãs caminhava lentamente pela areia quente e, sem as muletas, sentava-me junto à água. Ouvia as gaivotas e as ondas quebrando na areia, fechava os olhos e meditava durante horas, esquecido do mundo à minha volta. Berkeley, Sócrates e meu passado pareciam distantes, em outra dimensão, em outra vida.

Logo comecei a fazer exercícios, a princípio devagar, em seguida mais intensamente, até passar várias horas por dia suando sob o sol quente, saltando nos calcanhares, fazendo flexões e torções, alongando com cuidado os braços e os ombros; esforçava-me nos exercícios até sentir que cada músculo trabalhava até o limite, que meu corpo reluzia de suor. Por fim saltava numa só perna até a água e sentava ali, sonhando com grandiosos saltos mortais. As ondas lavavam meu suor e meus sonhos.

Treinei com afinco até meus músculos ficarem rijos e delineados como uma estátua de mármore. Tornei-me um dos frequentadores mais regulares da praia, que faziam do mar e da areia sua própria vida. Malcolm, o massagista, sentava-se ao meu lado e contava piadas. Doc, perito beberrão da Rand Corporation, sentava-se comigo na areia diariamente e conversávamos sobre política e mulheres. Na maioria das vezes, sobre mulheres.

Eu tinha tempo para pensar em tudo o que me acontecera desde que conhecera Sócrates. Pensava na vida e seus propósitos, na morte e seu mistério. E me lembrava de meu misterioso mestre — suas palavras, as expressões vivazes —, mas principalmente lembrava-me de sua risada.

O sol quente de outubro foi substituído pelas nuvens de novembro. Cada vez havia menos pessoas na praia, e durante esse período de solidão usufruí uma paz que há muitos anos não sentia. Pensei em ficar ali a vida inteira, mas sabia que teria de voltar para a escola depois do Natal.

Meu médico deu os resultados das radiografias.

— Sua perna está se recuperando bem, senhor Millman... extraordinariamente bem, eu diria. Mas quero adverti-lo: não tenha muitas esperanças. A natureza de seu acidente torna pouco provável a possibilidade de voltar à ginástica. — Eu não disse uma palavra.

Logo depois despedi-me de meus pais e peguei o avião de volta para Berkeley.

Rick foi me pegar no aeroporto. Fiquei com ele e Sid durante mais alguns dias, até encontrar um pequeno apartamento perto do *campus*.

Eu criei uma rotina diária até o início das aulas: todas as manhãs, agarrando-me às muletas, ia até o ginásio e treinava nos aparelhos de musculação, em seguida jogava-me exausto na piscina onde, auxiliado pela leveza da água, forçava a perna a andar até sentir dor sem parar, até o limite da dor.

Depois deitava-me na beira da piscina e alongava os músculos a fim de manter a flexibilidade de que precisaria em futuros treinamentos. Finalmente, descansava, lendo na biblioteca, até mergulhar num leve cochilo.

Eu tinha telefonado para Sócrates e avisado que estava de volta. Ele não gostava muito de falar ao telefone e disse-me para visitá-lo quando pudesse andar sem muletas. Achei isso bom, ainda não estava pronto para encontrá-lo.

O Natal nesse ano teria sido bastante solitário se Pat e Dennis, dois companheiros de equipe, não tivessem batido à porta de meu apartamento e praticamente me carregado para o carro. Fomos pela neve em direção a Reno e paramos no pico Donner. Enquanto Pat e Dennis corriam pela neve aos saltos, atirando bolas de neve um no outro e descendo a colina de trenó, eu seguia com cuidado sobre o gelo e fui me sentar num tronco.

Voltei a pensar no semestre seguinte e na sala de ginástica. Imaginei se algum dia minha perna voltaria a ficar boa e forte.

Um punhado de neve caiu de um galho, com um baque surdo no chão congelado, tirando-me de meus devaneios.

Depois disso voltamos para casa. Pat e Dennis cantavam músicas obscenas e eu observava os cristais brancos que caíam à nossa volta, brilhando sob a luz dos faróis, ao pôr do sol. Pensei em meu futuro destruído e desejei de todo o coração poder me livrar de minha mente ruidosa, enterrá-la em um túmulo branco à beira da estrada, naquelas montanhas cobertas de neve.

Pouco depois do Natal fiz uma breve visita à Los Angeles para consultar meu médico; eu poderia substituir as muletas por uma reluzente bengala preta. Voltei assim que pude para a escola e para Sócrates.

Às onze e quarenta da noite de uma quarta-feira atravessei mancando a porta do escritório e vi o rosto radiante de Soc. Eu estava novamente em casa. Quase me esquecera de como era tomar chá com ele na quietude da noite. Era um prazer muito mais sutil e, sob muitos aspectos, superior a todas as minhas vitórias atléticas. Olhei para aquele homem que se tornara meu mestre e percebi coisas que nunca notara antes.

Certa vez eu me dera conta de uma luz que parecia envolvê-lo, mas imaginara ser o efeito de meus olhos cansados. Dessa vez eu não estava cansado e não tive dúvida: havia uma aura claramente perceptível.

— Sócrates — disse —, existe uma luz brilhante em torno do seu corpo. De onde ela vem?

— De uma vida íntegra — respondeu ele, sorrindo. Então a campainha tocou e ele saiu para fazer algumas gracinhas, sob o pretexto de abastecer algum carro. Sócrates oferecia mais que gasolina. Talvez fosse sua aura, sua energia ou emoção. De qualquer modo, as pessoas quase sempre saíam mais felizes do que haviam entrado.

No entanto, não foi o brilho da aura o que mais me impressionou, mas sim a simplicidade dele, a economia de movimentos e de ação. Eu nunca percebera nada disso verdadeiramente. Era como se eu o visse mais profundamente, a cada nova lição aprendida. À medida que tomava consciência das complexidades de minha mente, reconhecia que ele já transcendera as dele.

Quando ele voltou ao escritório, perguntei.

— Sócrates, onde está Joy? Poderei revê-la logo?

Ele sorriu, como se estivesse contente em ouvir novamente minhas perguntas.

— Dan, não sei onde ela está, aquela garota é um mistério para mim... sempre foi.

Então falei do acidente e de suas consequências. Sócrates ouviu em silêncio e com atenção, assentindo com a cabeça.

— Dan, você não é mais o jovem idiota que entrou neste escritório há mais de um ano.

— Um ano? Parece que são dez — gracejei. — Está dizendo que não sou mais um idiota?

— Não, apenas que não é mais jovem.

— Ah, quanta generosidade, Soc!

— Agora você é um idiota com espírito, Dan. E essa é uma grande diferença. Você ainda tem uma pequena chance de encontrar o portão.

— Portão?

— Os domínios do guerreiro são guardados por um portão, bem escondido, como um mosteiro nas montanhas. Muitos batem, mas são poucos os que entram.

— Bem, mostre-me onde fica esse portão. Eu encontrarei um modo de cruzá-lo.

— Não é tão simples assim, seu idiota. O portão está dentro de você, e só você poderá encontrá-lo. Mas você ainda não está pronto, e nem está perto. Se tentasse atravessar o portão agora, significaria quase a morte certa. Há muito trabalho a ser feito antes que esteja pronto para atravessar o portão.

Quando Sócrates falava, parecia um pronunciamento.

— Dan, já falamos muito. Você viu e aprendeu algumas coisas. Agora está na hora de tornar-se inteiramente responsável por sua própria conduta. Para encontrar o portão, você terá que aprender a seguir...

— As "Regras da Casa"? — interrompi.

Ele deu uma gargalhada, e a campainha soou — um carro atravessava lentamente uma poça d'água. Observei pela janela embaçada Sócrates correr com seu poncho sob a chuva fina. Vi-o pôr gasolina, ir até o lado do motorista e dizer algo a um homem louro e barbudo.

A névoa embaçou novamente a janela; limpei-a com a manga da camisa a tempo de vê-los rir. Então Sócrates abriu a porta do escritório e uma corrente de ar frio fustigou-me — percebi, pela primeira vez, que não estava me sentindo muito bem.

Sócrates ia fazer um chá, mas eu o interrompi.

— Por favor, sente-se, Soc. Eu faço o chá. — Ele se sentou, concordando com um movimento de cabeça. Apoiei-me à mesa, sentindo-me zonzo. Minha garganta doía; talvez o chá aliviasse a dor.

Enchi a chaleira e coloquei-a sobre a placa quente, e perguntei:

— Então terei que abrir uma espécie de caminho interior até esse portão?

— Sim, de certo modo todos têm. Você abre caminho com o seu próprio trabalho.

Antecipando minha próxima pergunta, ele disse:

— Cada um de nós tem a capacidade de encontrar o portão e atravessá-lo, mas bem poucos estão interessados. Isso é muito importante. Não resolvi lhe ensinar por alguma capacidade inata que possuísse. Para falar a verdade, a sua fraqueza é evidente, assim como seus pontos fortes... mas você tem vontade de empreender essa jornada.

Isso calou fundo dentro de mim.

— Acho que se poderia comparar à ginástica, Soc. Mesmo que pessoas mais gordas, magras ou rígidas possam tornar-se boas ginastas, a iniciação é muito longa e muito difícil.

— Sim, é exatamente isso. E lhe digo mais: o seu caminho será bastante íngreme e duro.

Minha cabeça fervia e comecei a sentir dores em todo o corpo. Apoiei--me novamente na escrivaninha, e pelo canto do olho vi Sócrates aproximar-se, estendendo a mão para a minha cabeça. Ah, não, agora não; não estou preparado, pensei. Mas ele apenas sentia minha testa febril. Em seguida verificou os gânglios em meu pescoço, olhou meu rosto e meus olhos e sentiu a pulsação durante um bom tempo.

— Dan, as suas energias estão desequilibradas. Provavelmente o baço está inchado. Sugiro que vá ao médico hoje... agora mesmo.

Eu estava realmente sentindo-me péssimo quando entrei mancando no Hospital Cowell. A garganta queimava, o corpo doía. O médico confirmou o diagnóstico de Soc: o baço estava muito inchado. Eu me encontrava num estado grave de mononucleose, e fui levado para a enfermaria.

Durante a primeira noite de febre e espasmos, sonhei que tinha uma perna enorme e outra atrofiada. Quando tentava girar nas barras ou saltar, tudo se entortava e eu caía; voltei a mim no final da tarde seguinte, quando Sócrates entrou com um buquê de flores secas.

— Sócrates — exclamei, fraco mas satisfeito com a visita inesperada —, você não devia.

— Devia sim — replicou ele.

— Vou pedir à enfermeira para arrumar um vaso. Pensarei em você quando olhar para elas — sorri debilmente.

— Elas não são para olhar, são para comer — disse ele, saindo do quarto. Logo depois, voltou com um copo de água quente. Amassou algumas flores, envolveu-as num pedaço de gaze que trouxera e mergulhou na água o saquinho de chá improvisado.

— Este chá o fortalecerá e ajudará a limpar o sangue. Pronto, beba. — O gosto era amargo e forte.

Em seguida ele pegou uma garrafinha contendo um líquido amarelo, no qual flutuavam outras ervas amassadas. Massageou com esse líquido a minha perna direita, em cima da cicatriz. Fiquei pensando no que a enfermeira, uma jovem muito bonita e eficiente, diria, se entrasse naquela hora.

— O que é este líquido amarelo na garrafa, Soc?

— Urina, com algumas ervas.

— Urina! — exclamei, enojado, afastando a perna.

— Não banque o idiota — disse ele, agarrando a minha perna e puxando-a de volta. — A urina é um elixir muito respeitado nas antigas tradições de cura.

Fechei os olhos cansados e doloridos. A cabeça latejava como tambores na floresta. Senti que a febre começava a subir novamente. Sócrates pôs a mão na minha cabeça e sentiu as pulsações.

— Ótimo, as ervas estão fazendo efeito. Esta noite você passará por uma crise. Amanhã se sentirá melhor.

— Obrigado, doutor Soc — balbuciei, de modo quase inaudível.

Ele levou a mão ao meu plexo solar. Quase imediatamente tudo o que acontecia em meu corpo intensificou-se. Pensei que a cabeça ia explodir. A febre começou a queimar, os gânglios pulsavam. O pior de tudo era a terrível dor em minha perna direita, no local da cirurgia.

— Pare, Sócrates, pare com isso! — berrei.

Ele retirou a mão, e eu fiquei prostrado na cama.

— Só coloquei um pouco mais de energia no seu corpo do que você está acostumado — explicou ele. — Isso vai acelerar os processos de cura, queimando apenas os pontos onde estão os nós. Se você estivesse livre de obstruções, se sua mente estivesse limpa, o coração aberto e o corpo sem tensões, a energia lhe proporcionaria um indescritível prazer, melhor que o sexo. Você pensaria estar no céu, e de certo modo estaria.

— Às vezes você me assusta, Sócrates.

— Os guerreiros sempre são dominados pelo temor e pelo respeito — disse, sorrindo. — De certa maneira você também tem a aparência de um guerreiro, é esguio, é flexível e forte, graças ao rude treinamento da ginástica. Mas tem muito trabalho a fazer se quiser ter a saúde que eu tenho.

Eu estava fraco demais para discutir.

A enfermeira entrou.

— Hora de medir a temperatura, senhor Millman.

Sócrates levantou-se educadamente quando ela entrou. Eu continuei onde estava, pálido e em estado deplorável. O contraste entre nós dois nunca fora tão gritante quanto naquele momento. A enfermeira sorriu para Sócrates, que retribuiu o sorriso.

— Acho que seu filho logo ficará bom — disse ela.

— Exatamente o que eu estava dizendo a ele — disse Soc, com os olhos brilhando. Ela sorriu novamente. Será que estava tentando seduzir Soc? Ela saiu do quarto, espalhafatosa e tentadora, farfalhando seu uniforme branco.

Sócrates suspirou.

— As mulheres que usam uniforme têm alguma coisa — disse, pondo a mão na minha testa. Mergulhei em sono profundo.

Na manhã seguinte, sentia-me um homem novo. O médico soergueu as sobrancelhas ao me examinar. O baço estava normal e o inchaço dos gânglios tinha desaparecido. Ele voltou a estudar a prancheta ao pé da cama. Estava estarrecido.

— Não encontro nada de errado, senhor Millman. — Ele quase me pedia desculpas. — Pode ir para casa depois do almoço... ah, e repouse bastante. — Saiu lendo a prancheta.

A enfermeira passou com o uniforme farfalhante.

— Socorro! — gritei.

— Sim? — disse ela, entrando.

— Não consigo entender, enfermeira. Acho que estou com algum problema cardíaco. Todas as vezes que você passa, minha pulsação dispara.

— O que está querendo dizer? — indagou ela.

— Ah, qualquer coisa.

Ela abriu um sorriso.

— Parece que você está pronto para ir para casa.

— É o que todos estão dizendo, mas estão errados. Tenho certeza de que precisarei dos cuidados de uma enfermeira particular.

Ela sorriu convidativa e virou-se para se retirar.

— Enfermeira! Não me deixe — gritei.

Naquela tarde, a caminho de casa, fiquei espantado com a melhora da minha perna. Ainda mancava bastante, jogando o quadril a cada passo, mas praticamente conseguia andar sem a bengala. Talvez fosse o tratamento à base de urina de Soc, ou a carga de energia que ele me dera.

As aulas haviam começado e novamente eu estava cercado pelos colegas, livros e trabalhos. Só que agora tudo era secundário para mim. Aprendera a participar do jogo sem me envolver. Tinha coisas muito mais importantes a fazer no pequeno posto de gasolina, na esquina de Oxford e Hearst.

Tirei um bom cochilo e fui andando até o posto. Assim que cheguei, Soc disse.

— Há muito trabalho a fazer.

— O quê? — indaguei, espreguiçando-me e bocejando.

— Uma revisão completa. Um grande trabalho. Grande mesmo. Faremos uma revisão completa em você.

— Ah é? — desafiei. *Diabos*, pensei.

— Assim como a fênix, você queimará no fogo e ressurgirá das próprias cinzas.

— Isso é uma metáfora, espero.

Sócrates estava apenas começando.

— Gostaria que fosse tão simples assim. Neste exato momento você é uma maçaroca de circuitos enroscados e de hábitos obsoletos. Terá que mudar os hábitos, os pensamentos, os sonhos e sua visão de mundo. Em grande parte você é uma série de maus hábitos.

Ele estava começando a me irritar.

— Diabo, Sócrates, superei alguns obstáculos difíceis e continuo fazendo o melhor que posso. Você não pode demonstrar algum respeito por mim?

Sócrates jogou a cabeça para trás e caiu na gargalhada. Em seguida aproximou-se e arrancou minha camisa. Enquanto eu voltava a vesti-la, ele despenteou meus cabelos.

— Ouça, seu grande bufão, todo mundo quer ser respeitado. Mas não se trata apenas de exigir respeito. É preciso merecê-lo, agindo de maneira respeitável. E o respeito de um guerreiro não é conseguido com facilidade.

Contei até dez, respirei fundo e indaguei:

— Então como vou ganhar o seu respeito, seu Grande e Impressionante Guerreiro?

— Mudando de atitude.

— Que atitude?

— Essa atitude de "pobrezinho de mim", é claro. Pare de ter tanto orgulho da mediocridade, mostre um pouco de fibra! — rindo, Sócrates deu um salto, deu-me um tapa na bochecha e cutucou minhas costelas.

— Pare com isso! — berrei. Eu não estava disposto a brincadeiras. Estendi a mão para agarrá-lo pelo braço, mas ele saltou com agilidade sobre a escrivaninha. Depois pulou sobre minha cabeça, deu um giro e empurrou-me pelas costas para o sofá. Levantei-me, furioso, e tentei revidar o empurrão, mas quando ia tocá-lo, ele saltou de costas por sobre a escrivaninha. Caí de cara no tapete.

— Maldição! — eu estava furioso, via tudo vermelho. Ele esgueirou-se para a garagem. Fui atrás mancando.

Sócrates estava empoleirado num para-lama, coçando a cabeça.

— Ora essa, Dan, você está zangado.

— Observação brilhante — vociferei, furioso e ofegante.

— Ótimo — disse ele. — Considerando sua situação crítica, você deve estar zangado. Não há nada de errado em sentir raiva ou qualquer outro tipo de emoção. Mas direcione sua raiva sabiamente. — Soc começou a trocar as velas de ignição de um Volkswagen. — A raiva é uma das suas principais ferramentas para transformar velhos hábitos — retirou uma vela antiga com a chave apropriada — e substituí-los por novos. — Aparafusou uma vela nova e deu um último aperto com uma torção firme da chave.

"O medo e a tristeza inibem a ação, mas a raiva gera ação. Quando aprender a utilizar adequadamente sua raiva, você poderá transmutar o medo e a tristeza em raiva, e esta em ação. Esse é o segredo da alquimia interna do corpo."

De volta ao escritório, Sócrates pegou um pouco de água e começou a preparar a especialidade da noite, um chá de pétalas de rosas, e continuou.

— Para se livrar dos velhos hábitos concentre toda a sua energia, não para lutar contra o que é velho, mas para construir o que é novo.

— Como posso controlar meus hábitos se nem consigo controlar minhas emoções?

— Você não precisa controlar suas emoções — disse ele. — As emoções são tão naturais quanto o passar dos anos. Às vezes é melhor expressar medo, tristeza ou raiva. Expressar as emoções não é um problema. A chave é transformar a energia das emoções em uma ação construtiva.

Levantei, retirei a chaleira fervendo da placa e servi nosso chá fumegante.

— Pode dar um exemplo específico, Sócrates?

— Passe algum tempo com um bebê.

Soprei meu chá, sorrindo.

— Engraçado, nunca pensei que os bebês fossem mestres de controle emocional.

— Quando um bebê está contrariado, ele se expressa chorando... é um choro genuíno. Ele não fica pensando se deve chorar. Os bebês assumem as emoções por completo. Eles liberam os sentimentos e se livram deles. Desse modo, são excelentes professores. Aprenda isso e você poderá transformar qualquer hábito antigo.

Uma caminhonete Ford entrou no posto. Sócrates dirigiu-se para o motorista, e eu tirei a mangueira da bomba, sem poder parar de rir e tirei a tampa do tanque do carro. Inspirado pela revelação esclarecedora sobre como controlar as emoções, gritei sobre a capota:

— Soc, estou pronto para fazer esses hábitos detestáveis em pedaços!

Então dei uma olhada nos passageiros: eram três freiras escandalizadas. Engasguei, tropecei nas palavras, fiquei vermelho como uma beterraba e corri para lavar as janelas. Sócrates inclinou-se sobre a bomba e escondeu o rosto com as mãos.

Depois que a caminhonete se afastou, para meu alívio entrou outro freguês. Era o homem louro novamente — aquele com uma barba cacheada. Ele saltou do carro e deu um forte abraço em Sócrates.

— Como sempre, é um prazer vê-lo, Joseph — disse Sócrates.

— Eu digo o mesmo... *Sócrates.* — Ele virou-se para mim e lançou-me um sorriso divertido.

— Joseph, essa jovem máquina de perguntas chama-se Dan. Aperte o botão e ele faz uma pergunta. Muito engraçado mesmo.

Joseph cumprimentou-me.

— O velho abrandou nos últimos anos? — perguntou com um sorriso largo.

Antes que eu pudesse jurar que provavelmente Soc estava mais irritável do que nunca, o "velho" me interrompeu.

— Ah, estou ficando preguiçoso; Dan teve mais facilidades que você.

— Estou vendo — disse Joseph, mantendo-se sério. — Você ainda não o fez correr cento e cinquenta quilômetros ou trabalhar com carvão incandescente?

— Não, nada disso. Estamos iniciando o básico, como andar, comer e respirar.

Joseph deu uma gargalhada divertida. Percebi-me rindo com ele.

— Por falar em comer — disse ele —, por que vocês dois não vão ao café quando amanhecer? Serão meus convidados, e improvisarei algo para comermos.

Eu estava prestes a dizer que sentia muito não poder ir, quando Sócrates se adiantou:

— Será um prazer. O turno da manhã começa daqui a meia hora... logo estaremos lá.

— Ótimo. Então até logo. — Ele pagou Soc pela gasolina e foi embora.

— Ele é guerreiro como você, Soc?

— Ninguém é guerreiro como eu — respondeu, com uma risada. — Nem gostaria de ser. Todo homem ou mulher possui qualidades naturais. Por exemplo, enquanto você se destaca na ginástica, Joseph tornou-se especialista no preparo de alimentos.

— Oh, você quer dizer cozinhar?

— Não exatamente. Joseph não cozinha muito o alimento porque destrói as enzimas naturais, necessárias à completa digestão. Ele prepara alimentos naturais de um modo que logo você verá por si mesmo. Depois de experimentar a culinária mágica de Joseph, nunca mais você suportará o que se come por aí.

— O que há de tão especial na maneira de ele cozinhar?

— Na verdade, apenas duas coisas... e ambas sutis. Primeiro, ele dedica total atenção ao que faz. Segundo, o amor é literalmente um dos principais ingredientes de tudo o que ele faz. Você sentirá o gosto do amor muito tempo depois de ter comido.

O substituto de Soc, um adolescente desengonçado, entrou e resmungou um bom-dia habitual. Saímos, atravessamos as ruas e tomamos a direção sul. Tive que acelerar o passo, ainda mancando, a fim de acompanhar as passadas largas de Soc. Tomamos o trajeto mais pitoresco, pelas ruas laterais, evitando o tráfego movimentado do começo da manhã.

Nossos pés esmagavam ruidosamente as folhas secas enquanto passávamos pela sucessão variada de construções que caracterizam Berkeley, uma mistura de estilos, o vitoriano, o colonial espanhol e o neoalpino, além de prédios de apartamentos semelhantes a caixotes, onde moravam muitos dos trinta mil estudantes.

Conversamos durante a caminhada. Sócrates começou:

— Dan, uma quantidade tremenda de energia será necessária para atravessar a névoa da sua mente e encontrar o portão. Por isso as práticas purificadoras e regeneradoras são essenciais.

— Pode repetir, por favor?

— Vamos esvaziar você, desmontar e montar novamente.

— Ah, por que não disse logo? — provoquei.

— Você irá readaptar todas as suas funções, como movimentar-se, dormir, respirar, pensar, sentir e comer. De todas as atividades humanas, comer é uma das mais importantes, e a que será estabilizada em primeiro lugar.

— Espere um minuto, Sócrates. Comer não é uma área especialmente problemática para mim. Sou magro, em geral me sinto bem e a ginástica prova que tenho energia suficiente. De que maneira as mudanças em minha dieta vão fazer diferença?

— Sua dieta atual — explicou ele, olhando além dos galhos de uma bela árvore banhados pela luz do sol — pode proporcionar uma quantidade normal de energia, mas grande parte daquilo que você come deixa você grogue, afeta o seu estado de espírito e reduz o nível de consciência.

— E como a mudança na dieta afetará a minha energia? — argumentei. — Quero dizer, eu consumo calorias que representam uma certa quantidade de energia.

— Essa é a visão tradicional, mas superficial. O guerreiro deve reconhecer as influências mais sutis. Nossa fonte primordial de energia é o sol. Mas de modo geral, o ser humano... isto é, você...

— Grato pela deferência.

— No seu atual estágio evolutivo, você não pode "comer" a luz solar, exceto de maneira limitada. Quando a humanidade desenvolver essa capacidade, os órgãos digestivos atrofiarão e os processadores de laxantes pararão de funcionar. No momento, uma dieta adequada permitirá a utilização mais direta da energia solar. Essa energia ajudará você a concentrar a sua atenção, aguçando a sua concentração até transformá-la numa espada afiada.

— Tudo isso acontecerá eliminando os bolinhos da minha dieta?

— E mais outras coisinhas.

— Um dos ginastas olímpicos japoneses certa vez me disse que não são os maus hábitos que contam e sim os bons.

— Isso significa que os bons hábitos devem tornar-se tão fortes a ponto de dissolver aqueles que não são úteis. — Sócrates apontou um pequeno restaurante adiante, em Shattuck, perto de Ashby. Eu já passara muitas vezes por ali sem percebê-lo.

— Então você acredita em alimentação natural, Soc? — indaguei, enquanto atravessávamos a rua.

— Não é uma questão de acreditar, mas de praticá-la. Posso lhe dizer uma coisa: só como alimentos saudáveis e somente a quantidade que necessito. Para poder apreciar o que você chama de alimentação natural, será preciso aguçar os instintos, tornar-se um homem natural.

— Parece coisa de asceta. Você não toma nem um sorvetinho de vez em quando?

— A princípio minha dieta poderá parecer espartana, comparada às indulgências a que você chama de "moderação", Dan, mas a maneira como me alimento na verdade é muito prazerosa, porque desenvolvi a capacidade de apreciar os alimentos mais simples. E você também conseguirá.

Batemos à porta e Joseph veio abrir.

— Entrem, entrem — convidou, entusiasmado, como se estivesse nos recebendo em sua casa. E na verdade o restaurante parecia uma casa. Tapetes grossos cobriam o chão da pequena entrada. Mesas de madeira rústica, pesadas e enceradas, preenchiam a sala, e as cadeiras confortáveis de espaldar alto pareciam antiguidades. Tapeçarias decoravam as paredes, exceto uma delas, que era quase inteiramente ocupada por um enorme aquário de peixes coloridos. A luz matinal entrava por uma claraboia no teto. Sentamos bem embaixo dela, sob os raios quentes do sol, ocasionalmente encobertos pelas nuvens que passavam.

Joseph aproximou-se com dois pratos erguidos acima da cabeça. Colocou-os diante de nós com um floreio. Primeiro o de Sócrates, depois o meu.

— Ah, deve estar delicioso — disse Sócrates, enfiando o guardanapo na gola da camisa. Contemplei a comida. Ali, na minha frente, num prato branco, estava uma cenoura cortada em fatias e uma folha de alface. Fiquei olhando, consternado.

Sócrates quase caiu da cadeira de tanto rir, diante da minha expressão, e Joseph precisou apoiar-se na mesa.

— Ah — exclamei, com um suspiro de alívio —, então é uma brincadeira!

Sem dizer uma palavra, Joseph levou os pratos e voltou com duas lindas tigelas de madeira. Em ambas havia uma réplica perfeita de uma montanha em miniatura. A montanha era uma combinação de diferentes tipos de melão. Pequenas porções de nozes e amêndoas, colocadas individualmente, transformavam-se em penedos marrons. Os penhascos escarpados eram feitos de maçãs e fatias finas de queijo. As árvores eram de salsa, cada uma aparada com perfeição, assemelhando-se a pequenos *bonsai*. A neve de iogurte cobria o pico. Em torno da base havia uvas cortadas ao meio e um anel de morangos frescos.

Eu não conseguia desviar o olhar.

— Joseph, que lindo! Não posso comer isso antes de tirar uma foto. — Percebi que Sócrates já começava a comer, mastigando lentamente, como de costume. Ataquei a montanha com prazer, e estava quase terminando quando, de repente, Sócrates começou a devorar a comida. Percebi que estava me imitando.

Fiz o possível para pegar pedaços pequenos, respirando profundamente entre cada mordida, como ele fazia, mas pareceu-me decepcionantemente lento.

— Para você, Dan, o prazer de comer limita-se ao sabor do alimento e à sensação de barriga cheia. Tem que aprender a usufruir todo o processo... a fome, o preparo cuidadoso, a mesa posta com cuidado, a mastigação, a respiração, a sensação dos aromas, do gosto, a engolição e a sensação de leveza e energia após a refeição. Por fim, você poderá apreciar a completa e fácil eliminação do alimento após ser digerido. Quando prestar atenção a todos esses elementos, começará a apreciar refeições simples, não precisará de tanta comida.

"A grande ironia é que, na sua maneira atual de comer, apesar de não querer perder uma refeição, você não está inteiramente consciente daquilo que ingere."

— Não tenho medo de perder uma refeição — argumentei.

— Fico contente em saber. Isso tornará a semana que vem mais fácil para você.

— Hum?

— Esta refeição é a última nos próximos sete dias. — Soc passou a explicar em linhas gerais o que era o jejum purificador que eu iniciaria imediatamente. Sucos de frutas diluídos ou chás de ervas puras constituiriam minha única alimentação.

— Mas, Sócrates, preciso de proteína e ferro para ajudar a curar a perna; preciso de energia para a ginástica. — Não adiantou. Sócrates sabia ser bastante irracional.

Ajudamos Joseph com alguns afazeres domésticos, conversamos um pouco, agradecemos e saímos. Eu já estava com fome. Caminhando de volta ao *campus*, Sócrates resumiu a disciplina que eu deveria cumprir até meu corpo recuperar seus instintos naturais.

— Em poucos anos não haverá necessidade de regras. Você pode provar e acreditar nos seus instintos. Mas, por enquanto, deverá eliminar todos os alimentos que contenham açúcar refinado, farinha de trigo refinada, carne e todas as drogas, incluindo o café, o álcool, o tabaco ou qualquer outro alimento inútil. Concentre sua alimentação nas frutas frescas, cereais integrais e legumes. Eu não acredito em extremos, mas de agora em diante, no café da manhã, coma apenas uma fruta fresca acompanhada, ocasionalmente, de iogurte. No almoço, que é a refeição principal, prefira uma salada crua, batata cozida na água ou no vapor, com pão integral ou grãos cozidos. No jantar, uma salada crua e, ocasionalmente, legumes levemente tostados. Utilize bastante as sementes e frutas secas em todas as refeições, de preferência sem sal.

— Imagino que a essa altura você deve ser um especialista em frutas secas, Soc — resmunguei.

A caminho de casa, passamos por um armazém. Estava prestes a entrar e comprar alguns biscoitos, quando lembrei que nunca mais poderia comer biscoitos industrializados! E nos próximos seis dias e vinte e três horas, não comeria nada.

— Sócrates, estou com fome.

— Eu nunca disse que o treinamento de um guerreiro seria moleza.

Atravessamos o *campus* exatamente no intervalo entre as aulas, e por isso o Sproul Plaza estava cheio de gente. Olhei com tristeza para as garotas bonitas. Sócrates tocou no meu braço.

— Isso me fez lembrar outra coisa, Dan. Os prazeres da cozinha não são a única regalia que você terá que evitar durante algum tempo.

— Ei! — estanquei, petrificado. — Será que não estou entendendo mal? Quer ser mais específico?

— Claro. Até estar maduro o suficiente, deixe-o guardado dentro da calça.

— Mas, Sócrates — argumentei, como se fosse questão de vida ou morte —, isso é antiquado, é puritano, irracional e nem um pouco saudável. Cortar a comida, tudo bem, mas isso é diferente! — Passei a citar a "filosofia da *Playboy*", Albert Ellis, Robert Rimmer, Jacqueline Susann e o marquês de Sade. Cheguei a incluir o *Reader's Digest* e "Dear Abby", mas nada o demoveu.

— Não adianta tentar dar explicações. Simplesmente você terá que buscar suas futuras emoções no ar puro, nos alimentos puros, na água pura, na percepção pura e na luz do sol.

— Como poderei seguir toda essa disciplina que você me impõe?

— Pense nas palavras finais de Buda, ao aconselhar seus discípulos.

— O que ele disse? — Eu esperava a inspiração.

— Faça o melhor que puder. — Dito isso, ele desapareceu na multidão.

Na semana seguinte comecei meus ritos de iniciação. Enquanto meu estômago roncava, Sócrates preenchia minhas noites com exercícios básicos, ensinando-me a respirar mais profunda e lentamente. Eu progredia com dificuldade, fazendo o melhor possível, sentindo-me letárgico, ansioso pelo — argh! — suco de fruta diluído e pelo chá de ervas mas sonhando com bifes e pães doces. E eu nem gostava tanto de bifes e pães doces!

Um dia ele me mandava respirar com o abdômen, no outro com o coração. Começou a criticar o meu modo de andar, de falar, o modo como os meus olhos vagavam pela sala, como se a minha mente "vagasse pelo universo". Nada do que eu fazia parecia satisfazê-lo.

Ele me corrigia sempre, às vezes delicadamente, outras nem tanto.

— A postura correta é uma maneira de se harmonizar com a força da gravidade, Dan. A atitude correta é uma maneira de harmonizar-se com a vida. — E assim por diante.

O terceiro dia do jejum foi o mais duro. Eu estava fraco e mal-humorado; sentia dores de cabeça e respirava mal.

— Tudo isso faz parte do processo de purificação, Dan. Seu corpo está sofrendo uma limpeza, liberando as toxinas acumuladas. — No ginásio eu só conseguia ficar deitado, alongando-me.

No sétimo dia do jejum eu estava me sentindo bem. Minha fome desaparecera; sentia apenas uma agradável lassidão e a sensação de leveza. Melhorara inclusive nos treinos. Treinava com afinco, limitado apenas pela perna ainda frágil, mais relaxado e flexível que nunca.

Quando comecei a comer, no oitavo dia, iniciando com pequenas quantidades de frutas, tive de reunir toda a minha força de vontade para não começar a engolir tudo o que via pela frente.

Sócrates não tolerava reclamações nem respostas insolentes. Na verdade ele *só* queria que eu dissesse o que fosse absolutamente necessário.

— Chega de tagarelice inútil — disse. — Aquilo que sai da boca é tão importante quanto o que entra.

Assim, consegui perceber os comentários vazios que me faziam parecer um idiota. De fato, era muito bom falar menos, quando comecei a pegar o jeito. De modo geral sentia-me mais calmo. Contudo, após algumas semanas, comecei a me cansar.

— Sócrates, aposto um dólar como posso fazer você dizer mais que duas palavras.

Ele estendeu a mão com a palma para cima e disse:

— Você perdeu.

Devido aos meus sucessos do passado na ginástica, eu acreditava que o meu treinamento com Sócrates seria do mesmo modo. Mas logo percebi que, como Sócrates dissera, o treinamento não seria moleza.

Meu principal problema era conviver socialmente com os meus amigos. Rick, Sid e eu fomos com três garotas à pizzaria LaVal. Todos, inclusive a minha garota, dividiram uma *pizza* gigante de calabresa. Eu pedi uma especial, com vegetais e trigo integral. Enquanto tomavam *milk-shakes* ou cerveja, eu bebericava o meu suco de maçã. Depois eles quiseram ir à sorveteria Fenton Parlor. Enquanto tomavam *sundaes*, eu pedi um copo de água mineral, e chupei uma pedra de gelo. Eu os olhava com inveja e eles me olhavam como se eu fosse um pouco maluco. E talvez eles estivessem certos. De qualquer modo, minha vida social estava desmoronando sob o peso da minha disciplina.

Desviava-me vários quarteirões de meu caminho para evitar lojas de roscas, barraquinhas de comida e restaurantes ao ar livre, nos arredores do *campus*. Meus anseios e compulsões tornavam-se óbvios para mim, mas eu lutava contra eles. Se me transformasse num molenga por comer uma rosca com geleia, como poderia encarar Sócrates?

Contudo, o tempo passou e comecei a sentir uma resistência crescente. Queixei-me a Sócrates, apesar de seu olhar sombrio.

— Soc, você deixou de ser engraçado. Virou um velho rabugento. Nem se anima mais.

Ele me lançou um olhar fulminante:

— Basta de truques mágicos.

Era exatamente isso: bastava de truques, sexo, batatas fritas, hambúrgueres, doces, roscas, alegria e descanso. A disciplina valia dentro e fora do quartel.

Janeiro passou arrastado; fevereiro voou e março chegava ao fim. A equipe chegava ao final da temporada sem mim.

Mais uma vez compartilhei meus sentimentos com Sócrates, mas ele não me ofereceu consolo nem apoio.

— Sócrates, sou um verdadeiro escoteiro espiritual. Meus amigos não querem mais sair comigo. Você está estragando a minha vida!

Ele limitou-se a recolher seus papéis.

— Faça o melhor que puder — concluiu.

— Bem, obrigado por este diálogo tão instigante!

No fundo, eu estava ofendido porque outra pessoa, ainda que fosse Sócrates, dirigia minha vida.

No entanto, cumpria todas as regras com determinação. Mas um dia, durante o treino, aquela enfermeira deslumbrante, estrela de minhas fantasias eróticas desde que fui internado naquele hospital, entrou no ginásio. Sentou-se em silêncio e assistiu à nossa rotina de treino aéreo. Percebi quase imediatamente que todo mundo no ginásio adquirira uma dose renovada de energia, e eu não era exceção.

Fingindo concentrar-me nos exercícios, olhava-a, de vez em quando, pelo canto do olho. A calça de seda justa e a frente única tiraram a minha concentração; minha mente imaginava formas mais eróticas de ginástica. Durante o resto do treino estive totalmente consciente da atenção da enfermeira.

Ela desapareceu pouco antes do final do treino. Tomei uma ducha, vesti-me e subi as escadas. Lá estava ela, no alto da escada, encostada sedutoramente ao corrimão. Nem me lembro de como subi o último lance.

— Oi, Dan Millman. Meu nome é Valerie. Está muito melhor do que na época em que cuidei de você no hospital.

— Estou melhor, enfermeira Valerie — disse, abrindo um amplo sorriso. — Fico feliz pelo seu interesse.

Ela deu uma risada e espreguiçou-se, sedutora.

— Dan, você poderia me acompanhar até a minha casa? Está escurecendo e um homem estranho tem me seguido.

Eu estive prestes a dizer que estávamos no começo de abril e que o Sol só se poria dali a uma hora, mas achei que esse era um detalhe bem insignificante.

Andamos um bocado e acabei jantando no apartamento dela. Ela abriu uma "garrafa de vinho especial para ocasiões especiais". Dei apenas um gole — mas foi o começo do fim. Eu estava fervendo, mais quente que carne na grelha. Em determinado momento uma voz interior perguntou, "Você é um homem ou um molenga?". E outra respondeu: "Um molenga com tesão". Naquela noite pus a perder toda a disciplina adquirida. Comi tudo o que ela ofereceu. Comecei com um prato de sopa de mariscos, em seguida salada e carne. E como sobremesa, várias porções da própria Valerie.

Nos três dias seguintes não dormi muito bem, preocupado em ter que confessar a Sócrates. Preparei-me para o pior.

À noite entrei no escritório, contei tudo a ele, sem desculpar-me e esperei, contendo a respiração. Sócrates ficou em silêncio durante um longo tempo. Finalmente disse:

— Percebi que você ainda não aprendeu a respirar. — Antes que eu pudesse replicar, ele ergueu a mão. — Dan, posso entender que você prefira uma casquinha de sorvete ou uma mulher bonita, em vez do Caminho que tenho lhe mostrado; mas e você? Pode entender isso? Ele fez uma pausa. — Não há elogios nem censuras. Agora você já conhece as ânsias constrangedoras da sua barriga e do seu sexo. Isso é ótimo. Mas lembre-se que eu lhe pedi para fazer o melhor que pudesse. Isso é realmente o máximo que pode dar?

O brilho era intenso no olhar de Sócrates, que me fitava longamente.

— Volte daqui a um mês, mas só se estiver seguindo rigorosamente a disciplina. Veja novamente a garota, se quiser, mas não importa os impulsos que possa sentir, recupere sua força de vontade.

— Farei isso, Sócrates, juro que farei! Agora estou entendendo de verdade.

— Nem suas resoluções nem sua compreensão irão torná-lo mais forte. As resoluções são sinceras, a lógica é clara mas nem uma nem outra tem a energia de que precisará. Deixe que a raiva seja a sua resolução, a sua lógica. Verei você no mês que vem.

Eu sabia que, se voltasse a esquecer a disciplina, seria o fim. E prometi a mim mesmo, com crescente determinação, que nenhuma mulher sedutora, nenhuma rosca ou pedaço de carne assada iriam me entorpecer novamente. Eu dominaria meus impulsos ou morreria.

Valerie telefonou no dia seguinte. Senti toda a excitação familiar aflorando ao som de sua voz, que há tão poucas horas estivera gemendo ao meu ouvido.

— Danny, queria muito vê-lo esta noite. Vai estar livre? Ah, ótimo. Saio do trabalho às sete. Posso encontrá-lo no ginásio? OK, então até mais tarde...

Nessa noite fomos ao restaurante de Joseph para uma grande salada surpresa. Percebi que Valerie estava flertando com ele, e com cada homem fisicamente atraente que estava por perto e respirando.

Mais tarde voltamos para o apartamento dela. Nos sentamos e conversamos um pouco. Ela ofereceu vinho e eu pedi suco de frutas. Ela acariciou meus cabelos e beijou-me suavemente, murmurando ao meu ouvido. Retribuí o beijo com ardor. Então minha voz interior manifestou-se alta e claramente: "Dê o fora enquanto você pode, rapaz".

Sentei-me e respirei fundo. Eu gaguejei a explicação mais idiota imaginável possível.

— Valerie, você sabe que acho você muito atraente e excitante... mas estou envolvido com... bem, com uma disciplina pessoal que não permite o que está prestes a acontecer. Gosto da sua companhia e quero ver você de novo. Mas de agora em diante prefiro que me considere um amigo íntimo, um irmão ou um s-s-sacerdote amoroso. — Era quase impossível continuar.

Ela respirou fundo e alisou seus cabelos.

— Dan, gosto muito de estar com alguém que não está interessado apenas em sexo.

— Bem — continuei, mais encorajado —, fico contente em saber que se sente assim, porque sei que poderemos compartilhar outros tipos de diversão, e...

Ela olhou para o relógio.

— Oh, olhe a hora... tenho de trabalhar cedo amanhã... portanto, vou ter que lhe dizer boa-noite, Dan. Obrigado pelo jantar. Foi ótimo.

Telefonei para ela no dia seguinte, mas o telefone estava ocupado.

Deixei uma mensagem, mas ela não retornou a ligação.

Eu a vi uma semana depois do treino; ela estava de mãos dadas com Scott, um dos caras da equipe. Os dois passaram por mim quando eu subia as escadas, tão perto que pude sentir o perfume dela. Valerie cumprimentou-me educadamente. Scott lançou-me um olhar de soslaio e piscou-me significativamente. Eu não sabia que uma piscadela podia doer tanto.

Tomado por uma fome desesperadora, que uma salada crua não iria satisfazer, fui parar no Charbroiler. Senti o aroma dos hambúrgueres fumegantes, regados com molho especial. Recordei meus bons tempos, quando comia hambúrgueres com alface e tomate — e com os amigos. Aturdido, entrei sem pensar, fui diretamente à caixa e pedi:

— Um grelhado com queijo duplo, por favor.

Ela me deu o sanduíche, sentei, levei-o à boca e dei uma mordida enorme. De súbito percebi o que estava fazendo: escolhia entre Sócrates e um *cheeseburger*. Cuspi o que tinha mordido, joguei o resto na bandeja e saí, furioso. Eu não queria mais ser escravo de impulsos fortuitos — isso foi uma decisão.

Essa noite marcou o começo de uma fase gloriosa de amor-próprio e uma sensação de poder pessoal. Eu sabia que agora ia ser mais fácil.

Pequenas mudanças começaram a ocorrer em minha vida. Desde menino eu sofria vários sintomas menores, como nariz escorrendo à noite quando esfriava, dores de cabeça, perturbações estomacais e mudanças de humor. Sempre considerei tudo isso normal e inevitável. Agora todos os sintomas haviam desaparecido.

Era constante a sensação de leveza e energia que irradiava de mim. Talvez por isso tantas mulheres flertavam comigo, as crianças e os cachorros aproximavam-se de mim querendo brincar. Alguns colegas de equipe começaram a pedir conselhos acerca de problemas pessoais. Eu deixava de ser um barquinho na ressaca e começava a sentir-me o rochedo de Gibraltar.

Relatei minha experiência a Sócrates. Ele assentiu com a cabeça.

— Seu nível de energia está subindo. Pessoas, animais e até mesmo objetos são atraídos pela presença de um campo de energia, e o respeitam. É assim que funciona.

— "Regras da Casa?" — indaguei.

— "Regras da Casa." — E acrescentou: — Por outro lado, acho prematuro congratular-se. Mantenha um senso de perspectiva. Você apenas acabou de sair do jardim de infância.

O ano escolar chegou ao fim e eu mal percebi. Os exames passaram tranquilamente. Os estudos, que anteriormente eram uma guerra para mim, haviam se tornado um obstáculo menor a ser vencido. A equipe tirou férias curtas e retornou para os treinos de verão. Eu começava a andar sem a bengala e algumas vezes por semana tentava correr, bem lentamente. Continuei a forçar-me até o limiar da dor, da disciplina e da tolerância e, naturalmente, a fazer o melhor possível quanto à alimentação, ao movimento e à respiração corretos. Entretanto, o melhor ainda não era o bastante.

Sócrates começou a ampliar as exigências.

— Agora que a sua energia está crescendo, pode começar a treinar seriamente.

Pratiquei uma respiração tão lenta que levava um minuto para ser completada. Combinado à concentração intensa e ao controle de grupos específicos de músculos, esse exercício respiratório aquecia meu corpo como se eu estivesse numa sauna, permanecendo confortável qualquer que fosse a temperatura.

Estimulava-me perceber que estava desenvolvendo o mesmo poder que Sócrates exibira na noite em que eu o tinha conhecido. Pela primeira vez, comecei a acreditar que, talvez, pudesse tornar-me um guerreiro pacífico como ele. Não me sentia mais excluído, e sim superior a meus amigos. Quando um deles se queixava de algum mal ou outro problema que eu sabia poder ser solucionado apenas com uma alimentação adequada, eu dava os conselhos que podia.

Certa noite, levei ao posto a autoconfiança recém-descoberta, certo de que estaria pronto para aprender alguns dos segredos antigos e esotéricos da Índia, do Tibete ou da China. Mas assim que cruzei a porta, Sócrates me deu um pano e mandou-me limpar o banheiro.

— Deixe o sanitário brilhando — disse.

Nas semanas seguintes, realizei tantas tarefas servis no posto que não tive tempo para meus exercícios importantes. Trocava pneus durante uma hora, depois jogava lixo, varria a garagem e arrumava as ferramentas. Nunca pensei que fosse possível, mas estar com Sócrates começou a tornar-se tedioso.

Ao mesmo tempo, as tarefas exigiam-me mais que o possível. Ele dava cinco minutos para eu realizar um trabalho de meia hora e criticava-me sem piedade, caso não o terminasse a tempo. Era injusto, irracional e até mesmo insultoso. Eu estava pensando em quanto me aborrecia essa situação quando Sócrates entrou na garagem para dizer que eu deixara o chão do banheiro sujo.

— Mas alguém usou o banheiro depois que eu terminei — argumentei.

— Não interessa — disse ele. — Agora vá jogar o lixo.

Furioso, agarrei a vassoura como se fosse uma espada. Sentia uma calma glacial.

— Mas joguei o lixo há cinco minutos, Sócrates. Lembra-se disso, velho, ou está ficando esclerosado?

Ele abriu um sorriso.

— Estou falando deste lixo, seu asno! — Deu um tapa na cabeça e piscou para mim. A vassoura caiu no chão com estrépito.

Outra noite, enquanto varria a garagem, Sócrates me chamou ao escritório. Sentei-me, carrancudo, aguardando mais ordens.

— Dan, você ainda não aprendeu a respirar naturalmente. Tem sido indolente e precisa esforçar-se mais.

Foi a gota d'água. Comecei a gritar:

— Você é que é indolente... estou fazendo todo o trabalho em seu lugar!

Ele fez uma pausa; pensei entrever mágoa em seus olhos, mas o que ouvi foi uma voz suave:

— Não é certo gritar com o seu mestre, Dan.

Tarde demais me lembrei que o objetivo dos insultos de Sócrates sempre fora apontar minha própria turbulência mental e emocional, transformar minha raiva em ação e ajudar-me a perseverar. Antes que eu pudesse me desculpar, ele disse:

— Dan, está na hora de nos separarmos... pelos menos por um tempo. Você poderá voltar quando tiver aprendido a ser cortês e a respirar corretamente. Um ajudará o outro.

Saí cabisbaixo e triste; meu mundo estava na escuridão. Até aquele momento eu não tinha percebido o quanto meu carinho por ele tinha aumentado — e quão grato me sentia. Enquanto caminhava, pensei em como ele fora paciente com meus acessos de raiva, minhas reclamações e perguntas. Jurei nunca mais gritar com ele.

Sozinho, procurei com mais afinco que nunca corrigir minha respiração tensa, mas ela só parecia piorar. Se eu respirava profundamente, me esquecia de relaxar os músculos; se me lembrava de relaxar, eu exagerava na dose.

Uma semana depois, voltei ao posto para ver e aconselhar-me com Soc. Encontrei-o trabalhando na garagem. Ele me olhou e apontou para a porta.

Zangado e magoado, fui embora mancando pela noite. Ouvi a voz dele atrás de mim.

— Quando aprender a respirar, cuide do seu senso de humor. Sua risada pareceu perseguir-me durante quase todo o trajeto de casa.

Quando cheguei na entrada do prédio, sentei-me num degrau e fiquei contemplando a igreja do outro lado da rua, sem ver realmente nada. Eu disse para mim mesmo: "Vou desistir desse treinamento impossível". No entanto, não acreditava em uma só palavra que dissera. Continuei comendo minhas saladas e evitando todas as tentações. Além disso lutava tenazmente com a respiração.

Quase um mês depois, o verão já ia pela metade quando me lembrei do restaurante. Estivera tão envolvido com os estudos e os treinos diurnos e com Soc à noite, que nunca tivera tempo de visitar Joseph. Agora, pensei tristemente, minhas noites eram completamente livres. Fui até o restaurante ao final do expediente. Estava vazio. Encontrei Joseph na cozinha, lavando cuidadosamente os pratos de porcelana fina.

Éramos tão diferentes um do outro! Eu era baixo, atlético, musculoso, tinha cabelo curto e o rosto barbeado. Joseph, por sua vez, era alto, magro, até mesmo frágil, e tinha uma barba loura, macia e cacheada. Eu me movimentava e falava rapidamente; ele fazia tudo com cuidado e lentidão. Não obstante nossas diferenças, ou talvez por causa delas, sentia-me atraído para ele.

Conversamos noite adentro, enquanto eu o ajudava a empilhar as cadeiras e varrer o chão. Mesmo enquanto falava, eu me concentrava o máximo possível na respiração — em consequência deixei um prato cair e tropecei no tapete.

— Joseph — indaguei —, é verdade mesmo que Sócrates fez você correr cento e cinquenta quilômetros?

— Não, Dan — disse ele, rindo —, não tenho temperamento para feitos atléticos. Soc não lhe disse? Fui seu cozinheiro e assistente pessoal durante anos.

— Soc raramente fala sobre seu passado. Como você pode ter sido seu assistente pessoal durante anos? Você não pode ter mais que 38 anos.

Joseph sorriu, exultante.

— Sou um pouco mais velho... tenho 52 anos.

— Está falando sério?

Ele concordou com a cabeça. Então toda aquela disciplina realmente funcionava.

— Mas se você não teve muito condicionamento físico, qual foi o seu treinamento?

— Dan, eu era um cara irritadiço e egocêntrico. E Soc sempre me pedia para fazer isso, depois aquilo. Muitas vezes eu quase desisti, mas finalmente, aprendi a dar, a ajudar e a ser prestativo. Ele me mostrou o caminho para a felicidade e para a paz.

— E não há lugar melhor para se aprender a ser prestativo que um posto de gasolina! — exclamei.

Sorrindo, Joseph observou:

— Sabe, ele não trabalhou sempre no posto de gasolina. A vida de Sócrates é extremamente incomum e variada.

— Conte-me — pedi.

Joseph fez uma pausa. — Sócrates vai te contar do modo dele e na hora certa.

— Eu nem mesmo sei onde ele mora.

Coçando a cabeça, Joseph disse: — Pensando bem, nem eu sei.

Ocultando meu desapontamento, indaguei:

— Você também o chamava de Sócrates? Parece uma coincidência improvável.

— Não, mas esse novo nome, assim como o novo discípulo, tem muita energia — ele sorriu.

— Você disse que ele fazia exigências rigorosas.

— É, extremamente rigorosas. Nada do que eu fazia estava bom... e se ele me pegava lamentando ou resmungando, ele me dispensava durante semanas.

— Acredito que eu seja o mais esperto dos dois — disse. — Ele me mandou embora indefinidamente.

— É? Por quê?

— Ele disse para eu não voltar enquanto não aprendesse a respirar corretamente... o que quer que isso signifique.

— Ah, é isso — disse ele, soltando a vassoura. Aproximou-se e colocou uma mão em meu abdômen e a outra em meu peito. — Agora respire — disse.

Comecei a respirar profundamente, como Sócrates me mostrara.

— Não, não, suavemente.

Alguns minutos depois, comecei a sentir algo estranho no abdômen e no peito. Estava quente, relaxado e aberto. De repente eu estava chorando como um bebê, loucamente feliz sem saber por quê. Naquele momento, respirava sem qualquer esforço; parecia que eu estava sendo respirado. Que delícia!, pensei. Quem precisa ir ao cinema para se divertir? Estava tão entusiasmado que mal conseguia me conter. Mas comecei a sentir que a respiração novamente se acelerava.

— Joseph, perdi!

— Não se preocupe, Dan. Você só precisa relaxar um pouco. Agora que sabe como é a respiração natural, terá que se deixar respirar naturalmente, cada vez mais, até que a respiração seja normal. A respiração é uma ponte entre a mente e o corpo, entre o sentir e o fazer. Equilibrar a respiração natural traz você de volta ao momento presente.

— Isso me fará feliz?

— Isso deixará você equilibrado — disse.

— Joseph — abracei-o —, não sei como você fez aquilo, mas obrigado... muito obrigado.

Ele abriu aquele sorriso luminoso que me aquecia inteiramente e, deixando a vassoura de lado, disse:

— Dê lembranças a... Sócrates.

A minha respiração não melhorou de imediato. Eu ainda lutava.

Mas certa tarde, a caminho de casa, depois de sair da sala de levantamento de peso, percebi que, sem esforço, a respiração estava completamente natural — próximo daquilo que eu sentira no restaurante.

À noite entrei impetuosamente no escritório, disposto a oferecer a Sócrates o meu sucesso e pedir-lhe desculpas por meu comportamento. Ele parecia estar me esperando. Escorreguei e parei diante dele, que falou calmamente, como se eu tivesse acabado de sair do banheiro e não de seis semanas de treinamento intensivo!

— OK, vamos continuar.

— Você não tem mais nada a dizer, Soc? Não vai me cumprimentar ou elogiar?

— Não há elogios nem críticas no caminho que você escolheu. Está na hora de você ter autoestima.

Balancei a cabeça, exasperado, mas me esforcei para sorrir. Bem, pelo menos eu estava de volta.

Depois disso, quando eu não estava limpando o banheiro, aprendia exercícios novos e mais frustrantes, como ficar atento aos ruídos internos até ouvir vários de uma só vez. Certa noite, enquanto praticava esse exercício, mergulhei num estado de paz e relaxamento que jamais sentira. Durante um certo tempo — não sei quanto — senti como se estivesse fora do corpo. Foi a primeira experiência paranormal conseguida por meu próprio esforço e energia. Não precisara dos dedos de Soc pressionando minha cabeça, ou hipnose, ou qualquer coisa que ele fazia.

Animado, contei-lhe tudo. Em vez de cumprimentar-me, ele disse:

— Não se deixe distrair por suas experiências. As experiências vêm e vão; se você quiser ter uma experiência, vá ao cinema. É mais fácil que yoga e você pode comprar pipoca. Pode meditar o dia inteiro, ouvir sons e ver luzes, ou mesmo ver sons e ouvir luzes. Mas não se deixe corromper pela experiência. Abandone-a!

Frustrado, argumentei:

— Só estou experimentando, porque você me disse para fazê-lo!

Sócrates fitou-me como se estivesse surpreso.

— Tenho que lhe dizer tudo?

Depois de um momento de muita raiva, me peguei rindo. Ele também riu, apontando o dedo para mim.

— Dan, você acaba de experimentar uma maravilhosa transformação alquímica. Transmutou a raiva em riso. Isso significa que o seu nível de energia está bem mais elevado do que antes. As barreiras estão caindo. Talvez você esteja, finalmente, fazendo um pequeno progresso.

Ainda ríamos, quando ele me deu um pano de limpeza.

Na noite seguinte, Sócrates não disse absolutamente nada sobre meu comportamento, pela primeira vez. Captei a mensagem: teria que me responsabilizar pela minha própria observação, daquele momento em diante. Foi então que percebi a bondade de todas as suas críticas. E quase senti falta delas.

Não foi naquele momento que tomei consciência disso; demoraria meses ainda, mas nessa noite Sócrates deixou de ser meu "pai" para ser meu amigo.

Decidi fazer uma visita a Joseph e contar o que tinha acontecido. Descia a Shattuck quando passaram alguns carros de bombeiro com a sirene ligada. Não pensei nada até aproximar-me do restaurante e ver o céu laranja. Comecei a correr.

A multidão já se dispersava quando cheguei. Joseph tinha acabado de chegar e estava de pé diante do restaurante carbonizado e destruído. De repente ouvi seu grito de angústia e o vi cair lentamente de joelhos e chorar. No momento que eu o alcancei, sua fisionomia estava serena.

O chefe dos bombeiros aproximou-se e disse a ele que provavelmente o fogo começara na lavanderia ao lado.

— Obrigado — disse Joseph.

— Oh, Joseph, eu sinto muito.

— Eu também — respondeu com um sorriso.

— Mas há alguns minutos atrás você estava transtornado.

— É verdade, eu estava mesmo — sorriu. Lembrei-me das palavras de Soc: "Deixe os sentimentos fluir e abandone-os". Até então me parecera uma boa ideia, mas ali, diante dos escombros carbonizados de seu restaurante, aquele frágil guerreiro demonstrara o completo domínio de suas emoções.

— Era um belo lugar, Joseph — suspirei, meneando a cabeça.

— Era — disse ele, tristemente.

Por algum motivo a calma de Joseph começou a incomodar-me.

— Você não está mais transtornado?

Ele fitou-me impassível e disse:

— Tenho uma história que talvez você aprecie, Dan. Quer ouvi-la?

— Bem... quero.

— Em uma pequena aldeia de pescadores no Japão morava uma jovem solteira, que deu à luz um filho. Seus pais sentiram-se desonrados e exigiram que ela dissesse quem era o pai. Temerosa, ela se recusava a dizer. Seu amado pescador revelara-lhe um segredo: partiria em busca de fortuna e voltaria para desposá-la. Mas os pais da moça não desistiram. Desesperada, ela disse que Hakuin, um monge que vivia nas montanhas, era o pai da criança.

"Escandalizados, os pais levaram o bebê, uma menina, à porta do monge e entregaram-no a ele. 'Esta criança é sua; deve cuidar dela!' 'É mesmo?', disse Hakuin, tomando a criança nos braços, acenando em sinal de despedida para os pais.

"Passou-se um ano e o verdadeiro pai voltou para desposar a moça. Imediatamente foram procurar Hakuin e imploraram que ele devolvesse a criança. 'Queremos nossa filha', disseram. 'É mesmo?', disse Hakuin e entregou-lhes a criança."

Joseph sorriu e esperou minha reação.

— Interessante essa história, Joseph, mas não entendo por que a contou agora. Isto é, seu restaurante acabou de pegar fogo!

— É mesmo? — disse ele. Começamos a rir, e eu meneei a cabeça, resignado.

— Joseph, você é tão maluco quanto Sócrates.

— Ora, obrigado, Dan... e você consegue se transtornar por nós dois.

Não se preocupe, eu estava pronto para uma mudança. Provavelmente irei para o sul dentro em breve... ou para o norte. Não faz diferença.

— Bem, não vá embora sem se despedir de mim.

— Adeus, então — disse ele, dando-me um daqueles abraços que me deixavam radiante. — Vou embora amanhã.

— Não vai se despedir de Sócrates?

Ele riu e replicou:

— Sócrates e eu raramente nos dizemos olá ou adeus. Mais tarde você compreenderá. — Com isso nos separamos.

Eram cerca de três horas da madrugada de sexta-feira quando passei pelo relógio da avenida, a caminho do posto de gasolina. Mais que nunca estava consciente de quanto ainda tinha que aprender.

Entrei no escritório falando a mil por hora.

— Sócrates, o café do Joseph pegou fogo. Ele está indo embora.

— Estranho — disse ele. — O café não costuma queimar. — Ele estava gracejando. — Alguém se machucou? — perguntou, sem demonstrar preocupação.

— Que eu saiba, não. Você ouviu o que eu disse e não está nem um pouco preocupado?

— Joseph estava preocupado?

— Bem... sim e não.

— Então tudo bem. — Simplesmente não se falou mais no assunto.

Para meu espanto, Sócrates tirou um cigarro do maço e acendeu-o.

— Por falar em fumaça — disse —, já lhe disse que não existe nada melhor que um mau hábito?

Não consegui acreditar no que vi e ouvi. Aquilo não poderia estar acontecendo.

— Não disse, não. E tenho feito o possível para mudar meus maus hábitos, conforme você me recomendou.

— Era para desenvolver a sua força de vontade e proporcionar aos instintos uma refeição leve. Pode-se dizer que qualquer ritual inconsciente e compulsivo é negativo. Mas determinadas atividades, como fumar, beber, usar drogas, comer doces e fazer perguntas tolas, são boas e más. Todo ato tem seu preço e seus prazeres. Reconhecendo os dois lados, você se torna realista e responsável por eles. E só então poderá escolher livremente como um guerreiro: fazer ou não fazer.

"Há um provérbio que diz: 'Quando se sentar, sente-se. Quando se levantar, levante-se; o que quer que faça, não vacile'. Uma vez feita a escolha, realize-a com todo o seu empenho. Não faça como o carola que pensava em rezar enquanto fazia amor com a esposa e em fazer amor com a esposa enquanto rezava."

Eu ria enquanto Sócrates fazia círculos perfeitos de fumaça com a boca.

— É melhor cometer um erro com toda a força de seu ser do que evitá-lo cuidadosamente com o espírito vacilante. A responsabilidade está em reconhecer o prazer e o preço, a ação e o efeito e, então, fazer a escolha.

— Soa como "isto ou aquilo". E a moderação?

— Moderação? — Ele saltou sobre a escrivaninha como um pregador entusiasmado. — Moderação? Isso é mediocridade, medo e confusão disfarçados. É a enganação racional do demônio. Não é fazer nem deixar de fazer. É o compromisso vacilante que não traz felicidade a ninguém. A moderação é para os brandos, os apologéticos, para aqueles que ficam sentados em cima do muro com medo de se posicionar. É para os que temem rir ou chorar, viver ou morrer. *Moderação* – ele respirou fundo, preparando-se para a condenação final — é *chá morno*, bem ao gosto do diabo!

— Mas você sempre me ensinou o valor do equilíbrio, o caminho do meio, a moderação.

Sócrates coçou a cabeça. — Bem, você disse uma coisa certa. Talvez esteja na hora de você acreditar no seu conhecimento interior, nos conselhos do seu coração.

Rindo, eu disse:

— Os seus sermões entram como um leão e saem como um cordeiro, Soc. Você terá que continuar praticando.

Ele deu de ombros, descendo da mesa.

— Sempre me diziam isso no seminário.

Eu não sabia se ele estava brincando ou não.

— De qualquer modo, Soc, continuo achando repugnante fumar.

— *Ainda* não captou a mensagem? Fumar não é repugnante, mas sim o *hábito*. Posso fumar um cigarro por dia e não fumar durante seis meses. E quando fumo, não finjo que meus pulmões não vão pagar o preço. Tomo a atitude correta, a fim de contrabalançar os efeitos negativos.

— Nunca pensei que um guerreiro fumasse.

Ele soprava anéis de fumaça em meu nariz.

— Eu não vivo de acordo com as expectativas de qualquer pessoa, Dan, nem mesmo de acordo com as minhas. Nem todos os guerreiros agem exatamente como eu. Mas todos nós seguimos as Regras da Casa, como você vê.

"Então não importa que meu comportamento seja coerente ou não com os seus padrões, e sim que eu não tenha compulsões ou hábitos. Meus atos são conscientes, espontâneos e completos."

Sócrates apagou o cigarro, sorrindo para mim.

— Você se tornou um chato com todo esse orgulho e essa disciplina superior. Está na hora de uma pequena comemoração.

Dito isso, ele colocou uma garrafa de gim na mesa. Eu meneava a cabeça, incrédulo. Ele preparou um drinque com gim e soda.

— Soda Pop? — indaguei.

— Só temos suco de fruta, e não me chame de "pai" — disse ele, fazendo-me lembrar palavras ditas há tanto tempo. Ofereceu-me um copo de gim com soda e bebeu o dele de um só gole.

— Então — disse ele —, vamos comemorar; basta de proibições.

— Aprecio seu entusiasmo, Soc, mas terei um treino duro amanhã.

— Vista o casaco, filhinho, e venha comigo. — Eu obedeci.

Só me lembro claramente de que era uma noite de sábado em San Francisco. Começamos cedo e não paramos. A noite resumiu-se num borrão indistinto de luzes, copos retinindo e risos.

Lembro-me da manhã de domingo. Eram cerca de cinco horas. Minha cabeça latejava. Caminhávamos pela Mission, atravessamos a 4th Street. Mal conseguia enxergar os sinais de trânsito devido à neblina da manhã. De repente, Soc parou e ficou contemplando a neblina. Tropecei nele, dei uma risadinha e então acordei rapidamente. Havia algo errado. Uma forma grande e escura saiu da névoa. Meu sonho já meio esquecido ressurgiu como um relâmpago em minha mente, mas desapareceu assim que vi outra forma e depois uma terceira: três homens. Dois deles, altos, magros e tensos, bloquearam nosso caminho. O terceiro aproximou-se e sacou um punhal da jaqueta de couro surrada. Senti as têmporas latejarem.

— Passa a grana — ordenou.

Sem pensar com clareza, comecei a procurar a carteira; tropecei em algo.

Ele se assustou e lançou-se sobre mim com a faca. Sócrates, com o movimento mais rápido que já o tinha visto executar, segurou o pulso do homem, girou-o no ar e atirou-o no chão, ao mesmo tempo que outro bandido saltava sobre mim. Não conseguiu tocar-me. Sócrates chutou-lhe as pernas por baixo com um golpe relâmpago. Antes que o terceiro atacante pudesse esboçar alguma reação, Soc já caíra sobre ele, agarrando-o pelo pulso e golpeando-o com o cotovelo. Sentou-se sobre o homem e perguntou:

— Você não acha que devia pensar em não violência?

Um dos homens começou a se levantar quando Sócrates deu um grito fortíssimo que o jogou para trás. O líder pôs-se de pé, encontrou a faca e capengou furiosamente em direção a Sócrates. Ele se levantou, ergueu o homem sobre o qual estava sentado e atirou-o sobre o líder gritando:

— Pega! — Os dois rolaram na calçada. Num último ataque desesperado os três vieram para cima de nós, furiosos.

Não sei bem o que aconteceu em seguida. Lembro-me de ter sido empurrado por Sócrates e de ter caído. Depois o silêncio, exceto por um gemido. Sócrates estava de pé; imóvel; então sacudiu os braços e respirou fundo. Atirou as facas no esgoto e voltou-se para mim.

— Você está bem?

— Sim, menos a cabeça.

— Foi atingido?

— Só pelo álcool. O que aconteceu?

Ele olhou para os três homens estendidos na calçada, ajoelhou-se e sentiu-lhes a pulsação. Virou-os de bruços e estimulou-os quase gentilmente, verificando se estavam feridos. Só então percebi que estava fazendo o possível para reanimá-los.

— Chame a ambulância da polícia — disse, voltando-se para mim. Corri até a cabine telefônica mais próxima. Por fim dirigimo-nos rapidamente para a rodoviária. Olhei para Sócrates. Havia algumas lágrimas em seus olhos e, pela primeira vez desde que o conheci, achei-o pálido e muito cansado.

Quase não falamos na viagem de volta. Para mim foi ótimo: falar doía muito. Quando o ônibus parou na esquina da University Avenue com a Shattuck, Sócrates desceu e disse.

— Você está convidado a ir ao meu escritório na próxima quarta para tomar uns drinques... — disse, rindo da minha expressão de dor. E acrescentou: — de chá de ervas.

Desci do ônibus a uma quadra de casa. Minha cabeça estava prestes a explodir. Parecia que eu tinha perdido a luta e ainda batiam na minha cabeça. Tentei manter os olhos fechados até chegar em casa. Ocorreu-me que talvez fosse assim que os vampiros se sentissem à luz do sol. A luz do sol *pode* matar.

Na nossa comemoração envolta por uma névoa alcoólica, eu aprendera duas coisas: primeiro, eu precisei me soltar e deixar acontecer; segundo, eu tinha feito uma escolha responsável: não ia mais beber. Ademais, o prazer era insignificante, comparado ao que eu estava começando a sentir.

O treino de segunda-feira foi o melhor; havia, de alguma maneira, a chance de eu estar preparado a tempo. Minha perna estava melhor do que se esperava e eu estava sob a proteção de um homem extraordinário.

Andando a caminho de casa, senti tanta gratidão que ajoelhei-me no chão e toquei a terra. Peguei um punhado na mão, ergui os olhos e contemplei as folhas verde-esmeralda balançando ao sabor da brisa. Durante preciosos segundos senti-me lentamente fundir com a terra. Pela primeira vez desde a infância sentia uma presença doadora de vida, a qual não tinha nome.

Então minha mente analítica manifestou-se. Ah, isso é uma experiência mística espontânea! E o encanto desvaneceu-se. Voltei aos meus problemas terrenos. Eu era novamente um homem comum, ajoelhado sob um olmo, segurando um pouco de terra nas mãos. Entrei no apartamento deslumbrado e relaxado, li um pouco e dormi.

A terça-feira foi tranquila. Uma calma que precede as tempestades. Na quarta-feira de manhã voltei às aulas. A serenidade, que eu considerava permanente, em pouco tempo deu lugar a ansiedades sutis e a velhos impulsos. Depois de todo o meu disciplinado treinamento, fiquei profundamente desapontado. Então aconteceu uma coisa nova: senti despertar em mim uma poderosa sabedoria intuitiva que podia ser traduzida nestas palavras: "Velhos impulsos continuarão a surgir, mas os impulsos não importam e sim as ações. Persista como um guerreiro".

A princípio pensei que minha mente estava me pregando peças. Mas não era um pensamento ou uma voz: era uma *sensação de certeza*, de *conhecimento*. Sentia que Sócrates estava dentro de mim, um guerreiro interior. Essa sensação permaneceria comigo.

Nessa noite fui ao posto contar a Sócrates a recente hiperatividade da minha mente e a sensação consequente. Ele estava substituindo o gerador de um Mercury. Ergueu os olhos, cumprimentou-me e disse casualmente:

— Ouvi dizer que Joseph morreu esta manhã.

Apoiei-me no carro atrás de mim. Estava transtornado com a notícia da morte de Joseph e a insensibilidade de Soc.

Por fim consegui falar.

— Como ele morreu?

— Ah, muito bem, imagino. Veja você, ele tinha um tipo raro de leucemia. Joseph estava doente há vários anos. Aguentou bastante. Era um bom guerreiro — disse com afeição, mas quase sem qualquer sinal de tristeza.

— Sócrates, você não está nem um pouco triste? — Ele pousou a chave inglesa no chão.

— Isso me faz lembrar uma história que ouvi há muito tempo sobre uma mãe que se desesperou com a morte do filho.

"'Não suporto a dor e a tristeza', disse ela à irmã.

"'Minha irmã, você chorou pelo seu filho antes de ele nascer?'

"'Não, claro que não', replicou a mãe, desesperada.

"'Então não precisa chorar por ele agora. Simplesmente ele voltou para o lugar de onde veio, para seu lar original antes de nascer.'"

— Essa história é um consolo para você, Sócrates?

— Bem, acho-a uma boa história. Talvez com o tempo você passe a apreciá-la — respondeu alegremente.

— Achei que o conhecia bem, Sócrates, mas nunca pensei que pudesse ser tão insensível.

— Não há motivo para infelicidade, Dan, a morte é perfeitamente segura.

— Mas ele se foi!

Soc sorriu baixinho.

— Talvez ele tenha ido, talvez não. Talvez nunca tenha estado aqui! — Sua risada ecoou pela garagem.

Subitamente percebi porque eu estava tão perturbado. — Você vai se sentir do mesmo jeito se eu morrer?

— Claro! — ele riu. — Dan, certas coisas você ainda não compreende. Por enquanto, só posso dizer que a morte é uma transformação... talvez um pouco mais radical do que a puberdade — sorriu —, mas nada especialmente desesperador. É apenas mais uma mudança corporal. Acontece quando acontece. O guerreiro não procura a morte nem foge dela.

Sua expressão era mais sombria quando ele voltou a falar.

— A morte não é triste; triste é o fato de a maioria das pessoas não chegar a viver realmente.

Então seus olhos se encheram de lágrimas. Permanecemos em silêncio. Por fim, fui embora para casa.

Eu acabara de entrar numa rua lateral quando tive novamente aquela sensação. "A tragédia é inteiramente diferente para o guerreiro e para o tolo." Sócrates não estava triste simplesmente porque não considerava a morte de Joseph uma tragédia. Eu só perceberia isso meses depois, em uma caverna na montanha.

No entanto, não conseguia deixar de achar que eu, e portanto Sócrates, devia sentir tristeza diante da morte. Com essa confusão na cabeça, finalmente adormeci.

Pela manhã compreendi: Sócrates simplesmente não correspondera às minhas expectativas. Eu já vira a inutilidade de tentar corresponder às expectativas condicionadas dos outros ou à minha própria. Como um guerreiro pacífico, eu escolheria quando, onde e como pensar e agir. Com essa firme decisão, senti que começava a compreender a vida de um guerreiro.

Nessa noite, entrei no posto de gasolina e disse a Sócrates:

— Estou pronto. Agora nada poderá me deter.

Seu olhar penetrante anulou todos os meus meses de treinamento. Estremeci. Ele sussurrou, mas sua voz pareceu perfurar-me.

— Não seja tolo. Ninguém reconhece a sua agilidade enquanto não chegar a hora. Não lhe resta muito tempo! A cada dia que passa você está mais próximo da morte. Não estamos brincando, entende?

Pensei ouvir o vento uivar lá fora. Sem avisar, senti seus dedos cálidos tocarem minhas têmporas.

Eu estava agachado num matagal. A dois metros, em frente de onde eu me escondia, havia um espadachim com mais de dois metros de altura. Seu corpo maciço e musculoso recendia a enxofre. A cabeça, até mesmo a testa, era coberta por uma cabeleira horrível e emaranhada; suas sobrancelhas eram talhos enormes e o rosto, torcido e odioso.

Ele olhava maldosamente para um jovem espadachim à sua frente. Cinco figuras idênticas ao gigante se materializaram e rodearam o jovem espadachim. Os seis riam ao mesmo tempo — uma gargalhada vinda do fundo das entranhas, como um gemido, um rosnado. Senti náusea.

O jovem guerreiro virava a cabeça bruscamente para a direita e para a esquerda, brandindo a espada freneticamente, girando, esquivando-se e cortando o ar. Ele não tinha chance.

Com um rugido, todas as figuras saltaram sobre ele. Vindo por trás, o gigante desceu a espada sobre o braço do jovem, decepando-o. Ele soltou um grito de dor; o sangue começava a jorrar e, num último e frenético esforço, ele golpeava cegamente o ar. A espada enorme cortou novamente o ar, e a cabeça do jovem espadachim foi arrancada do corpo, rolando por terra com uma expressão terrível no rosto.

— Oh! — gemi involuntariamente, nauseado. Um cheiro de enxofre encheu o ar. Alguém agarrou o meu braço com toda a força e me arrancou dos arbustos, lançando-me no chão. Quando abri os olhos, os olhos mortos da cabeça decepada do jovem espadachim, a poucos centímetros do meu rosto, alertaram-me silenciosamente para o meu próprio destino iminente. Então ouvi a voz gutural do gigante.

— Diga adeus à vida, jovem idiota! — rosnou a figura demoníaca. Seu sarcasmo enfureceu-me. Agarrei a espada do jovem espadachim e me levantei para enfrentá-lo. Ele me atacou com um grito estridente.

Eu me defendi, mas a força do seu golpe me lançou ao chão. De repente eram seis. Pus-me de pé num salto, tentando fixar o olhar no original, mas sem muita certeza de qual era ele.

Eles começaram a cantar com voz cavernosa. Arrastavam-se lentamente na minha direção, o canto transformado num terrível hino de morte.

Então a Sensação tomou conta de mim e percebi o que devia fazer. *"O gigante representa a origem de todos os seus infortúnios; ele é a sua mente. É o demônio que você precisa exterminar. Não se iluda como o guerreiro morto: mantenha a concentração!"* Interiormente me vi pensando que a lição tinha sido muito longa. Então voltei à difícil situação daquele momento, sentindo uma calma glacial.

Deitei de costas e fechei os olhos, como se me rendesse a meu destino: a espada nas mãos, a lâmina contra meu peito, contra meu rosto. As ilusões podiam enganar meus olhos, mas não meus ouvidos. Apenas o verdadeiro espadachim faria ruído ao se movimentar. Ouvi-o atrás de mim. Restavam-lhe somente duas possibilidades — fugir ou me matar. Ele decidiu me matar. Ouvi atentamente. Quando senti que estava prestes a brandir a espada, levantei a minha com toda a força e senti-a perfurar a roupa, a carne, os músculos. Ouvi um grito terrível e o baque de seu corpo caindo. Atravessado por minha espada, caído de bruços, estava o demônio.

— Desta vez você quase não voltou — disse Sócrates, franzindo as sobrancelhas.

Corri até o banheiro, completamente nauseado. De volta ao escritório, tomamos chá de camomila com alcaçuz, para os nervos e o estômago.

Comecei a relatar a viagem a Sócrates.

— Eu estava escondido no arbusto atrás de você, assistindo a tudo — ele me interrompeu. — Em determinado momento, senti vontade de espirrar; ainda bem que me controlei. Eu não estava com a menor vontade de enfrentar aquela figura. Por um instante achei que devia intervir, mas você se saiu muito bem, Dan.

— Ora, obrigado, Soc.

— Por outro lado, parece que você não percebeu o ponto principal, que quase lhe custou a vida.

Foi a minha vez de interrompê-lo.

— Para mim, o ponto principal e o que mais me preocupou foi a ponta da espada daquele gigante — gracejei. — E não perdi o ponto.

— É mesmo?

— Soc, combati ilusões a minha vida inteira, preocupado com problemas pessoais insignificantes. Dediquei minha vida ao autoaperfeiçoamento, sem compreender o que me fez iniciar a busca. Embora tentasse fazer que o mundo funcionasse só para mim, sucumbia à mente, sempre preocupado comigo: eu, eu, eu. O gigante era eu... o ego, o eu inferior... aquele que eu sempre acreditei ser. E eu acabei com ele!

— Quanto a isso não há dúvida — disse ele.

— O que teria acontecido se o gigante tivesse vencido?

— Nem fale nisso — ele me alertou, com ar sombrio.

— Quero saber. Eu teria morrido?

— Provavelmente — disse ele. — No mínimo, teria enlouquecido.

— A chaleira começou a apitar.

5

O CAMINHO DA MONTANHA

Sócrates serviu o chá quente nas canecas iguais e disse-me as primeiras palavras de encorajamento em muitos meses:

— Sua sobrevivência no duelo é a evidência real de que você está pronto para progredir em direção ao Objetivo Único.

— E qual é ele?

— Quando descobrir, você já estará lá. Enquanto isso, seu treinamento irá mudar de arena.

Uma mudança! Sinal de progresso. Eu estava ficando animado. *Finalmente vamos voltar a nos mexer*, pensei.

— Sócrates — perguntei —, a que arena você está se referindo?

— Em primeiro lugar você terá de encontrar as respostas em si mesmo. E a começar de agora. Vá lá para trás do posto, atrás da lata de lixo. Ali, bem no canto do estacionamento, junto à parede, você encontrará uma pedra grande e plana. Fique sentado nessa pedra até ter alguma coisa de valor para me dizer.

— Só isso? — perguntei, depois de uma pausa.

— Só. Sente-se e abra a mente para sua própria sabedoria interior.

Saí, encontrei a pedra e fiquei sentado no escuro. Primeiro, pensamentos fortuitos tomaram conta da minha mente. Por fim, repassei todos os conceitos importantes que aprendera nos anos de escola. Passaram-se uma, duas, três horas. O Sol nasceria dentro em pouco e eu estava ficando com frio. Comecei a abrandar a respiração e a imaginar vividamente o meu abdômen aquecido. Em pouco tempo, voltei a me sentir bem.

O dia amanheceu. Eu só conseguia pensar em uma coisa para dizer a Sócrates, uma percepção que me ocorrera durante uma palestra de psicologia. Pus-me de pé, as pernas enrijecidas e doloridas, e voltei mancando para o escritório. Sócrates, relaxado e confortável em sua mesa, indagou:

— Já? Bem, o que tem a dizer?

Eu estava um tanto constrangido, mas esperava que ele ficasse satisfeito.

— OK, Soc. Por baixo de todas as nossas aparentes diferenças, todos partilhamos as mesmas necessidades e medos humanos; estamos todos no mesmo caminho, conduzindo-nos uns aos outros. A compreensão disso pode nos dar a compaixão.

— Nada mau. Volte para a pedra.

— Mas vai amanhecer... e você vai embora.

— Não tem problema. — Ele abriu um sorriso. — Tenho certeza de que até a noite você terá pensado em algo.

— À noite eu... — Ele apontou a porta.

Sentado na pedra, com o corpo todo dolorido, voltei à infância. Pensei no passado, em busca de alguma ideia. Nada aconteceu. Tentei resumir tudo o que vivera nos meses passados com Sócrates num único aforismo espirituoso.

Pensei nas aulas que estava perdendo e na desculpa que daria ao treinador. Talvez dissesse a ele que ficara sentado numa pedra de um posto de gasolina. Seria uma história tão louca que o faria rir.

O Sol subia com lentidão torturante pelo céu. Permaneci sentado, faminto, irritado e deprimido quando escureceu. Não tinha nada para oferecer a Sócrates. Então, perto da hora em que começava o turno de Soc, algo me ocorreu. Ele queria alguma coisa profunda, algo mais cósmico! Concentrei-me com esforço renovado. Vi-o entrar no escritório e acenar para mim. Redobrei os esforços. Por fim, perto da meia-noite, consegui. Mal conseguia andar, por isso alonguei-me durante alguns minutos antes de arrastar-me até o escritório.

— Está bem, Sócrates, eu já tenho algo para dizer. Sob as máscaras sociais que as pessoas usam, tenho visto seus medos comuns e as mentes perturbadas, e isso me tornou cínico, porque ainda não consegui ir além disso e ver a luz dentro delas. — Considerei isso uma revelação de grandes proporções.

— Excelente — anunciou Soc. Quando eu já ia suspirar e me sentar, ele acrescentou: — Mas não era exatamente o que eu esperava. Você não poderia trazer alguma coisa mais instigante? — Soltei um grito de raiva para ninguém em particular, e voltei a passos pesados para a minha pedra filosofal.

Alguma coisa mais instigante, dissera ele. Seria uma dica? Naturalmente, voltei a pensar nos últimos treinos no ginásio onde meus colegas de equipe cacarejavam à minha volta como galinhas, pois tinham medo que eu me ferisse novamente. Há pouco tempo eu girava na barra alta, errei uma pirueta e tive que soltar a barra, sabia que ia cair mal sobre os pés, mas antes que atingisse o chão, Sid e Herb agarraram-me em pleno ar e me colocaram delicadamente no chão. "Tome cuidado, Dan", repreendeu-me Sid. "Você quer quebrar a perna novamente?"

Mas nada disso parecia muito relevante na minha atual situação. Então, procurei ficar tranquilo, esperando por alguma sensação que me aconselhasse. Nada. Eu estava ficando tão tenso e dolorido que não conseguia mais me concentrar. Então fiquei em pé e, lentamente, comecei a praticar alguns movimentos de *t'ai chi*, uma forma chinesa de exercícios lentos que Soc me ensinara.

Flexionei os joelhos graciosamente para a frente e para trás, movimentando os quadris, os braços flutuando no ar. Deixei que a respiração controlasse o movimento do corpo. Minha mente se esvaziou e então surgiu uma cena:

Alguns dias antes, eu correra lenta e cuidadosamente até a Provo Square, no centro de Berkeley, em frente à prefeitura e ao lado da escola secundária. Para relaxar, comecei a oscilar para a frente e para trás, seguindo os movimentos do *t'ai chi*. Concentrei-me na suavidade e no equilíbrio, sentindo-me uma alga flutuando no mar.

Antes de voltar a atenção para meu corpo, deixando minha consciência flutuar com os movimentos, notei que alguns alunos da escola pararam e ficaram me olhando. Quando terminei e fui colocar a calça molhada de suor sobre o *short* de corrida, minha atenção foi atraída para duas adolescentes bonitinhas que me olhavam, dando risadinhas. Creio que as meninas ficaram impressionadas, pensei enquanto punha as pernas na mesma perna da calça, perdendo o equilíbrio e me estatelando na grama.

As meninas e outros alunos que estavam por perto riram de mim. Por um instante fiquei envergonhado, mas deitei-me no chão e ri junto.

Fiquei pensando, ainda de pé na pedra, por que esse incidente seria importante. Então algo me ocorreu; entrei no escritório, postei-me diante da mesa de Soc e disse:

— *Não existem momentos comuns!*

Soc sorriu.

— Seja bem-vindo. — Afundei no sofá e ele foi fazer chá.

Depois disso, passei a considerar cada momento que passava no ginásio, no chão ou no ar, como especial e merecedor de toda a minha atenção. Entretanto, segundo Sócrates me explicara mais de uma vez, a capacidade de ampliar a atenção a todos os momentos da vida exigiria muito mais prática.

No começo da tarde seguinte, antes do treino, aproveitei o céu azul e o sol quente para sentar-me meditar num pequeno bosque de sequoias. Estava ali há uns dez minutos quando alguém me agarrou e começou a sacudir-me. Rolei para o lado, assustado, e coloquei-me em posição de defesa. Então vi quem era.

— Sócrates, às vezes você não tem um pingo de educação.

— Acorde! — exclamou ele. — Chega de dormir. Você tem trabalho a fazer.

— Acabou meu expediente — brinquei. — Hora do almoço, dirija-se ao funcionário ao lado.

— Está na hora de se mexer, chefe Touro Sentado. Vá pegar seus tênis de corrida e encontre-me aqui em dez minutos.

Fui até em casa, calcei meus tênis velhos e voltei correndo para o bosque de sequoias. Sócrates não estava à vista. Então eu a vi.

— Joy!

Ela estava descalça, vestia *shorts* de corrida azul e tinha uma camiseta amarrada na cintura. Corri até ela e abracei-a. Comecei a rir, tentei empurrá-la, jogá-la no chão e lutar, mas ela não se mexeu. Eu queria conversar, contar-lhe todos os meus sentimentos, meus planos, mas ela levou os dedos a meus lábios e disse:

— Teremos tempo para conversar depois, Danny. Agora venha comigo.

Ela demonstrou uma combinação de movimentos de *t'ai chi*, calistenia e exercícios de coordenação para a mente e o corpo. Em poucos minutos eu estava me sentindo leve, solto e cheio de energia.

De repente ouvi Joy dizer:

— Em seus lugares, preparar, já! — E disparou pelo *campus*, tomando a direção das colinas de Strawberry Canyon. Fui atrás, bufando e zangado. Eu ainda não estava em forma para correr e comecei a ficar para trás. Esforcei-me mais, os pulmões queimando. Joy parou no topo da colina que dava para o estádio de futebol. Mal conseguia respirar quando a alcancei.

— Por que demorou tanto, querido? — indagou ela, as mãos nos quadris. Então disparou novamente, subindo o desfiladeiro, e dirigindo-se para a base das trilhas de fogo, caminhos estreitos e tortuosos de terra que sobem as colinas. Fui atrás obstinadamente, dolorido como nunca, mas decidido a vencê-la.

Quando nos aproximamos das trilhas, Joy reduziu a marcha e passou a correr em velocidade humana. Então, para minha decepção, ela alcançou a base das trilhas inferiores e, em vez de fazer meia-volta, enveredou por outro aclive, que entrava pelas colinas.

Ofereci aos céus uma prece silenciosa de agradecimento quando ela deu meia-volta em lugar de subir o conector de meio quilômetro, torturantemente íngreme, que ligava as trilhas de baixo às de cima. Enquanto corríamos mais tranquilamente por um longo declive. Joy começou a falar:

— Danny, Sócrates pediu-me para lhe mostrar sua nova fase de treinamento. A meditação é um exercício valioso. Mas no final você tem de abrir os olhos e olhar ao redor. A vida do guerreiro é uma experiência de movimento.

Até então eu ouvia atentamente, olhando para o chão.

— Entendo, Joy; por isso treino no ginásio... — Levantei os olhos a tempo de ver apenas sua silhueta adorável desaparecer a distância.

Eu estava completamente esgotado quando entrei no ginásio no final daquela tarde. Deitei-me na esteira e comecei a fazer alongamentos e só parei quando o treinador se aproximou e perguntou:

— Você vai ficar fazendo alongamentos o tempo todo ou prefere experimentar uma das agradáveis atividades que temos para você? Chamam-se provas de ginástica.

Tentei alguns saltos simples, testando a perna pela primeira vez. Correr era uma coisa, saltar, outra. E pode machucar. Os saltos a distância podem exercer uma força de até oitocentos quilos, quando as pernas tocam o chão, impulsionando o corpo para o alto. Também comecei a testar minhas pernas na cama elástica, pela primeira vez em um ano. Pulava ritmicamente, dando vários saltos mortais.

Pat e Dennis, meus dois companheiros dessa modalidade, gritaram:

— Millman, calma! Sua perna ainda não está boa! — O que eles diriam se soubessem que eu acabara de correr quilômetros nas colinas?

Nessa noite eu estava tão cansado a caminho do posto que mal conseguia manter os olhos abertos. Deixei para trás o frio de outubro e entrei no escritório, pronto para um chá e uma conversa relaxante. Eu devia ter imaginado.

— Venha até aqui e fique de frente para mim. Assim — demonstrou Sócrates, os joelhos flexionados, os quadris para a frente e os ombros para trás. Com as palmas das mãos erguidas diante de mim, ele parecia segurar uma bola invisível. — Mantenha essa posição sem se mexer, respire lentamente e ouça.

"Você se movimenta bem, Dan, se comparado com a maioria das pessoas, mas seus músculos estão tensos demais e por isso necessitam de mais energia para se movimentar. Desse modo você precisa aprender a liberar as tensões acumuladas."

Minhas pernas tremiam de dor e cansaço.

— Está doendo!

— Só dói porque seus músculos parecem pedras.

— Está bem, você venceu! Quanto tempo tenho que ficar nesta posição?

Sócrates limitou-se a sorrir e saiu bruscamente do escritório, deixando-me de pé, as pernas flexionadas, suando e tremendo. Voltou com um gato cinzento, que obviamente tinha participado de alguns combates nas linhas de frente.

— Você tem que desenvolver seus músculos como os de Oscar, para que possa se movimentar como nós — disse, coçando atrás da orelha do felino, que ronronava.

Minha testa estava banhada de suor. A dor nos ombros e nas pernas era intensa. Finalmente, Sócrates disse:

— Pode parar. — Ergui-me imediatamente, enxuguei a testa e sacudi os braços. — Venha até aqui e apresente-se a Oscar. — O bichano ronronava deliciado com os dedos de Soc atrás das suas orelhas. — Nós seremos seus treinadores, não é gatinho? — Oscar miou e eu afaguei-o. — Agora aperte os músculos da perna do gato, lentamente, até o osso.

— Pode machucar.

— Aperte!

Pressionei profundamente o músculo do gato até sentir o osso. O felino observava-me curioso, sempre ronronando.

— Agora aperte o músculo da minha panturrilha — disse Soc.

— Ah, não posso, Soc. Ainda não nos conhecemos bem.

— Vamos, seu pateta. — Apertei, e surpreendi-me ao sentir que os músculos de Sócrates eram iguais aos do gato, soltos como uma geleia firme.

— Agora eu — disse ele, estendendo a mão para apertar o músculo da minha panturrilha.

— Ai! — gritei. — Sempre pensei que músculos rijos fossem normais — disse, esfregando o local.

— São normais, Dan, mas você tem que ir muito além do normal, além do comum, além do razoável, e entrar nos domínios do guerreiro. Sempre quis tornar-se superior aos homens comuns. Agora se tornará comum numa esfera superior.

Sócrates deixou Oscar sair pela porta. Por fim ele começou a apresentar-me os elementos sutis do treinamento físico.

— Agora você poderá observar como a mente deixa o corpo tenso. Você acumulou preocupações, aborrecimentos e outros entulhos mentais como tensões crônicas. Agora está na hora de liberar essas tensões e libertar seu corpo do passado.

Sócrates estendeu um lençol branco sobre o tapete e pediu para que eu tirasse o *shorts*. Ele fez o mesmo.

— O que fará se chegar um cliente? — Ele apontou o macacão pendurado junto à porta.

— Agora faça exatamente o que eu fizer. — Começou passando óleo de aroma adocicado no pé esquerdo. Eu copiava cada gesto dele, pressionando e cutucando a sola, o dorso e as laterais dos pés e entre os dedos, alongando, apertando e dobrando.

— Massageie os ossos, não apenas a pele e os músculos. *Mais fundo* — disse ele. Meia hora depois, terminamos o pé esquerdo. Repetimos o mesmo no pé direito. Esse procedimento durou horas, cobrindo cada parte do corpo. Eu aprendi coisas sobre os meus músculos, ligamentos e tendões que jamais imaginara. Podia sentir onde se inseriam, sentia a forma dos ossos. Era espantoso como eu, um atleta, estava tão pouco familiarizado com o meu corpo!

Sócrates vestiu rapidamente o macacão nas poucas vezes em que a campainha do posto tocou, mas afora isso não fomos perturbados. Quando vesti minhas roupas, senti-me como se estivesse num corpo novo. Soc disse:

— Você limpou inúmeros medos antigos do seu corpo. Faça isso pelo menos uma vez por semana nos próximos meses. Concentre-se no local do ferimento.

Mais deveres de casa, pensei. O dia começava a clarear. Bocejei. Hora de ir para casa. Quando saí, Sócrates disse-me para estar na base das trilhas de fogo às treze em ponto.

Cheguei cedo às trilhas. Espreguicei-me e fiz alongamentos preguiçosamente. Meu corpo parecia solto e leve depois da massagem óssea, mas ainda estava cansado pelas poucas horas de sono. Começou a chuviscar. Para falar a verdade, eu não estava com nenhuma vontade de correr em parte alguma ou com qualquer pessoa nesse dia. Então ouvi um farfalhar de folhas nos arbustos próximos. Fiquei imóvel e atento, esperando que um cervo saísse do mato. Mas foi Joy quem surgiu do meio da folhagem, descalça novamente, como uma princesa dos gnomos, vestindo *shorts* verde-escuro e uma camiseta verde-limão com as palavras: "Felicidade é um tanque cheio". Sem dúvida, presente de Sócrates.

— Oi, Joy, que bom ver você. Vamos nos sentar e conversar. Há tantas coisas que eu quero contar. — Ela sorriu e saiu em disparada.

Subi correndo atrás dela e, na primeira curva, quase escorreguei na terra úmida, sentindo como minhas pernas estavam fracas depois do exercício do dia anterior. Em pouco tempo eu estava sem fôlego mas, pelo menos ela reduzira a velocidade em relação ao dia anterior.

Aproximamo-nos do fim da trilha de baixo sem falar. Eu respirava com dificuldade e minha perna latejava. Então ela disse:

— Para cima, queridinho — e começou a subir o conector.

Minha mente rebelou-se. Meus músculos resistiram. Então olhei para Joy, correndo tranquilamente colina acima como se fosse um local plano.

Dei um grito rebelde e comecei a subir o conector. Eu parecia um gorila embriagado, todo curvado, grunhindo, ofegante, subindo cegamente, dando dois passos para a frente e um para trás.

No topo, o terreno nivelava-se. Joy esperava por mim, aspirando o aroma dos pinheiros molhados; parecia tão contente e pacífica quanto um Bambi. Meus pulmões imploravam por mais ar.

— Tenho uma ideia — sugeri arquejante. — Vamos andar o resto do caminho... Não, vamos engatinhando... Assim teremos mais tempo para conversar. Que tal?

— Vamos — disse ela, jovialmente.

Meu despeito começou a se transformar em raiva. Eu correria com ela até os confins da terra! Pisei numa poça, escorreguei na lama e choquei-me contra o galho de um arbusto — quase rolei colina abaixo.

— Maldição! Merda! Desgraçado! — sussurrei roucamente. Eu não tinha energia nem para falar.

Lutei com uma pequena elevação que me pareceu as Rochosas do Colorado, enquanto Joy brincava, agachada, com alguns coelhos selvagens que atravessaram a trilha saltitando. Aproximei-me aos tropeções e os coelhos fugiram para os arbustos. Joy levantou os olhos para mim, sorrindo, e disse:

— Ah, aí está você. — Com um esforço heroico, inclinei-me e passei correndo por ela, que logo disparou à minha frente, desaparecendo de novo.

Havíamos subido trezentos e setenta metros. Agora eu estava bem acima da baía e podia ver a universidade lá embaixo. Contudo, eu não estava em condições de apreciar a paisagem. Sentia-me prestes a desmaiar. De repente me vi enterrado sob a terra molhada, e uma placa onde se lia: "Aqui jaz Dan. Cara legal, tentou de tudo".

A chuva aumentava mas eu continuava correndo, como se estivesse em transe, o corpo inclinado, trôpego, uma perna após a outra. Meus tênis pareciam botas de ferro. Por fim, ultrapassei uma curva e vi uma última colina que parecia quase vertical. Novamente minha mente recusou-se a progredir; meu corpo estacou, mas lá em cima, no topo da colina, estava Joy, com as mãos nos quadris, desafiando-me. Não sei como consegui lançar-me adiante e mover novamente as pernas. Arrastei-me para cima com grande esforço, gemendo, reunindo todas as minhas forças nos últimos e intermináveis metros, até colidir com ela.

— Oi, garoto — ela deu uma gargalhada —, você terminou, pronto!

Ofegante, apoiei-me nela e resfoleguei:

— Você... pode... dizer... isso de novo?

Descemos a colina caminhando, o que me deu um tempo abençoado para me recuperar e conversar.

— Joy — disse —, parece-me que fazer tanto esforço não é natural. Eu não estava preparado para correr tanto; não creio que isso seja muito bom para o corpo.

— Você tem razão — disse ela. — Mas não foi um teste para o seu corpo e sim para o espírito: para saber se você prosseguiria, não apenas colina acima, mas o seu treinamento. Se você tivesse parado, seria o fim. Mas você passou, Danny, passou com todos os louvores.

O vento começou a soprar, trazendo um temporal que nos deixou encharcados. Então Joy parou, tomou meu rosto em suas mãos e me beijou. A água escorria de nossos cabelos ensopados e descia pelas bochechas. Abracei-a pela cintura e, atraído por seus olhos brilhantes, beijei-a novamente.

Senti-me revigorado por uma nova energia. Comecei a rir quando nos comparei a duas esponjas encharcadas que precisavam ser torcidas.

— Vamos apostar corrida até lá embaixo! — propus. Disparei com uma boa vantagem. Diabos, considerei, posso escorregar nestas malditas trilhas. Naturalmente, ela chegou primeiro.

Ao final daquela tarde, já seco e aquecido, encontrei Sid, Gary, Scott e Herb no ginásio e juntos fizemos alguns exercícios de alongamento. O ginásio aquecido era um delicioso abrigo contra o temporal. Depois da extenuante corrida, eu ainda dispunha de uma reserva de energia.

No entanto, quando entrei no escritório naquela noite e tirei os sapatos, a reserva tinha se esgotado. Eu queria estender meu corpo dolorido no sofá e cochilar durante dez ou vinte horas. Resistindo a esse desejo, acomodei--me o melhor que pude e olhei para Sócrates.

Notei que Sócrates fizera mudanças na decoração. Fotografias de jogadores de golfe, esquiadores, tenistas e ginastas cobriam a parede; na escrivaninha havia uma luva de beisebol e uma bola de futebol americano. Aliás, Sócrates estava usando um suéter de malha, com os dizeres: "Equipe de Treinadores do Estado de Ohio". Imaginei que tivesse entrado na fase esportiva do meu treinamento.

Enquanto Sócrates fazia um de seus chás especiais, identificado por ele como "danado e fulminante", contei-lhe meus progressos na ginástica. Ele ouviu atentamente e então disse:

— Há muito mais coisas na ginástica e nos outros esportes do que as pessoas avaliam.

— Quer explicar melhor?

Ele estendeu a mão para a escrivaninha e pegou três facas sinistras.

— Deixe para lá, Soc — disse eu —, não quero explicações.

— Fique de pé — ordenou. Levantei-me, e ele atirou uma das adagas abaixo do nível dos meus ombros, bem na direção do meu peito.

Saltei para o lado, caí no sofá e a arma caiu sem ruído no tapete. Fiquei deitado no sofá, estarrecido, o coração acelerado.

— Ótimo — disse ele. — Você exagerou um pouco a reação, mas foi ótima. Agora levante-se e pegue a outra faca.

Nesse instante, a chaleira começou a apitar.

— Bem — disse eu, esfregando as palmas das mãos suadas. — Hora do chá.

— O chá pode esperar — disse ele. — Olhe-me com atenção. — Soc atirou uma faca reluzente para ao ar. Vi-a girar no ar e cair, e ele, tão veloz quanto a própria faca, agarrou-a pelo cabo, com o polegar e o indicador, como uma tenaz; segurando-a com firmeza.

— Agora tente você. Veja como segurei a faca; se por acaso eu agarrasse a lâmina, não me cortaria. — Atirou outra faca na minha direção. Mais relaxado, saí do caminho e fiz uma tentativa débil de pegá-la. — Se deixar a próxima cair, vou começar a atirar de cima para baixo — prometeu.

Dessa vez, grudei os olhos na lâmina. A faca aproximou-se e eu a agarrei.

— Ei, consegui!

— Não é maravilhoso? — disse ele. Durante algum tempo, ficamos totalmente entretidos nesse atirar e pegar. Então, finalmente, sentamo-nos para tomar o chá.

— Agora quero lhe falar sobre *satori*, um conceito zen. *Satori* é o estado de espírito do guerreiro. Ele acontece quando a mente está livre dos pensamentos e se torna pura consciência: o corpo está ativo, sensível, relaxado; e as emoções, abertas e livres. *Satori* é o que você sente quando a faca está indo na sua direção.

— Sabe, Soc, tive essa sensação muitas vezes, sobretudo durante competições. Em geral, concentro-me tanto que nem consigo ouvir os aplausos.

— Sim, essa é a experiência do *satori*. Os esportes, a dança, a música, ou qualquer outra atividade que exija desafios, pode servir como um portão para o *satori*. Imagine que ama a ginástica, mas ela é apenas o invólucro de uma dádiva interior, que é o *satori*. O uso correto da ginástica consiste em focalizar toda a sua atenção e os sentimentos em atos. A ginástica leva-o ao momento da verdade em que sua vida está em jogo, como um samurai em duelo: *satori* ou a morte!

— Como no momento de um salto mortal duplo.

— Sim, por isso a ginástica é uma das artes do guerreiro; um modo de concentrar a mente e liberar as emoções à medida que treina o corpo. Mas a maioria dos atletas falha ao tentar expandir essa lucidez para a vida diária. Essa é a sua tarefa. E quando o *satori* tornar-se a sua realidade, seremos iguais.

Suspirei.

— Parece uma possibilidade muito distante, Sócrates.

— Quando você correu colina acima atrás de joy, não ficou olhando suplicante para o topo da montanha, mas diretamente para a frente, dando um passo de cada vez. É assim que funciona.

— Regras da Casa, certo? — Ele sorriu em resposta.

— E agora é melhor você dormir um pouco. Iniciará um treinamento especial amanhã cedo às sete horas, na pista da escola secundária de Berkeley.

O despertador tocou às seis e quinze e eu saí da cama me arrastando. Enfiei a cabeça na água fria, fiz alguns exercícios de respirações profundas, então soltei um berro com a boca enfiada no travesseiro, para acordar.

Já estava desperto quando saí à rua. Corri lentamente pela Shattuck, cortando caminho por Allston Way, passando pela YMCA de Berkeley, pelo correio, e atravessei a Milvia, chegando à escola, onde Sócrates já me esperava.

Seu programa especial começava com aquela posição agachada insuportável que ele me mostrara no posto de gasolina, durante meia hora. Em seguida, trabalhamos com alguns princípios básicos das artes marciais.

— A verdadeira arte marcial ensina a não resistência tal como as árvores se curvam ao vento. Essa atitude é muito mais importante que a técnica física.

Utilizando-se dos princípios do aikidô, Sócrates conseguia derrubar-me, aparentemente sem qualquer esforço, não obstante todas as minhas tentativas de empurrá-lo, esmurrá-lo ou engalfinhar-me com ele.

— Jamais lute com alguém ou com alguma coisa. Quando for empurrado, entregue-se. Quando for puxado, entregue-se. Descubra o curso natural e entregue-se a ele. Aí você se unirá à força da natureza. — O modo de agir de Sócrates era a prova de suas palavras.

Logo terminamos.

— Vejo você amanhã, na mesma hora e no mesmo lugar. Fique em casa esta noite e pratique seus exercícios. Lembre-se: respire lentamente, de modo a não conseguir mover uma pena na frente do seu nariz. Sócrates se afastou como se estivesse de patins, e eu corri até o apartamento, sentindo-me tão relaxado que o vento parecia soprar-me para casa.

Nesse dia, no ginásio, fiz o possível para aplicar o que aprendera, "deixar os movimentos acontecerem" em vez de tentar fazê-los. Meus giros na barra alta pareciam completar-se por si mesmos. Eu girava, saltava e dava saltos mortais nas barras paralelas. Os círculos, tesouras e movimentos no cavalo pareciam sustentados por fios presos ao teto — eu não tinha peso. E finalmente estava conseguindo dar os saltos de acrobata!

Soc e eu nos encontrávamos logo ao amanhecer, diariamente. Eu andava a passos largos e Soc saltava como uma gazela. A cada dia eu me sentia mais solto e meus reflexos tornavam-se rápidos como um raio.

Um dia no meio da nossa corrida de aquecimento, ele estacou repentinamente; nunca o vira tão pálido.

— É melhor eu me sentar — disse ele.

— Sócrates, você está bem?

— Continue correndo, Dan. Eu vou ficar aqui em silêncio. — Fiz o que ele mandou, porém fiquei de olho em sua figura imóvel, silenciosa e ereta, mas de alguma forma mais velha.

Como havíamos combinado, não fui visitá-lo à noite no posto, mas telefonei para saber como ele estava.

— Como está passando, treinador? — perguntei.

— Perfeitamente bem — respondeu —, mas contratei um assistente para cuidar dos treinos por algumas semanas.

No dia seguinte encontrei o treinador-assistente correndo na pista e literalmente pulei de Alegria [Joy]. Tentei agarrá-la e abraçá-la. Ela me jogou gentilmente de pernas para o ar na grama. Como se isso não bastasse, venceu-me nas cestas e defendeu todas as bolas que lancei. O que quer que fizéssemos em todos os jogos ela era perfeita, fazendo com que eu, um campeão mundial, me sentisse como um novato.

Dobrei o número de exercícios que Sócrates me dera. Treinei com mais empenho que nunca. Acordava às quatro da manhã, praticava *t'ai chi* até o Sol nascer, e corria nas colinas antes de encontrar Joy, diariamente. Não se comentava o treinamento extra.

Eu levava a imagem de Joy para as aulas e para o ginásio. Queria vê-la e abraçá-la. Mas primeiro teria que alcançá-la. No momento, o máximo que podia esperar era superá-la em sua própria especialidade.

Algumas semanas depois, voltei a correr, a saltar obstáculos na pista, com Sócrates, que retomara suas atividades. Ele explicou que teve uma gripe.

— Sócrates — disse, correndo a toda a velocidade e caindo para trás ao brincar de pegador. — Você é muito discreto quanto aos seus hábitos diários. Não tenho a menor ideia do que faz quando não estamos juntos.

Sorrindo para mim, ele deu um salto de aproximadamente dois metros, em seguida disparou pela pista de corrida. Fui atrás dele até emparelharmos.

— Vai me responder?

— Não — disse ele. — Assunto encerrado.

Quando finalmente terminamos os exercícios de alongamento e de meditação matinais, Sócrates aproximou-se, passou o braço em torno dos meus ombros e disse:

— Dan, você tem se mostrado bastante disposto e ágil. De agora em diante, fará o seu próprio horário. Faça os exercícios à medida que sentir necessidade. Vou lhe dar algo mais, porque você merece. Vou ser o seu treinador de ginástica.

Tive que rir. Não pude evitar.

— Você vai ser o meu treinador... de ginástica? Acho que desta vez você está exagerando, Soc. — Corri até o gramado e dei uma cambalhota completa para trás e um grande salto mortal com dupla torção.

Sócrates aproximou-se e confessou:

— Admito, você é melhor do que eu.

— Puxa vida! — gritei. — Até que enfim descobri alguma coisa que sei fazer e você não.

— No entanto — continuou ele —, percebi que você precisa alongar mais os braços quando se prepara para a torção... e você joga a cabeça muito para trás ao saltar.

— Soc, seu velho trapaceiro... você tem razão — concordei, percebendo que eu jogava a cabeça demasiadamente para trás e que meus braços realmente precisavam alongar mais.

— Quando corrigirmos um pouco a técnica, poderemos trabalhar a postura! — acrescentou, realizando ele mesmo uma torção final. — Vejo você no ginásio.

— Mas Sócrates, eu já tenho um treinador e não sei se os outros ginastas vão aceitar você no ginásio.

— Ah, tenho certeza de que você vai arranjar alguma coisa para dizer a eles.

Nessa tarde, durante a reunião da equipe, antes do treino, disse ao treinador e à equipe que meu avô excêntrico, de Chicago, que já fora membro do clube de ginástica, passaria algumas semanas comigo e queria me ver treinando.

— Ele é um velho legal, muito ágil, e acha que é treinador. Se vocês não se importarem e estiverem dispostos a fazer-lhe a vontade... Ele não está tão fora de forma, se entendem o que quero dizer. Tenho certeza de que não irá atrapalhar o treino.

A equipe chegou a um consenso favorável.

— Ah, e por falar nisso — acrescentei —, ele gosta de ser chamado de Marilyn. — Foi difícil ficar sério.

— Marilyn? — ecoaram todos, sorrindo.

— É. Sei que é meio esquisito, mas vocês compreenderão quando o conhecerem.

— Talvez vendo "Marilyn" em ação possamos compreender você, Millman. Dizem que é hereditário. — Houve uma gargalhada geral, e então iniciamos o aquecimento. Sócrates estava entrando na minha área, dessa vez, e ia ver só uma coisa. Imaginei se ele iria gostar de seu novo apelido.

Nesse dia eu tinha uma surpresinha para toda a equipe. Estava me contendo no ginásio, e eles não tinham a menor ideia de que eu já estava tão recuperado. Cheguei cedo e fui direto à sala do treinador. Ele estava mexendo em alguns papéis espalhados sobre a mesa.

— Treinador — disse eu —, quero participar da competição interequipes.

Ele me olhou por sobre os óculos e disse compreensivamente.

— Você sabe que não está inteiramente apto para competir pelos próximos seis meses, Dan. Depois de se graduar... para as provas olímpicas.

Puxei-o para um lado, e sussurrei: — Estou pronto, hoje, agora! Tenho treinado fora do ginásio.

— Sem chance, Dan. Sinto muito.

O time fazia o aquecimento todos juntos, etapa por etapa, em torno da pequena sala de ginástica: giros, cambalhotas, saltos de obstáculos e outros. Fiquei na lateral observando.

Então passaram à primeira modalidade — exercícios de chão. Todos estavam indo muito bem. Eles estavam prestes a passar para a segunda modalidade quando eu me levantei pronto para dar início a minha rotina.

Foi um sucesso. O salto duplo de costas, a suave pressão na parada de mãos, ao ritmo suave de uma música, os giros que eu tinha criado, uma altíssima cambalhota, e, por fim, uma sequência aérea. Pousei suavemente sob perfeito controle. Tomei consciência dos aplausos e assovios. Sid e Josh olhavam-me assombrados.

— De onde surgiu esse cara? Vamos ter que contratá-lo para a equipe.

Na modalidade seguinte, Josh foi o primeiro nas argolas, em seguida foi a vez de Sid, Chuck e Gary. Por fim chegou a minha vez. O treinador, duvidando, depois da minha última série fixa, apenas observou. Ajustei os protetores de mão, certifiquei-me de que a faixa do pulso estava bem presa e saltei para as argolas. Josh imobilizou meu corpo e recuou. Meus músculos se contraíram, em expectativa. Inspirei e pendurei-me de cabeça para baixo. Depois fui virando lentamente e posicionei meu corpo em cruz.

Ouvi um abafado alvoroço quando desci suavemente e subi na vertical. Lentamente, posicionei-me com braços e corpo esticados para a parada de mãos.

— Santo Deus! — exclamou Hal, estupefato. Fiz um giro gigantesco e o concluí, sem tremer. Depois de fechar com um salto mortal duplo, pousei num único passo. Nada mau.

E assim por diante. Depois de concluir a última modalidade, novamente ovacionado com gritos e assovios, localizei Sócrates sentado a um canto, sorrindo discretamente. Ele assistira a toda a apresentação. Acenei, chamando-o.

— Pessoal, quero apresentar-lhes meu avô. Sid, Tom, Herb, Gary, Joel, Josh, este é...

— Prazer em conhecê-lo, Marilyn – disseram em coro.

Sócrates ficou perplexo por um segundo, e disse:

— Olá, prazer em conhecê-los também. Queria ver com quem o Dan está andando. — Todos riram; provavelmente haviam gostado dele. — Espero que não achem muito estranho me chamar de Marilyn disse despreocupadamente. — Meu verdadeiro nome é Merrill, mas gosto desse apelido. Dan contou a vocês como ele era chamado em casa? Deu uma risadinha.

— Não — responderam eles, curiosos. — Como?

— Então é melhor não contar. Não quero deixá-lo constrangido. Ele mesmo poderá contar a vocês. — Sócrates, o velhaco, olhou-me e continuou solenemente: — Não tenha vergonha, Dan.

— Adeus, Suzette; adeus, Josephine; até mais tarde, Geraldine disseram eles ao sair.

— Olhe o que você arranjou, Marilyn! — Fui para o chuveiro, pisando duro.

Durante o resto da semana, Sócrates não afastou os olhos de mim. Vez por outra ele se voltava para algum outro ginasta e dava algum conselho excelente, que sempre parecia funcionar. Eu estava espantado com seu conhecimento. De uma paciência incansável com todos, comigo ele perdia a paciência com facilidade. Certa vez, concluí minha melhor apresentação no cavalo e, com alegria, comecei a retirar a faixa dos pulsos. Soc chamou-me com um aceno e disse:

— A apresentação foi razoável, mas você não deveria ter retirado a faixa. Lembre-se: *satori* a cada momento!

Depois da barra alta, ele disse:

— Dan, você ainda tem que aprender a meditar em todos os seus atos.

— O que quer dizer com meditar em todos os meus atos?

— Meditar em um ato é diferente de fazer meditação. Para isso, é preciso que haja um executante, alguém que atue e está consciente. Mas quando se medita em um ato, você já se livrou de todos os apegos aos resultados. Não existe "você" agindo. Ao libertar-se do eu, você se torna o que é; assim, seu ato é livre, espontâneo, sem ambição, sem inibição ou medo.

E assim por diante. Ele observava cada expressão do meu rosto, ouvia cada comentário que eu fazia.

Algumas pessoas ouviram dizer que eu estava novamente em forma. Susie veio ver-me, juntamente com Michelle e Linda, duas novas amigas. Linda imediatamente atraiu meu olhar. Era ruiva e magra, com um belo rosto ornamentado por óculos de armação de chifre, usava um vestido que sugeria curvas agradáveis. Senti vontade de vê-la novamente.

No dia seguinte, depois de um treino decepcionante, no qual nada deu certo, Sócrates chamou-me para conversar junto ao amortecedor de quedas.

— Dan — disse ele —, você atingiu um elevado nível de habilidade. É um especialista.

— Obrigado, Sócrates.

— Não foi um elogio — disse ele, voltando-se para olhar-me de frente. — Um especialista dedica sua vida ao treinamento com o objetivo de vencer as competições. Um dia você se tornará mestre em ginástica. E um *mestre* dedica seu treinamento à vida.

— Compreendo, Soc. Você já me disse isso várias...

— Sei que compreende. O que estou lhe dizendo é algo que você ainda não percebeu. Ainda não viveu. Insiste em vangloriar-se por alguns feitos novos, e em seguida fica deprimido se o treinamento não é bom em determinado dia. Mas quando você iniciar o treinamento transcendental, concentrando seus melhores esforços, sem se apegar aos resultados, você compreenderá o caminho do guerreiro pacífico.

— Mas se eu não me preocupar com os resultados, de que adianta?

— Eu não disse para não se preocupar... isso não é sensato... mas as Regras da Casa mostram que você pode controlar seus esforços, não os resultados. Faça o melhor que puder; e deixe que Deus faça o resto.

Ele acrescentou: — Não virei mais ao ginásio. De agora em diante, imagine que estou dentro de você, observando e corrigindo cada erro, por menor que seja.

As semanas seguintes foram bastante intensas. Eu acordava às seis horas, fazia os alongamentos e meditava antes das aulas. Estava presente na maioria delas e fazia os trabalhos com rapidez e facilidade. Meia hora antes do treino, eu me sentava e não fazia nada.

Durante esse período comecei a sair com Linda, a amiga de Susie. Sentia-me bastante atraído por ela, mas não tinha tempo nem energia para nada além de alguns minutos de conversa, antes ou depois do treino. Não obstante, eu pensava muito nela e em Joy, alternadamente, entre os exercícios diários.

A confiança da equipe em minhas habilidades aumentava a cada nova vitória. Embora a ginástica não fosse mais o centro da minha vida, ainda era importante, por isso eu fazia o melhor que podia.

Linda e eu saímos algumas vezes e nos demos muito bem. Certa noite, ela me procurou para falar sobre um problema pessoal e acabou dormindo em minha casa. Tivemos uma noite de intimidades, mas dentro das condições impostas pelo meu treinamento. Aproximei-me tanto e tão rapidamente de Linda que me assustei. Ela não estava em meus planos. No entanto, a atração que sentia por ela só aumentava.

Senti-me "infiel" a Joy, mas não podia prever quando essa garota enigmática voltaria a aparecer, se é que o faria. Joy era o ideal que entrava e saía da minha vida a seu bel-prazer. Linda era real, carinhosa, apaixonada... e estava sempre por perto.

O treinador ficava cada vez mais agitado, cauteloso e nervoso à medida que as semanas se passavam, e o Campeonato Nacional de Faculdades de 1968, em Tucson, Arizona, ia se aproximando. Se ganhássemos nesse ano, seria o primeiro campeonato da universidade, e o treinador realizaria seu objetivo de vinte anos de carreira.

Logo participamos da competição de três dias contra a Universidade do Sul de Illinois. Na última noite do campeonato, as Universidades da Califórnia e de Illinois estavam emparelhadas na competição mais renhida da história da ginástica olímpica. Ainda faltavam três modalidades e a Universidade do Sul de Illinois estava três pontos à frente.

Era um momento crítico. Se fôssemos realistas, teríamos que nos conformar com um respeitável segundo lugar. Ou então tentar o impossível.

De minha parte, optaria pelo impossível; sentia-me a pleno vigor. E comuniquei à equipe:

— Nós vamos vencer. Estou com esse pressentimento. Eu não voltaria atrás por nada. Vamos conseguir!

Minhas palavras eram banais, mas fosse lá o que eu estivesse sentindo — a eletricidade, talvez —, essa decisão genuína gerou uma energia em cada um de nós.

Como uma onda irresistível, começamos a ganhar um ímpeto que rapidamente contaminou todos os companheiros. A plateia, antes quase letárgica, começou a agitar-se, a ficar excitada e o público cada vez mais atento em suas cadeiras. Alguma coisa estava acontecendo e todos podiam sentir.

Evidentemente, a Universidade de Illinois também sentia a nossa força; percebemos que os atletas começaram a tremer nas posturas e balançar nos pousos. Contudo, na última modalidade do encontro, eles ainda estavam um ponto à frente, e a barra alta sempre fora o seu forte.

Finalmente, restaram dois ginastas da Califórnia — Sid e eu. A multidão silenciou. Sid caminhou até a barra, saltou e fez uma apresentação que nos fez prender a respiração. Terminou com o maior voo duplo jamais visto naquele ginásio. A plateia enlouqueceu. Eu fui o último da equipe a me apresentar — o atleta mais forte, escolhido para a etapa final, o momento de maior pressão.

O último atleta da Universidade de Illinois saiu-se muito bem. Era quase impossível superá-lo. Mas esse "quase" era só o que eu precisava. Eu teria que obter 9,8 na minha apresentação para conseguir o empate, e jamais conseguiria uma nota próxima a essa.

E era a minha última prova. Minha mente estava cheia de recordações: a noite de dor quando estilhacei o osso da coxa, a promessa de me recuperar, o médico dizendo-me que eu devia esquecer a ginástica olímpica, Sócrates e meu treinamento contínuo, a corrida interminável sob a chuva, subindo as colinas. E senti uma força cada vez maior, uma onda de revolta por todos os que disseram que eu nunca mais voltaria à ginástica. Minha paixão transformou-se em calma glacial. Ali, naquele momento, meu destino e meu futuro pareciam estar na balança. A mente estava clara. As emoções afloravam poderosamente. Era fazer ou morrer.

Com a energia e a determinação que eu aprendera naquele pequeno posto de gasolina ao longo dos últimos meses, aproximei-me da barra alta. Não se ouvia um som no ginásio. A hora do silêncio, a hora da verdade.

Passei lentamente o giz nas mãos, ajustei os protetores, verifiquei as faixas do pulso. Dei um passo à frente e cumprimentei os juízes. Meus olhos brilharam com uma mensagem simples ao fitar o presidente do júri: "Prepare-se para a melhor apresentação que você já viu".

Saltei para a barra e lancei as pernas para o alto. Comecei a girar. O único som que havia no ginásio era o de minhas mãos girando na barra, soltando, lançando, pegando, torcendo.

Puro movimento e nada mais. Nem oceanos, nem mundo, nem estrelas. Apenas a barra alta e um ginasta desprovido de mente — e logo até isso se dissolveu na unidade do movimento.

Acrescentando um movimento que jamais realizara em competições, eu prosseguia, ultrapassando o meu limite. Girava cada vez mais rápido, preparando-me para concluir com um voo duplo em lança.

Girei na barra, preparando-me para soltá-la e voar no espaço, flutuando e rodopiando nas mãos do destino que eu escolhera para mim. Recuei e impulsionei as pernas, girei uma vez, duas e recuei, esticando o corpo para o pouso. A hora da verdade chegara.

Fiz um pouso perfeito que ecoou pela arena. Silêncio. E então o pandemônio: 9,85. Éramos campeões.

Meu treinador surgiu do nada, agarrou minha mão e sacudia-a loucamente, eufórico. Meus companheiros de equipe pulavam e gritavam, fui cercado e abraçado. Alguns tinham lágrimas nos olhos. Então ouvi aplausos a distância, cada vez mais ensurdecedores. Mal conseguimos conter nossa excitação durante a cerimônia de premiação. Comemoramos a noite inteira, relembrando minuciosamente a competição, até o dia amanhecer.

Então tudo terminou. Um objetivo tão almejado tinha sido alcançado. Só então percebi que os aplausos, os resultados e as vitórias não eram mais a mesma coisa. Eu tinha mudado muito; a busca do sucesso finalmente chegara ao fim.

Era o começo da primavera de 1968. Minha fase de faculdade também estava concluída. O que viria depois eu não sabia.

Disse adeus a minha equipe no Arizona, ainda atordoada, e tomei um avião para Berkeley, para Sócrates — e para Linda. Eu fitava desnorteado as nuvens abaixo, despojado de qualquer ambição. Todos aqueles anos eu vivera sustentado por uma ilusão — a felicidade por intermédio da vitória — e agora essa ilusão queimara até as cinzas. Eu não estava mais feliz ou mais realizado depois de tudo o que conseguira.

Finalmente pude ver através das nuvens. E o que vi é que jamais soubera aproveitar a vida; eu só sabia fazer. Toda a vida eu estivera ocupado, buscando a felicidade, sem jamais encontrá-la ou experimentá-la.

Recostei a cabeça no travesseiro quando o avião começou a aterrissar. Meus olhos estavam toldados pelas lágrimas. Eu chegara a um beco sem saída. Não sabia para onde me voltar.

6

PRAZER ALÉM DA MENTE

Fui direto para o apartamento de Linda, ainda com a mala. Entre beijos, contei-lhe tudo sobre o campeonato, mas nada disse sobre a minha desilusão.

Lembrei-me de Sócrates e disse bruscamente a Linda que precisava sair.

— Depois da meia-noite?

— É. Eu tenho... uma pessoa... um amigo... que trabalha à noite. Tenho realmente de ir. — Dei outro beijo e saí.

Ainda carregando a mala, entrei no escritório.

— Está se mudando para cá? — gracejou Soc.

— Para cá ou não sei para onde... Eu realmente não sei o que estou fazendo, Sócrates.

— Bem, mas sabia muito bem o que estava fazendo no campeonato. Li a sessão de esportes na ocasião. Meus parabéns. Você deve estar muito feliz.

— Sabe muito bem como estou me sentindo, Soc.

— Sem dúvida — disse ele jovialmente, entrando na garagem para tentar ressuscitar a transmissão de um velho Volkswagen. — Você está fazendo progressos... tudo na hora certa.

— Fico lisonjeado por ouvir isso — respondi sem entusiasmo. Mas a hora certa para quê?

— Para o portão! Para a extraordinária felicidade! Para o único objetivo que você sempre teve mas não sabia. E agora, está na hora de enlouquecer e despertar novamente os seus sentidos.

— Outra vez? — indaguei.

— Ah, sim. Você já foi banhado pela luz e encontrava prazer nas coisas mais simples.

Dito isso, ele tomou minha cabeça em suas mãos e mandou-me de volta para a minha infância.

Com os olhos arregalados, eu fixava as formas e as cores sob as minhas mãos enquanto engatinhava no piso de ladrilhos. Toquei um tapete e ele retribuiu ao toque. Tudo era vivo e brilhava.

Agarrei uma colher e comecei a batê-la contra uma xícara. Seu tilintar deliciava os meus ouvidos. Gritei com toda a força! Então levantei os olhos e vi, acima de mim, uma saia semelhante a uma onda. Levantaram-me e falaram amorosamente comigo. Mergulhado no perfume de minha mãe, meu corpo repousava no dela e eu era inundado de felicidade.

Um tempo depois, o ar fresco tocava o meu rosto e eu engatinhava num jardim. Flores coloridas agigantavam-se à minha volta e me cercavam de novos aromas. Despedacei uma das flores e a mordi; minha boca se encheu de uma mensagem amarga. Cuspi a flor.

Minha mãe chegou. Estendi a mão para mostrar-lhe uma coisa preta, que se mexia e fazia cócegas. Ela se agachou e tirou aquilo da minha mão.

— Aranha nojenta! — disse ela.

Depois encostou uma coisa suave no meu rosto, algo que estimulou o meu olfato.

— Rosa — disse ela, repetindo um ruído. — Rosa.

Levantei os olhos para ela, depois olhei em volta e deslizei novamente para o universo das cores e dos aromas.

Quando voltei estava deitado de bruços no tapete de Soc. Levantei a cabeça para examinar as pernas da antiga escrivaninha de carvalho. Mas então tudo parecia nebuloso.

— Sócrates, sinto-me meio adormecido, como se precisasse mergulhar na água gelada para acordar. Tem certeza de que essa viagem não causou nenhum dano?

— Não, Dan; o dano foi causado ao longo dos anos, como você logo verá.

— Aquele lugar... o jardim da casa do meu avô... parecia o Jardim do Éden.

— Exatamente, Dan. *Era* o Jardim do Éden. Toda criança habita um jardim luminoso, onde tudo é sentido diretamente, sem a interferência do pensamento... livre das crenças, intervenções e julgamentos.

"A *queda* acontece a cada um de nós quando começamos a pensar, quando nos tornamos aqueles que dão nome às coisas e que sabem. Não foram só Adão e Eva, somos todos nós. O nascimento da mente é a morte dos sentidos... Não é por comer uma maçã que ficamos mais eróticos! Tudo o que você usufruiu quando criança pode voltar a ser seu. Jesus de Nazaré, um dos Grandes Guerreiros, certa vez disse que é preciso ser uma criancinha para entrar no Reino dos Céus. — Sócrates fez uma pausa e disse: — Me encontre amanhã, às oito horas, no Jardim Botânico. Chegou a hora de um passeio natural.

Saí, já ansioso pela manhã seguinte. Acordei depois de algumas horas de sono, revigorado e animado. Eu iria descobrir o segredo do prazer.

Corri pelo Strawberry Canyon e esperei por Soc na entrada do jardim. Ele chegou e fomos caminhar pelos terrenos verdejantes, com todos os tipos de árvores, arbustos, plantas e flores.

Entramos numa estufa gigantesca. O ar estava quente e úmido, contrastando com o frio da manhã, do lado de fora. Soc apontou uma folhagem típica que se elevava acima de nós.

— Quando você era criança, tudo isso surgia diante dos seus olhos, dos seus ouvidos e do seu tato como se fosse a primeira vez. Mas agora você sabe o nome e a categoria de tudo. Isto é bom, aquilo é mau; isto é uma mesa, aquilo é uma cadeira; isto é um carro, uma casa, uma flor, um cão, um gato, uma galinha, um homem, uma mulher, o pôr do sol, o mar, a estrela. Você se cansou das coisas porque elas passaram a existir apenas como nomes. Os conceitos áridos da mente obscurecem a sua visão.

Sócrates abriu os braços num gesto amplo, abrangendo as palmeiras que se elevavam bem acima de nossas cabeças, quase tocando o teto plastificado da cúpula geodésica.

— Agora você enxerga tudo através do véu das associações que faz sobre as coisas, e esse véu encobre a percepção simples e direta. Você já "viu tudo isso antes". É como assistir a um filme pela vigésima vez. Apenas a recordação das coisas é vista e isso o deixa entediado, preso em sua mente. É por isso que você terá que perder a mente para retornar aos sentidos.

Na noite seguinte, Sócrates colocava a chaleira no fogo, quando entrei no escritório; tirei cuidadosamente os sapatos e coloquei-os na esteira, sob o sofá. Ainda de costas para mim, ele disse:

— Que tal uma pequena competição? Você faz uma acrobacia, depois eu faço, e vamos ver quem ganha.

— Está bem, se quer mesmo... — Eu não queria constrangê-lo; por isso, sustentei com um só braço o corpo sobre a mesa durante alguns segundos; depois fiquei de pé e dei um salto mortal para trás, pousando suavemente no tapete.

Sócrates meneou a cabeça, aparentemente desmoralizado.

— Pensei que seria uma competição mais equilibrada, mas vi que não é o caso.

— Desculpe, Soc, afinal de contas, você não é mais nenhum garoto, e eu sou muito bom nisso.

— O que eu quis dizer — ele abriu um sorriso largo — é que você não tem chance.

— O quê?

— Lá vai — disse ele. Observei-o virar-se lentamente e caminhar decidido até o banheiro. Coloquei-me junto à porta do escritório, para o caso de ele sair correndo outra vez com uma espada. Mas ele apenas voltou com a sua caneca. Encheu-a de água, sorriu para mim, ergueu a caneca num brinde e bebeu a água lentamente.

— Só isso? — indaguei.

— Só.

— Só o quê? Você não fez nada.

— Ah, fiz sim. Só que você não soube apreciar minha proeza. Eu estava sentindo uma leve intoxicação nos rins. Daqui a alguns dias poderia afetar todo o meu corpo. Por isso, antes de os sintomas aflorarem, localizei o problema e lavei os meus rins.

Tive que rir.

— Soc, você é o maior e mais eloquente trapaceiro que conheço. Admita a sua derrota... você blefou.

— Estou falando muito sério. O que acabei de dizer realmente aconteceu. Isso significa estar sensível às energias internas e poder acionar o controle voluntário de alguns mecanismos sutis. Por outro lado — continuou, esfregando sal no local —, você tem uma vaga consciência do que acontece dentro desse seu saco de pele. Assim como um ginasta que acaba de aprender um movimento, você ainda não tem bastante sensibilidade para detectar quando está desequilibrado e pode cair. E apesar de toda a sua habilidade na ginástica, o que você desenvolveu foi um nível de percepção grosseiro, suficiente para realizar alguns padrões de movimento, mas nada de excepcional.

— Sem dúvida você é um desmancha-prazeres com um salto mortal triplo, Soc.

— Não há nada de romântico nisso; o salto triplo exige tempo e prática para se aprender. Quando você sente o fluxo de energias no seu corpo e faz um aquecimento sem importância, então sim terá um “romance”. Por isso continue praticando, Dan. Apure os sentidos um pouco mais a cada dia; amplie-os, como faria no ginásio. Finalmente sua percepção penetrará profundamente no corpo e no mundo. Só então você pensará menos na vida e a sentirá mais. E usufruirá as coisas simples que a vida oferece; não estará mais viciado em divertimentos caros ou em realizações. Da próxima vez — ele deu uma risada —, talvez possamos competir de verdade.

Permanecemos sentados em silêncio durante algum tempo e então fomos para a garagem, onde ajudei Soc a retirar o motor de um Volkswagen e desmontar outra transmissão danificada.

Quando voltamos para o escritório, perguntei a Sócrates se ele considerava os ricos mais felizes do que os duros como nós. Como sempre, sua resposta me chocou.

— Na verdade, Dan, eu sou extremamente rico. E, para falar a verdade, você tem que ser rico para ser feliz.

Ele sorriu diante da minha expressão de surpresa; pegou uma caneta na mesa e escreveu numa folha de papel:

$$\textit{Felicidade} = \frac{\textit{Satisfação}}{\textit{Desejos}}$$

— Se você tem dinheiro para satisfazer seus desejos, pode se considerar rico. Mas existem duas formas de ser rico: pode-se ganhar, herdar, pedir emprestado, esmolar ou roubar o dinheiro de que se precisa para satisfazer um desejo caro. Ou então cultivar um estilo de vida simples, com poucos desejos. Dessa maneira você sempre terá o dinheiro de que precisa.

"Só um guerreiro pacífico tem percepção e disciplina para escolher o caminho simples... para saber a diferença entre necessidades e carências. Nós temos algumas necessidades básicas, mas uma infinidade de carências. A atenção plena a cada momento é o meu prazer. E a atenção não custa dinheiro; o único investimento de que necessita é o treinamento. Existe outra vantagem, em ser um guerreiro, Dan... é muito mais barato! O segredo da felicidade não está em buscar mais e sim em desenvolver a capacidade de desfrutar menos."

Contentei-me em ouvir as palavras mágicas proferidas por Soc. Não havia complicações, nem buscas ou empreendimentos desesperados. Sócrates mostrava-me o tesouro oculto da simples percepção.

Subitamente, agarrou-me pelas axilas, levantou-me e lançou-me ao ar, tão alto que minha cabeça quase tocou o teto. Então, suavizou a minha descida e colocou-me novamente no chão.

— Eu só quero ter a certeza de que terei sua atenção na próxima parte. Que horas são?

— São duas e trinta e cinco.

— Errado! O tempo foi, é e será sempre agora! A hora é agora, o tempo é agora. Está claro? — Sim, está claro.

— Onde estamos?

— Estamos no escritório do posto de gasolina... Diga-me uma coisa: não fizemos esse jogo há muito tempo?

— Sim, e você aprendeu que a única coisa de que tem certeza é de que está aqui, onde quer que aqui possa ser. De agora em diante, sempre que sua atenção começar a se dispersar para outros tempos e lugares, quero-o de volta. Lembre-se: a hora é agora e o lugar é aqui.

Nesse momento, um aluno da faculdade entrou bruscamente no escritório, arrastando um outro consigo.

— Eu não pude acreditar! — disse ao amigo, apontando para Sócrates. — Eu estava passando na rua quando olhei aqui para dentro e o vi atirar esse cara para o teto. Afinal de contas, quem é você?

Sócrates parecia prestes a revelar sua identidade. Fitou impassível o estudante e deu uma risada.

— Ah — riu novamente. — Ah, essa é boa! Não; estávamos apenas fazendo exercícios para passar o tempo. O Dan é um ginasta... não é, Dan? — Fiz que sim com a cabeça. Um deles disse que se lembrava de mim, que assistira a algumas competições de ginástica. A desculpa de Soc convenceu.

— Temos uma pequena cama elástica atrás da escrivaninha. Sócrates foi para trás da mesa, e, para minha completa surpresa, "demonstrou" tão bem numa cama inexistente que comecei a acreditar que havia alguma atrás da mesa. Ele saltava cada vez mais alto, quase atingindo o teto. Depois, foi diminuindo a altura dos "saltos", até finalmente parar, inclinando-se para receber os cumprimentos. Eu aplaudi.

Confusos, mas satisfeitos, eles foram embora. Corri para trás da mesa. Naturalmente, não havia ali nenhuma cama elástica. Dei uma gargalhada histérica.

— Sócrates, você é incrível!

— É — disse ele, que não padecia de falsa modéstia.

O céu já mostrava as primeiras luzes tênues do amanhecer quando eu e Sócrates nos aprontamos para sair. Fechei o zíper da minha jaqueta; era como se aquele fosse para mim um amanhecer simbólico.

A caminho de casa, refleti sobre as mudanças que estavam acontecendo, não tanto fora, mas no meu interior. Eu sentia com clareza renovada qual era o meu caminho e quais as minhas prioridades. Eu já não tinha expectativas de que o mundo pudesse me satisfazer. Consequentemente as decepções também tinham desaparecido. É claro que eu continuaria a fazer o que fosse necessário no dia a dia, mas de acordo com minhas próprias condições. Começava a vislumbrar uma profunda sensação de liberdade, mesmo levando uma vida normal.

Meu relacionamento com Sócrates também foi mudando. Em primeiro lugar, eu tinha menos ilusões a que me apegar. Se era chamado de asno, eu só ria, porque sabia que, pelos padrões dele, tinha toda a razão. E praticamente já não me assustava.

Ao passar pelo Hospital Herrick, a caminho de casa, alguém me tocou no ombro e, instintivamente, recuei, como um gato que não quer ser acariciado. Virei-me e vi Sócrates com um sorriso aberto.

— Ah, você deixou de ser aquele peixe nervoso, hein?

— O que está fazendo aqui, Soc?

— Estou passeando.

— Bem, acho ótimo andar com você.

Caminhamos em silêncio por um ou dois quarteirões e, por fim, ele perguntou:

— Que horas são?

— Ah, deve ser mais ou menos... — então me contive — mais ou menos *agora*.

— E onde estamos?

— Aqui.

Ele não disse mais nada, e eu estava com vontade de conversar. Falei da nova sensação de liberdade, de meus planos para o futuro.

— Que horas são? — perguntou ele.

— Agora — suspirei. — Você não precisa...

— Onde estamos? — indagou inocentemente.

— Aqui, mas...

— Compreenda isso acima de tudo — interrompeu ele. — Você não pode fazer nada para mudar o passado, e o futuro jamais será exatamente como você planeja ou espera. Nunca existiram guerreiros no passado, e tampouco haverá guerreiros no futuro. O guerreiro está aqui e agora. A tristeza, a raiva, o medo, a culpa, o arrependimento, a inveja, os planos e os anseios só existem no passado ou no futuro.

— Espere aí, Sócrates. Lembro-me perfeitamente de ficar furioso no presente.

— Não — disse ele. — O que você quer dizer é que agiu de maneira furiosa em determinado momento do presente. A ação sempre acontece no presente, pois é uma expressão física que só pode acontecer aqui e agora. Mas a mente é como um fantasma que vive no passado ou no futuro. O único poder que ela exerce sobre você consiste em retirar a sua atenção do presente.

Abaixei-me para amarrar o sapato e senti algo tocar minhas têmporas.

Amarrei o sapato, levantei-me e me vi sozinho num sótão velho e mofado, sem janelas. Em meio à penumbra, identifiquei alguns baús, com a forma de caixões verticais, encostados em um canto.

Os pelos dos meus braços se levantaram de uma só vez e eu senti um medo indiferente. Eu não ouvia nenhum som a não ser as batidas do meu coração. Tudo o mais era abafado naquele ambiente lúgubre embolorado. Hesitei ao dar um passo e percebi que estava no interior de uma estrela de cinco pontas, um pentagrama vermelho-acastanhado, pintado no chão. Olhei mais de perto. A cor era de sangue ressecado — ou coagulado.

Ouvi uma gargalhada, um rosnado, às minhas costas, tão repugnante e horrenda que senti um gosto metálico na boca. Virei-me e dei com uma besta disforme. O monstro soprou na minha cara, e um hálito fedorento, adocicado e enjoativo, de morto, atingiu-me em cheio.

As bochechas grotescas afastaram-se, revelando presas negras.

— Veenhaa para miiiimm — disse. Senti-me induzido a obedecer, mas por instinto me contive. Não me mexi.

O monstro trovejou sua fúria.

— Minhas crianças, peguem-no!

Os baús começaram a se mover lentamente na minha direção e se abriram, revelando cadáveres em decomposição, repugnantes, que saíam de suas tumbas e avançavam firmemente. Rodopiei dentro do pentagrama, buscando um lugar para onde correr; de repente a porta do sótão se abriu e uma jovem de aproximadamente 19 anos entrou, aos tropeções, caindo na extremidade externa do pentagrama. A porta permaneceu entreaberta e um raio de luz penetrou o quarto.

Ela era linda e estava vestida de branco. Gemia como se estivesse ferida e disse com voz fraca:

— Ajude-me, por favor, ajude-me! — Seus olhos imploravam, chorosos, mas guardavam uma promessa de gratidão, recompensa e desejo insaciável.

Olhei para os monstros que se aproximavam. Em seguida olhei para a garota e a porta.

Por fim a Sensação aflorou dentro de mim: *"Fique onde está. O pentagrama é o momento presente. Aí você está seguro. O demônio e seus asseclas são o passado. A porta é o futuro. Cuidado".*

Nesse momento, a garota gemeu novamente e rolou de costas. O vestido se ergueu, deixando uma perna à mostra, quase até a cintura. Ela estendeu as mãos para mim, tentadora.

— Ajude-me...

Embriagado de desejo, lancei-me para fora do pentagrama.

A mulher rosnou para mim, exibindo presas vermelhas de sangue. O demônio e sua gente gritaram triunfantes e saltaram sobre mim. Pulei para dentro do pentagrama.

Encolhido na calçada e trêmulo, ergui os olhos para Sócrates.

— Se já descansou o suficiente, você gostaria de continuar? — perguntou, enquanto alguns corredores passavam por nós, com uma expressão divertida no rosto.

— Você precisa me apavorar até quase a morte cada vez que deseja me explicar algo? — berrei.

— Só quando o assunto é importante.

Depois de alguns momentos de silêncio, indaguei timidamente:

— Você não teria o telefone daquela garota? — Sócrates deu um tapa na testa e revirou os olhos.

— Suponho que você tenha entendido o propósito dessa pequena encenação, não?

— Sim. Permaneça no presente porque é mais seguro. E não deixe o pentagrama por alguém que tenha presas.

— Acertou. — Ele abriu um sorriso largo. — Não deixe que nada nem ninguém, muito menos os seus pensamentos, o afastem do presente. Sem dúvida você já ouviu a história que vou lhe contar:

"Dois monges japoneses, um velho e outro muito jovem, percorriam um caminho lamacento numa floresta, a caminho do mosteiro. Cruzaram com uma linda mulher, que parecia desamparada na beira de um regato de águas barrentas.

"Percebendo o problema, o mais velho tomou-a nos braços e atravessou-a para a outra margem. Ela sorria, os braços em torno do pescoço dele, até ser colocada delicadamente em terra firme. A moça agradeceu e os monges seguiram viagem em silêncio.

"Ao se aproximarem do portão do mosteiro, o jovem monge não conseguiu mais se conter. 'Como pôde carregar uma bela mulher nos braços? Esse comportamento não parece adequado a um monge.'

"O velho olhou para seu companheiro e disse: 'Eu a deixei lá atrás. Você ainda a está carregando?'".

— Parece que vem mais trabalho pela frente — suspirei —, logo quando pensava que já estava chegando a algum lugar.

— Seu objetivo não é chegar a algum lugar, mas estar aqui. Mas você ainda vive muito mais no passado ou no futuro, exceto quando está dando um salto mortal ou quando eu o atormento. Está na hora de se aplicar como nunca se quiser encontrar o portão. Ele está aí, diante de você. Abra os olhos, agora!

— Mas como?

— Simplesmente mantenha a atenção no presente e estará livre dos sofrimentos, do medo e da morte. Quando os pensamentos tocam o presente, eles se dissolvem. — Soc preparou-se para sair.

— Espere, Sócrates. Antes de ir, diga-me: você era o monge mais velho da história, o que carregou a mulher? Parece o tipo de coisa que você teria feito.

— Você ainda a está carregando? — ele deu uma gargalhada e se afastou silenciosamente, desaparecendo na esquina.

Corri os últimos quarteirões até em casa, tomei um banho e dormi profundamente.

Acordei e saí para uma caminhada, sempre a meditar na forma sugerida por Sócrates, concentrando minha atenção cada vez mais no momento presente. Eu estava despertando para o mundo e, como se fosse novamente criança, percebendo-me. O céu parecia mais brilhante, mesmo nos dias nublados de maio.

Não falei a Sócrates a respeito de Linda — eles eram partes diferentes da minha vida e, a meu ver, Sócrates estava mais interessado no meu treinamento interior do que nas minhas relações do dia a dia. E Linda tinha deixado a Universidade e se mudado para Los Angeles à procura de um emprego.

As aulas se sucediam tranquilamente. Contudo, minha verdadeira sala de aula era o Strawberry Canyon, onde eu corria como o vento pelas colinas, perdendo a noção das distâncias. Vez por outra eu parava para meditar sob uma árvore, ou apenas respirava a brisa fresca que subia da baía resplandecente de San Francisco logo abaixo. Sentava-me durante uma hora, observando a luminosidade difusa da água ou as nuvens passando no céu.

Eu estava livre de todos os "objetivos importantes" do meu passado. Apenas um permanecera: o portão. Às vezes, no ginásio, até mesmo disso eu me esquecia, quando atuava em êxtase, voando a grande altura na cama elástica, dando cambalhotas e girando, esticando-me preguiçosamente, ou nos saltos mortais duplos, lançando-me em direção ao céu.

Apesar da distância entre nós, Linda e eu falávamos todos os dias pelo telefone e desenvolvemos um crescente sentimento de intimidade. Nesse meio-tempo, a única vez que vi Joy, foi quando ela saiu das sombras e apareceu nos meus sonhos — a imagem dela podia flutuar à frente dos meus olhos, sorrindo maliciosamente, até eu não ter certeza do que, ou quem, eu realmente queria.

Finalmente, sem que me desse conta, meu último ano na universidade estava acabando. Os exames finais eram mera formalidade. Escrevendo respostas nos cadernos de exames, percebi que minha vida tinha mudado ao me ver deliciado com a tinta azul uniforme fluindo da caneta. As linhas do papel eram obras de arte. As respostas brotavam em minha cabeça desobstruída de tensões e preocupações. Tudo acabou, e então estava concluída a minha fase universitária.

Levei suco de maçã fresco para o posto, a fim de comemorar com Sócrates. Sentamos-nos e bebemos, e meus pensamentos voaram para o futuro.

— Onde você está? — perguntou Soc. — Que horas são?

— Aqui, agora. Mas a minha realidade presente é que preciso de uma profissão. Tem algum conselho a dar?

— Sim. Faça o que quiser. Ande sem destino certo e acredite nos seus instintos. Não importa o que faça, mas sim como faz. Aliás — acrescentou —, Joy virá me visitar neste fim de semana.

— Que bom! Proponho um piquenique neste sábado. Às dez horas, está bom?

— Ótimo, vamos nos encontrar aqui.

Despedi-me e saí na madrugada fresca de junho, sob as estrelas cintilantes. Eram aproximadamente uma e trinta da manhã quando saí do posto e cheguei à esquina. Alguma coisa me fez virar e olhar para o telhado. Lá estava ele, a mesma visão que eu tivera há muitos meses, de pé, imóvel, uma luz suave em torno de seu corpo, contemplando a noite. Embora estivesse a vinte metros de distância e falasse baixinho, eu o ouvi como se estivesse ao meu lado.

— Dan, venha até aqui.

Voltei rapidamente a tempo de ver Sócrates surgir das sombras.

— Antes de você ir embora, deve ver uma última coisa — apontou os dois dedos indicadores para meus olhos e tocou-me logo acima das sobrancelhas. Então, afastou-se e saltou no ar, pousando no telhado. Eu permaneci imóvel, fascinado, sem acreditar no que acabara de ver. Soc pulou para o chão, pousando com leve ruído. — O segredo — ele sorriu — são tornozelos bem fortes.

Esfreguei meus olhos.

— Sócrates, isso foi real? Isto é, eu vi, mas antes você tocou os meus olhos.

— Não existem limites definidos da realidade, Dan. A terra não é sólida. É feita de moléculas e átomos, universos diminutos de puro espaço. É um lugar de mistério, de luz e magia, se você apenas abrir os olhos.

Despedimo-nos com um boa-noite.

Finalmente, o sábado chegou. Entrei no escritório e Soc se levantou de sua cadeira. Então senti um braço suave envolver minha cintura e vi a sombra de Joy mover-se junto da minha.

— Estou feliz por vê-la novamente! — disse, abraçando-a.

Seu sorriso era radiante.

— Oh! — ela soltou um gritinho —, você está ficando forte. Está treinando para os jogos Olímpicos?

— Para falar a verdade — respondi seriamente —, decidi me afastar. A ginástica já me levou o mais longe que podia; está na hora de mudar. — Ela assentiu sem fazer comentários.

— Bem, vamos — disse Sócrates, carregando uma melancia. Eu tinha sanduíches na mochila.

Subimos as colinas. O dia não podia estar mais belo. Depois do almoço, Sócrates decidiu nos deixar sozinhos e foi "subir numa árvore".

Mais tarde, ele desceu para nos ouvir conversando.

— Um dia escreverei um livro sobre a minha vida com Sócrates, Joy.

— Talvez façam até um filme — disse ela, e Sócrates continuava junto da árvore.

Eu comecei a me entusiasmar.

— E farão camisetas do guerreiro...

— E sabonete do guerreiro — gritou Joy.

— E decalques do guerreiro.

— E chicletes!

Sócrates já ouvira o bastante. Balançando a cabeça, voltou novamente à árvore. Nós caímos na gargalhada e rolamos na grama. Por fim, sugeri casualmente:

— Ei, por que não damos uma corridinha até o Carrossel e voltamos?

— Dan, você deve ser incansável — orgulhou-se Joy. — Meu pai era um antílope e minha mãe um guepardo. Minha irmã é o vento e...

— É, e seus irmãos são um Porsche e uma Ferrari.

Ela deu uma gargalhada enquanto colocava os tênis.

— Quem perder recolhe o lixo — sugeri.

Imitando com perfeição W. C. Fields, Joy disse:

— Nasce um babaca a cada minuto. — Sem avisar, saiu em disparada. Fui atrás dela gritando e calçando os tênis.

— Imagino que o tio dela seja o coelho Pernalonga — bradei para Sócrates. — Voltaremos daqui a pouco. — Disparei atrás de Joy, agora já bem distante, correndo para o Carrossel a cerca de um quilômetro e meio.

Ela era rápida, sim, mas eu era mais, e sabia disso. Meu treinamento deixara-me mais afiado do que jamais imaginara.

Joy olhou para trás, braços e pernas movimentando-se vigorosamente, e surpreendeu-se — ou será que ficou chocada? — ao me ver correndo logo atrás dela, respirando com facilidade.

Ela apertou o ritmo e olhou novamente para trás. Eu estava tão perto que pude ver gotas de suor escorrendo pelo seu pescoço macio. Emparelhei, e ela bufou.

— O que você fez? Pegou uma carona com uma águia?

— Peguei. — Sorri. — Uma de minhas primas. — Em seguida, sopreilhe um beijo e disparei.

Eu já fizera a volta no Carrossel e percorrera metade do caminho de volta até o local do piquenique, quando vi que Joy havia parado algumas centenas de metros atrás. Aparentemente, ela exagerara e se cansara. Senti pena dela e parei; sentei-me e peguei uma flor do campo que crescera no caminho. Quando ela se aproximou, diminuiu a velocidade para me ver cheirando a flor. Eu disse: — Lindo dia, não?

— Sabe — disse ela —, isso me faz lembrar a história da tartaruga... e da lebre. — Dito isso, ela acelerou com incrível velocidade.

Surpreso, pus-me de pé de um salto e disparei em seu encalço. Ganhei terreno gradualmente, mas com segurança. Estávamos então nos aproximando da borda da campina, e ela tinha uma boa vantagem. Fui me aproximando, até ouvi-la ofegar. Emparelhados, corremos os últimos vinte metros. Então ela estendeu o braço e tomou-me a mão. Reduzimos a velocidade, rindo, e caímos bem em cima das fatias de melancia que Sócrates preparara, espalhando sementes para todos os lados.

Sócrates tinha descido da árvore e aplaudiu ao me ver com a cara enfiada numa fatia de melancia, com as bochechas lambuzadas.

Joy olhou para mim e sorriu afetadamente, como uma beldade do Sul.

— Ora, querido, não precisa corar assim. Afinal de contas, você quase me derrotou.

Meu rosto pingava suor. Enxuguei e lambi o sumo de melancia em meus dedos.

— Ora, doçura, qualquer bobalhão pode ver que eu ganhei.

— Só tem um bobalhão aqui — resmungou Sócrates —, que acaba de destruir a melancia.

Caímos na gargalhada. Voltei-me para Joy com os olhos cheios de amor. Ela estava me olhando, e eu parei de rir. De mãos dadas, fomos até a beira da campina, onde se descortinava uma belíssima vista das colinas verdejantes de Tilden Park.

— Danny, tenho que lhe dizer uma coisa. Você é muito especial para mim. Mas pelo que Sócrates disse — ela virou-se e olhou para trás; ele meneava a cabeça lentamente —, parece que o seu caminho não tem espaço suficiente para mim... pelo menos é o que parece. E eu também tenho muita coisa a fazer.

Meu coração começou a pulverizar como uma nuvem negra. Uma parte da minha vida desmoronou e se despedaçou. — Bem, eu não vou deixar você partir. Não me importo com o que Sócrates, você ou qualquer um diga.

Os olhos dela encheram-se de lágrimas.

— Ah, Danny, espero que um dia... Mas Sócrates me disse que é melhor você esquecer.

Enquanto eu contemplava pela última vez os olhos luminosos de Joy, Sócrates aproximou-se silenciosamente por trás e tocou suavemente a minha nuca. As luzes se apagaram e imediatamente esqueci que conhecera uma garota chamada Joy.

LIVRO TRÊS

FELICIDADE EXTRAORDINARIA

7

A BUSCA FINAL

Quando abri os olhos, estava deitado de costas, fitando o céu. Devia ter cochilado. Espreguicei-me, e disse:

— Nós dois devíamos fazer mais piqueniques, não acha?

— É — assentiu ele, sem pressa. — Só nós dois.

Recolhemos nossos pertences e caminhamos cerca de um quilômetro e meio pelos bosques nas colinas, e chegamos ao ponto do ônibus. Enquanto descíamos pela encosta eu tinha a vaga sensação de que esquecera de dizer ou fazer alguma coisa, ou talvez deixara alguma coisa para trás. Quando o ônibus chegou à planície, já não sentia nada.

Antes de desembarcar do ônibus, perguntei:

— Ei, Soc, que tal uma corrida amanhã?

— Por que esperar? — respondeu ele. — Encontre-me à noite na ponte sobre a enseada, às onze e trinta. Podemos dar uma bela corrida pelas trilhas à meia-noite.

Nessa noite, a Lua cheia produzia uma luminosidade prateada na relva e nos arbustos que ladeavam as trilhas. Mas eu conhecia cada centímetro dessa subida de oito quilômetros e poderia correr ali na mais completa escuridão.

Depois da subida íngreme das trilhas de baixo, meu corpo já estava quente. Logo alcançamos o conector e continuamos a subir. O que há meses parecia uma alta montanha neste momento exigia de mim um esforço pequeno. Respirando profundamente, disparei na frente e deixei Sócrates para trás, arquejante.

— Vamos, velhote... pegue-me, se puder!

Depois de uma longa distância, olhei para trás, esperando ver Sócrates andando saltitante. Mas ele não estava à vista. Parei, desconfiado de alguma cilada. Bem, eu o deixaria esperando lá em cima, tentando adivinhar onde eu estava. Sentei-me no topo de uma colina e contemplei as luzes da cidade de San Francisco além da baía resplandecendoa distância.

Então o vento começou a soprar e de repente percebi que algo estava errado — muito errado. Pus-me de pé de um salto e desci correndo pela trilha.

Encontrei Sócrates logo depois de uma curva, caído na terra fria. Ajoelhei-me, virei-o com delicadeza e levantei-o, para encostar a orelha em seu peito. Seu coração parara de bater.

— Meu Deus! Oh, meu Deus! — exclamei. Uma rajada de vento gelado varreu o despenhadeiro.

Deitei o corpo de Soc no chão, encostei a boca em seus lábios e soprei para dentro. Já em pânico, massageei seu peito loucamente.

Finalmente, só consegui murmurar baixinho, aninhando a cabeça de Soc em minhas mãos.

— Sócrates, não morra... por favor.

A ideia da corrida havia sido minha. Lembrei-me de como ele subira o conector com dificuldade, quase sem fôlego. Se ao menos... Tarde demais! Senti uma raiva profunda ante a injustiça do mundo; em seguida, senti uma onda de fúria jamais experimentada antes.

— Nããäoo! — gritei, e minha angústia ecoou pelo despenhadeiro, assustando os pássaros, que levantaram voo de seus ninhos, buscando a segurança do ar.

Sócrates não poderia morrer — eu não o deixaria morrer. Uma onda de energia percorreu meus braços, minhas pernas e meu peito. Eu daria toda essa energia a ele. Se fosse preciso dar a própria vida, eu pagaria o preço de bom grado.

— Sócrates, viva, *viva*! — Agarrei o peito de Soc, enfiando os dedos em suas costelas. Eu estava eletrizado, minhas mãos brilhavam enquanto o sacudia, desejando desesperadamente ouvir seu coração bater.

— Sócrates! — ordenei. — Viva!

Mas nada adiantou... nada! A dúvida tomou conta de minha mente e sucumbi. Estava acabado. Eu continuava sentado, imóvel, as lágrimas correndo pelo rosto.

— Por favor! — Olhei para o céu, para as nuvens prateadas que passavam diante da Lua. — Por favor! — pedia ao Deus que eu jamais vira. — Deixe que ele viva.

Finalmente deixei de lutar, perdi a esperança. Estava muito além do que eu poderia fazer. Eu não conseguiria.

Dois pequenos coelhos surgiram detrás de uma moita e fitaram o corpo sem vida do velho que eu abraçava carinhosamente.

Foi então que senti a mesma Presença que conhecera muitos meses antes. Meu corpo foi preenchido por ela. Respirei-a. Ela respirou-me.

— Por favor — pedi pela última vez —, leve-me no lugar dele.

Eu estava sendo sincero. Foi então que senti a pulsação no pescoço de Soc. Rapidamente, encostei a cabeça em seu peito. A batida forte e ritmada do coração do velho guerreiro ecoou em meu ouvido. Soprei vida em seus pulmões, até seu peito subir e descer por si mesmo.

Quando Sócrates abriu os olhos, viu meu rosto sobre o seu, rindo e chorando baixinho, de gratidão. O luar nos banhou com sua luz prateada. Os coelhos, com seus pelos reluzentes, nos contemplavam. Então, ao som da minha voz, esconderam-se num arbusto próximo.

— Sócrates, você está vivo!

— Estou vendo que o seu poder de observação está, como de hábito, aguçado — ele disse debilmente.

Tentou ficar de pé, mas estava demasiado fraco e seu peito doía. Coloquei-o nos ombros e carreguei-o até o final das trilhas, a três quilômetros de distância. No Salão de Ciências Lawrence pediria ao vigia da noite que chamasse uma ambulância.

Ele ficou quieto em meus ombros a maior parte do trajeto, e eu lutava contra a fadiga, suando sob o seu peso. Vez por outra ele dizia:

— A única forma de viajar... Vamos fazer isso mais vezes... — Ou então queixava-se de tontura.

Só voltei para casa depois de vê-lo na UTI do Hospital Herrick. Nessa noite, voltei a ter aquele sonho. A Morte estendia a mão para Sócrates. Acordei com meu grito.

Fiquei ao lado dele no dia seguinte. Sócrates dormiu a maior parte do tempo, mas no final da tarde queria conversar.

— O que aconteceu?

— Eu encontrei você caído. O coração tinha parado de bater e você não estava respirando. Eu... eu quis que você vivesse.

— Lembre-me de citá-lo no meu testamento, também. O que você sentiu?

— Essa foi a parte estranha, Soc. A princípio senti uma corrente de energia percorrer-me; tentei transmiti-la a você. Eu já tinha quase desistido, quando...

— Nunca se desespere — proclamou ele.

— Sócrates, isso é sério!

— Continue... estou torcendo por você. Estou louco para saber como tudo acabou.

Abri um sorriso.

— Você sabe muito bem como acabou. O seu coração voltou a bater... mas só quando eu desisti de tentar. Foi aquela Presença que eu já senti uma vez... Foi *ela* que fez o seu coração bater.

Ele assentiu com a cabeça.

— Você a estava sentindo lá. — Não era uma pergunta, mas uma afirmação.

— Estava.

— Foi uma boa lição — disse ele, espreguiçando-se suavemente.

— Uma lição! Você teve um ataque cardíaco e diz que foi uma bela lição para mim? É isso o que pensa?

— É — disse ele. — E espero que a aproveite bem. Não importa quanto pareçamos fortes; sempre existe uma fraqueza oculta que pode ser a nossa ruína. Regras da Casa: para cada força há uma fraqueza, e vice-versa. Claro, desde a infância o meu ponto fraco sempre foi o coração. Você, meu jovem amigo, tem outro tipo de "problema cardíaco".

— Tenho?

— Tem. Você ainda não abriu completamente o seu coração para a vida, para cada momento. O propósito do caminho do guerreiro pacífico não é a invulnerabilidade, mas a vulnerabilidade absoluta ao mundo, à vida e à Presença que você sentiu.

"Tentei mostrar-lhe que a vida de um guerreiro não é a perfeição ou vitória que se imagina, e sim o amor. O amor é a espada do guerreiro; onde quer que ela corte, trará vida e não morte."

— Sócrates, fale-me do amor. Quero compreendê-lo.

— O amor não é algo para ser compreendido; é para ser vivido.

Olhei para ele e percebi a extensão do seu sacrifício — ele treinara comigo, sem recuar, embora soubesse de seu problema cardíaco — só para manter o meu interesse. Meus olhos se encheram de lágrimas.

— Eu sinto muito, Soc...

— Besteira! Isso não é suficiente.

Minha vergonha transformou-se em frustração.

— Às vezes você sabe me deixar enfurecido, seu velho feiticeiro! O que quer de mim, sangue?

— A raiva não é suficiente — disse em tom dramático, fitando-me com os olhos a saltar das órbitas, como um vilão dos filmes antigos.

— Sócrates, você é completamente maluco. — Dei uma gargalhada.

— É isso... rir é suficiente!

Nós dois rimos com prazer. Por fim, ele adormeceu. Saí sem fazer barulho.

Fui visitá-lo na manhã seguinte e encontrei-o mais forte. Censurei-o assim que entrei.

— Sócrates, por que você concordou em correr comigo, além de dar todos aqueles saltos, se sabia que isso poderia matá-lo a qualquer momento?

— O melhor é viver até morrer. Eu sou um guerreiro e meu caminho é o da ação — disse. — Sou um mestre, ensino pelo exemplo. Algum dia você também poderá ensinar a outras pessoas o que eu lhe mostrei... e então compreenderá que as palavras não bastam; também terá que ensinar pelo exemplo, e somente o que tiver compreendido por meio da própria experiência.

Então contou-me uma história:

"Uma mãe levou seu filho a Mahatma Gandhi e implorou: 'Por favor, Mahatma. Diga a meu filho para deixar de comer açúcar'.

"Gandhi fez uma pausa e disse: 'Traga o seu filho de volta daqui a duas semanas'. Intrigada, a mulher agradeceu e prometeu fazer o que ele ordenara.

"Duas semanas depois, ela voltou com o filho. Gandhi fitou o jovem nos olhos e disse: 'Pare de comer açúcar'. Agradecida, mas perplexa, a mulher perguntou: 'Por que me pediu para trazê-lo em duas semanas? Poderia ter dito a mesma coisa antes'. Gandhi replicou: 'Há duas semanas eu estava comendo açúcar'."

— Então, lembre-se Dan, seja aquilo que for ensinar e só ensine aquilo que você for.

— O que mais posso ensinar além de ginástica?

— A ginástica já basta, contanto que a utilize para transmitir lições mais universais — disse ele. — Dê às pessoas o que elas quiserem e talvez no final algumas vão querer o que você tiver para dar. Ensine saltos duplos até que lhe peçam mais.

— Como vou saber se querem algo mais?

— Você saberá.

— Mas Sócrates, tem certeza de que o meu destino é ser mestre? Não sinto o mesmo.

— Você parece estar nesse caminho.

— Isso me lembra algo que quero lhe perguntar há muito tempo. Em geral parece que você lê meus pensamentos ou conhece meu futuro. Algum dia terei esses poderes? — Ao ouvir isso, Soc estendeu o braço, ligou a TV e começou a assistir a desenhos animados. Eu desliguei o aparelho.

Ele virou-se para mim e suspirou:

— Eu tinha esperança de que você se afastasse completamente de qualquer fascínio pelo poder. E agora ele aflorou, vamos tirá-lo do caminho. Muito bem, o que você quer saber?

— Bem, para começar, quero prever o futuro. Às vezes você me parece capaz de prever o futuro.

— A leitura do futuro baseia-se na percepção realista do presente. Não se preocupe em ver o futuro até que possa ver claramente o presente.

— E ler a mente de outras pessoas? — perguntei.

Sócrates suspirou.

— Primeiramente você deveria aprender a ler a sua própria mente!

— Parece que você lê a minha mente a maior parte do tempo.

— É fácil ler a sua mente, porque ela está na cara.

Corei.

— Está vendo o que eu quero dizer? — Ele deu uma risada, apontando o meu rosto enrubescido. — Não é preciso ser mágico para ler a fisionomia de alguém. Os jogadores de pôquer fazem isso o tempo todo.

— Mas e os *verdadeiros* poderes?

Ele sentou-se na cama e disse:

— Os poderes especiais de fato existem, Dan. Mas para o guerreiro essas coisas são irrelevantes. Não se deixe enganar por quinquilharias brilhantes.

Um guerreiro pode contar com o poder do amor, da generosidade, do serviço... e o poder da felicidade. Você não pode alcançar a felicidade; é ela que o alcança... mas só depois que você renunciar a todo o resto.

Sócrates parecia estar cansado. Fitou-me por um instante, como se estivesse tomando uma decisão. Por fim, ele disse com voz ao mesmo tempo delicada e firme as palavras que eu temia ouvir:

— Você está bem preparado, mas ainda está preso, Dan... ainda está procurando. Que seja assim. Você procurará até se cansar completamente. Terá que se afastar por um tempo. Procure o que precisa e aprenda o que puder. Depois veremos.

Minha voz saiu trêmula de emoção.

— Por quanto... quanto tempo?

Suas palavras me chocaram. — Nove ou dez anos devem ser suficientes.

Sentindo um pânico repentino, eu disse: — Eu não tenho nenhum lugar para ir, nenhum outro lugar em que eu gostaria de estar. Por favor, deixe-me ficar com você.

Ele fechou os olhos e suspirou.

— Meu jovem amigo, acredite. O seu caminho o guiará; você não irá se perder.

— Mas quando o verei de novo, Sócrates?

— Quando a sua busca chegar ao fim... de verdade.

— Quando me tornarei um guerreiro?

— Um guerreiro não é algo que alguém se torne, Dan. É algo que se é neste momento, ou algo que não se é. É o Caminho que faz o guerreiro. E agora você tem que se esquecer completamente de mim. Vá e volte radiante.

Eu me tornara demasiado dependente dos conselhos e da segurança de Sócrates. Ainda trêmulo, voltei-me e fui até a porta. Então fitei pela última vez aqueles olhos brilhantes.

— Farei o que você quiser, Sócrates... menos uma coisa. Jamais o esquecerei.

Desci as escadas e saí pelas ruas da cidade, atravessei o *campus*, e segui rumo a um futuro incerto.

Decidi voltar para Los Angeles, minha cidade natal. Retirei meu velho Valiant do estacionamento e passei meu último fim de semana em Berkeley, fazendo as malas para a partida. Pensando em Linda, fui até a cabine telefônica da esquina e disquei o número do seu novo apartamento. Quando ouvi sua voz sonolenta, soube o que queria fazer.

— Querida, tenho algumas surpresas. Estou me mudando para Los Angeles. Você poderia pegar, assim que puder, o avião para Oakland? Gostaria que fôssemos juntos para o sul. Precisamos conversar.

Seguiu-se uma pausa do outro lado da linha.

— Ah, eu adoraria também! Vou tomar o avião das oito. Hum... uma pausa maior — sobre o que quer conversar, Danny?

— Quero lhe fazer uma proposta pessoalmente, mas vou lhe dar uma pista: algo como compartilhar nossas vidas, bebês e acordar abraçados pela manhã. — Seguiu-se uma pausa mais longa. — Linda?

A voz dela tremia.

— Dan... não consigo falar agora. Pegarei o avião amanhã cedo.

— Espero você no portão da PSA. Até amanhã, Linda.

— Até amanhã, Danny. — Seguiu-se o sinal solitário na linha.

Cheguei ao portão por volta das oito e quarenta e cinco. Ela já estava lá, com os olhos brilhantes, uma beldade com deslumbrantes cabelos ruivos. Correu para mim, rindo e de braços abertos.

— Como é bom poder abraçar você novamente, Danny!

Senti o calor de seu corpo irradiar-se para o meu. Andamos rapidamente até o estacionamento, a princípio quase em silêncio.

Voltei para Tilden Park e virei à direita, subindo para Inspiration Point. Eu planejara tudo. Convidei-a a sentar-se ao meu lado, e estava prestes a fazer-lhe a pergunta, quando ela enroscou os braços em meu pescoço e disse:

— Sim! — E começou a chorar.

— Eu disse alguma coisa? — gracejei debilmente.

Casamos no tribunal da cidade de Los Angeles. Foi uma cerimônia simples e bonita. Um lado meu estava muito feliz; o outro, inexplicavelmente deprimido. Acordei no meio da noite e fui na ponta dos pés até a varanda de nossa suíte nupcial. Chorei baixinho. Por que sentia que perdera algo? Como se tivesse esquecido alguma coisa importante? Essa sensação jamais me abandonaria.

Logo nos mudamos para um novo apartamento. Tentei vender seguros de vida. Linda conseguiu um trabalho de meio expediente como caixa de banco. Levávamos uma vida confortável, mas eu estava demasiado ocupado para dedicar muito tempo à minha esposa. Tarde da noite, quando ela estava dormindo, sentava-me para meditar. De manhã fazia alguns exercícios. Entretanto, logo minhas responsabilidades profissionais me deixaram pouco tempo para essas coisas. Todo o meu treinamento e disciplina começaram a desaparecer.

Depois de seis meses como vendedor, eu já estava farto. Sentei-me com Linda para nossa primeira conversa séria.

— Querida, o que acha de voltar para o norte e procurar um trabalho diferente?

— Se é o que quer fazer, Dan, para mim, está bem. Além do mais, seria bom estar perto da minha família. Minha mãe é ótima babá.

— Babá?

— É. O que acha de ser pai?

— Está falando de um filho? Você... eu... um filho? — Abracei-a com todo carinho durante um longo tempo.

Eu não podia cometer erros. Logo depois que nos instalamos no norte, Linda foi visitar os pais e eu fui procurar um emprego. Soube com meu ex-treinador Hal que havia uma vaga para treinador de ginástica olímpica na Universidade Stanford. Compareci a uma entrevista para o emprego naquele dia e fui para a casa dos pais de Linda contar a notícia. Quando cheguei, disseram-me que tinham ligado do Departamento de Esportes de Stanford, oferecendo-me o cargo de treinador, a partir de setembro. Aceitei. Eu havia encontrado uma profissão.

No final de agosto nasceu nossa linda filha, Holly. Levei todos os nossos pertences de carro para Menlo Park, onde nos instalaríamos em um apartamento mais confortável. Linda e o bebê foram de avião, duas semanas depois. Durante algum tempo vivemos felizes, mas logo mergulhei no trabalho, desenvolvendo um rígido programa de ginástica em Stanford. Corria quilômetros todas as manhãs pelo campo de golfe e costumava sentar-me sozinho à beira do lago Lagunita. Novamente minha energia e minha atenção estavam em várias direções, mas infelizmente nenhuma era a direção de Linda.

Um ano se passou e quase não me dei conta. Tudo ia muito bem; eu não conseguia entender a sensação persistente de que perdera alguma coisa, há muito tempo. As imagens vívidas do meu treinamento com Sócrates — correndo pelas colinas, os estranhos exercícios de madrugada, as conversas, ouvindo e observando o meu enigmático mestre transformaram-se em lembranças apagadas.

Pouco depois do nosso primeiro aniversário de casamento, Linda achou que deveríamos consultar um conselheiro matrimonial. Foi um choque para mim, pois achava que precisávamos apenas relaxar e passar mais tempo juntos.

O conselheiro matrimonial serviu para alguma coisa. No entanto, entre mim e Linda levantara-se uma sombra. Talvez ela estivesse ali desde a noite de núpcias. Ela se tornou calada e reservada, levando Holly para o seu mundo. Todos os dias eu voltava para casa depois do trabalho completamente exausto, com pouca energia para as duas.

No meu terceiro ano de Stanford, candidatei-me a uma vaga de residente na faculdade, em uma das casas da universidade, para que Linda tivesse a companhia de outras pessoas. Em breve a mudança provou ter dado certo demais, sobretudo no campo amoroso. Ela tinha a sua própria vida social e me aliviou o fardo que eu não podia, ou não queria, carregar. Linda e eu ficamos separados na primavera de meu terceiro ano em Stanford. Mergulhei ainda mais no trabalho e retomei a minha busca interior. Eu participava de um grupo de meditação zen todas as manhãs no ginásio. Comecei a estudar aikidô à noite. Lia cada vez mais, na esperança de encontrar pistas, orientações ou respostas para minhas questões mal formuladas.

Quando me ofereceram um cargo no corpo docente da Faculdade Oberlin, uma escola residencial de artes liberais, em Ohio, pareceu-me uma segunda chance para nós. Mas apenas prosseguia minha busca pessoal de felicidade com redobrada intensidade. Criei dois cursos: Desenvolvimento Psicofísico e Caminho do Guerreiro Pacífico, os quais refletiam algumas das perspectivas e habilidades que eu aprendera com Sócrates. Ao final de meu primeiro ano, recebi uma licença especial da faculdade para viajar e fazer pesquisas no meu campo de atuação.

Naquele verão, Linda e eu nos separamos. Deixando Linda e Holly para trás, mergulhei no que eu esperava ser minha busca final.

Visitei muitos lugares ao redor do mundo — Havaí, Japão, Hong Kong, Índia — e outros lugares nos quais encontrei professores extraordinários, escolas de yoga, de artes marciais e de xamanismo. Tive muitas experiências e encontrei grande sabedoria, mas nenhuma paz duradoura. À medida que minhas viagens se aproximaram do fim e eu estava mais desesperado — compelido em direção a um confronto final com as perguntas que não saíam de minha mente: "O que é iluminação? Quando encontrarei a paz?". Sócrates falara dessas coisas inúmeras vezes, mas naquela época eu nunca o ouvira realmente.

Quando cheguei a Cascais, no litoral de Portugal — última parada da minha viagem, as perguntas continuavam a se repetir excessivamente, consumindo a minha mente. Certa manhã, acordei num trecho isolado da praia onde eu tinha acampado por alguns dias, e vi que a maré havia devorado o meu castelo de areia e gravetos. Por alguma razão, esse fato me fez lembrar da minha própria morte e no que Sócrates tentara me dizer. Suas palavras e atos iam voltando aos poucos, como pedaços do meu castelo esfacelado, que agora boiava nas ondas: “Considere os seus anos fugazes, Danny. Um dia você descobrirá que a morte não é o que você imagina; mas a vida tampouco é o que você pensa. Poderá ser maravilhosa, cheia de mudanças; ou, se você não acordar, tanto a vida como a morte poderão redundar numa grande desilusão”.

Sua risada ecoou na minha memória. Então eu me lembrei de um incidente no posto de gasolina.

Eu estava letárgico, Sócrates sacudiu-me pelos braços.

— Acorde! Se você tivesse a certeza de que tem uma doença terminal... se tivesse pouco tempo de vida... você desperdiçaria uma parte preciosa dela! Eu estou lhe dizendo, Dan, você tem uma doença terminal: chama-se nascimento. Você não tem mais do que alguns anos de vida. Ninguém tem! Seja feliz agora, sem ter motivos... ou jamais será feliz de verdade.

Comecei a sentir uma terrível ansiedade, mas não tinha para onde ir. Por isso fiquei ali, um vagabundo de praia que nunca parava de revolver a própria mente.

— Quem sou eu? O que é a iluminação?

Sócrates me dissera há muito tempo que nem o guerreiro pode vencer a morte; só existe a percepção de quem somos realmente.

Deitado ao sol, lembrei-me de quando descasquei a última camada da cebola no escritório de Soc e vi quem eu era. Lembrei-me de um personagem de um romance de J. D. Salinger: quando ele via alguém tomar um copo de leite, dizia: “É como entornar Deus em Deus, se entende o que quero dizer”.

Lembrei-me do sonho de Lao-tsé:

Lao-tsé adormeceu e sonhou que era uma borboleta. Ao acordar, perguntou a si mesmo: “Sou um homem sonhando que é uma borboleta ou uma borboleta sonhando que é um homem?”.

Caminhei pela praia, cantando várias vezes a cantiga infantil:

"Reme, reme, reme, conduza seu barco suavemente pelo rio, Alegre, alegre, alegremente, a vida não passa de um sonho".

Depois de uma tarde de caminhada, voltei ao acampamento abrigado pelas pedras. Retirei da sacola um velho livro que comprara na Índia. Era uma tradução malfeita para o inglês de lendas populares espiritualistas. Folheando as páginas, deparei com uma história sobre a iluminação:

"Milarepa buscara em toda parte a iluminação, sem encontrá-la, até que um dia avistou um velho descendo lentamente um caminho na montanha, carregando um saco pesado. Imediatamente, Milarepa sentiu que aquele velho conhecia o segredo que ele tentava desesperadamente desvendar, há tantos anos.

"'Velho, por favor, conte-me o que sabe. O que é a iluminação?'

"O velho sorriu-lhe por um instante, retirou o fardo dos ombros e empertigou-se.

"'Sim, compreendo!', gritou Milarepa. 'Tem minha eterna gratidão. Mas, por favor, só mais uma pergunta. O que existe depois da iluminação?'

"Voltando a sorrir, o velho pegou mais uma vez o fardo, lançou-o sobre os ombros, acomodou-o e continuou seu caminho."

Nessa noite tive um sonho:

Estava no sopé de uma montanha, imerso na escuridão, procurando sob todas as pedras uma joia preciosa. O vale estava mergulhado nas trevas, por isso não conseguia encontrar nada.

Então ergui os olhos para o pico brilhante da montanha. A joia só poderia estar lá em cima. Comecei a galgar a montanha, iniciando uma subida árdua que duraria muitos anos. Por fim cheguei ao final da jornada e fui banhado por uma luz brilhante.

Via tudo claramente mas não encontrava a joia. Contemplei o vale, lá embaixo, onde eu iniciara a escalada, tantos anos antes. Só então percebi que a joia sempre estivera dentro de mim, mesmo antes, e que a luz sempre brilhara. Só que meus olhos estavam fechados.

Acordei no meio da noite com uma Lua brilhante. O ar estava quente e o mundo, silencioso, exceto pelo movimento ritmado das ondas. Ouvi a voz de Soc, mas sabia que era apenas mais uma lembrança: "A iluminação não é uma conquista, Dan; é uma realização. E quando você despertar tudo terá mudado e nada mudou. Se um cego descobre que pode ver, o mundo terá mudado?".

Sentei-me e fiquei olhando o luar sobre o mar, banhando de prata as montanhas distantes. Como era mesmo aquele ditado sobre as montanhas, os rios e a grande busca?

Ah, me lembrei:

"A princípio as montanhas são montanhas, e os rios são rios.

"Depois as montanhas deixam de ser montanhas e os rios não são mais rios.

"Por fim, as montanhas são montanhas e os rios são rios".

Comecei a correr pela praia e entrei no oceano escuro, nadando para além da arrebentação. Deixei de me movimentar e comecei a boiar, quando de repente senti uma criatura nadando nas profundezas, sob meu corpo. Algo vinha na minha direção, rapidamente. Era a Morte.

Nadei furiosamente para a praia e lancei-me, ofegante, sobre a areia molhada. Um pequeno siri passou correndo diante de meus olhos e escondeu-se na areia, quando uma onda chegou até ele.

Pus-me de pé, sequei-me e vesti minhas roupas. Arrumei minhas coisas à luz do luar. Por fim, colocando a mochila nas costas, repeti as palavras que um mestre disse sobre a busca da iluminação: "É melhor não começar. Mas uma vez começado, é melhor terminar".

Eu sabia que estava na hora de ir para casa.

O avião aterrissou na pista do Aeroporto Hopkins, em Cleveland, e senti a ansiedade crescer em relação ao meu casamento e à minha vida. Mais de seis anos haviam se passado. Sentia-me mais velho, mas não mais sábio. O que poderia dizer à minha mulher e à minha filha? Será que voltaria a ver Sócrates, e nesse caso, o que poderia levar para ele?

Linda e Holly me esperavam, quando desci do avião. Holly correu para mim dando gritinhos de alegria e me abraçou com força. O abraço de Linda foi suave e carinhoso, mas vazio de genuína intimidade; era como abraçar um velho amigo. Obviamente o tempo e a experiência nos levaram a direções diferentes.

Linda não ficara sozinha durante a minha ausência. Ela havia encontrado novos amigos e tivera relacionamentos íntimos.

Acontece que pouco depois de voltar a Oberlin, conheci uma pessoa muito especial, uma estudante, uma jovem encantadora, chamada Joyce. Seus cabelos curtos e negros caíam em franja sobre um belo rosto e um sorriso radiante. Ela era pequena e cheia de vida. Senti-me profundamente atraído por ela, e passávamos todas as horas livres juntos, caminhando e conversando, passeando pelo parque, em torno das águas plácidas do lago. Com ela consegui falar de uma maneira como nunca fizera com Linda. Não porque Linda não pudesse entender, mas porque seus caminhos e interesses eram outros.

Joyce formou-se na primavera. Ela queria ficar comigo, mas eu tinha obrigação para com minha família; então, tristemente, fomos obrigados a nos separar. Sabia que jamais a esqueceria, mas minha família estava em primeiro lugar.

Em meados do inverno, Linda, Holly e eu voltamos para o norte da Califórnia. Talvez minha preocupação com o trabalho e comigo mesmo tenha sido o golpe de misericórdia no meu casamento. Mas nada fora tão triste quanto a dúvida insistente e a melancolia que senti na noite de núpcias

— uma dúvida dolorosa, a sensação de que me esquecia de alguma coisa, que deixara algo para trás, há muitos anos. Somente Joyce me livrara dessa sensação.

Depois do divórcio, Linda e Holly mudaram-se para uma bela casa antiga. Mergulhei no trabalho, ensinando ginástica e aikidô na ACM de Berkeley.

A tentação de visitar o posto de gasolina era torturante, mas eu só poderia ir se fosse chamado. Ademais, como poderia voltar? Nada tinha a mostrar depois de tantos anos.

Mudei-me para Palo Alto e morava sozinho; eu nunca me sentira tão solitário. Pensei em Joyce inúmeras vezes, mas sabia que não tinha o direito de telefonar para ela; eu ainda tinha negócios a concluir.

Recomecei meu treinamento. Fazia exercícios, lia, meditava e aprofundava cada vez mais as questões em minha mente, como uma espada. Alguns meses depois, comecei a sentir um bem-estar renovado, que há muito não sentia. Nesse período, comecei a escrever, registrando anotações sobre meus dias com Sócrates. Esperava que a revisão de nosso período juntos me desse uma nova pista. Nada mudara realmente; pelo menos nada que eu pudesse ver, desde que ele havia me dispensado.

Certa manhã, eu estava sentado nos degraus da entrada de meu pequeno apartamento, contemplando a rua. Rememorei os oito anos passados. Eu começara como um idiota e quase me tornara um guerreiro. Então Sócrates me soltara no mundo para aprender, e eu me tornara novamente um idiota.

Aqueles oito anos pareciam um desperdício. Ali estava eu, sentado nos degraus da porta, contemplando as montanhas além da cidade. De repente, prestei mais atenção e as montanhas começaram a ganhar um brilho suave. Nesse instante, percebi o que iria fazer.

Vendi o pouco que possuía, coloquei a mochila nas costas e peguei uma carona para Fresno; em seguida, rumei para o leste, para Sierra Nevada. Era o final do verão, boa época para me perder nas montanhas.

8

O PORTÃO SE ABRE

Numa estradinha estreita perto do lago Edison, comecei a caminhar para o interior, para uma região que Sócrates mencionara certa vez — para dentro e para o alto, rumo ao âmago das regiões desertas. Sentia que ali nas montanhas encontraria a resposta — ou morreria. De certa maneira, ambas as hipóteses estavam corretas.

Galguei as pradarias, por entre picos de granito, abrindo caminho pelos arvoredos densos de pinheiros e abetos, subindo cada vez mais a região do lago superior onde havia pumas, cervos e pequenos lagartos, que corriam para as rochas ao sentir a minha presença.

Acampei pouco antes do anoitecer. No dia seguinte, subi mais, atravessando grandes campos de granito acima da linha das árvores. Escalei enormes penedos, atravessei gargantas e ravinas. À tarde colhi raízes comestíveis e amoras, e deitei junto a uma fonte cristalina. Pela primeira vez em muitos anos eu me sentia contente.

No final da tarde, caminhei pelas regiões ermas, atravessei as florestas cerradas, de volta ao acampamento. Então preparei a lenha para a fogueira da noite, comi outra porção de alimento e meditei sob um pinheiro altaneiro, entregando-me às montanhas. Se elas tivessem algo a me oferecer, eu estava pronto para receber.

O céu escureceu e sentei-me diante do fogo crepitante, aquecendo mãos e rosto quando, das sombras, saiu Sócrates!

— Eu estava nas vizinhanças e então decidi dar uma passada — disse ele.

Incrédulo e encantado, abracei-o e nos jogamos no chão, rindo e nos sujando. Limpamo-nos e nos sentamos junto à fogueira.

— Você quase não mudou, velho guerreiro... nem parece que passou tanto tempo. (Ele parecia mais velho, mas seus olhos cinzentos ainda faiscavam.)

— Você, por outro lado — ele abriu um sorriso largo, examinando-me —, parece bem mais velho e não muito mais esperto. Diga-me, aprendeu alguma coisa?

Suspirei, contemplando o fogo.

— Bem, aprendi a fazer o meu próprio chá. — Coloquei uma pequena chaleira na grelha improvisada e preparei o chá condimentado, usando ervas que encontrara na caminhada daquele dia. Eu não esperava companhia, ofereci a ele minha xícara e tomei o meu chá numa pequena tigela. Finalmente, as palavras saíram aos borbotões. Enquanto falava, o desespero que eu contivera durante tanto tempo explodiu.

— Nada tenho a lhe oferecer, Sócrates. Ainda estou perdido... não estou mais próximo do portão do que quando nos conhecemos. Eu o decepcionei e a vida me decepcionou. A vida me partiu o coração.

Ele mostrou-se radiante.

— Sim! O seu coração está partido, Dan... partido e aberto para revelar o portão, brilhando dentro dele. Esse é o único lugar para onde você não olhou. Abra os olhos, palhaço... Você já está quase chegando!

Confuso e frustrado, eu só consegui ficar ali, sem iniciativa.

Soc tranquilizou-me.

— Você está quase lá... está bem perto.

Agarrei-me ansiosamente às palavras dele.

— Perto do quê?

— Do fim.

Senti o medo causar-me arrepios na coluna por um instante. Entrei rapidamente no meu saco de dormir, e Sócrates desenrolou o seu. Minha última impressão naquela noite foi causada pelos olhos do meu mestre, brilhantes, como se estivessem olhando através de mim, através da fogueira, para outro mundo.

Aos primeiros raios de sol matinal, Sócrates já tinha se levantado e estava sentado junto a um regato próximo. Juntei-me a ele e permaneci em silêncio por algum tempo, atirando seixos na água e ouvindo o ruído que causavam. Silencioso e atento, ele voltou-se para me observar.

Nessa noite, depois de um dia de caminhadas, banhos de rio e de sol, Sócrates quis saber de tudo o que eu pudesse me lembrar desde que o vira. Falei durante três dias e três noites. Esgotei minha memória. Sócrates praticamente não falou, exceto para fazer alguma pergunta rápida.

Logo depois de o Sol se pôr, ele fez um gesto chamando-me para sentar-se junto a ele ao pé do fogo. Permanecemos em silêncio, o velho guerreiro e eu, pernas cruzadas sobre a terra fofa, no alto de Sierra Nevada.

— Sócrates, todas as minhas ilusões se despedaçaram e parece que nada restou para ocupar o lugar delas. Você me mostrou a inutilidade da busca. Mas e o Caminho do Guerreiro Pacífico? Não é um caminho, uma busca?

Ele riu, deliciado, e sacudiu-me pelos ombros.

— Depois de todo esse tempo, finalmente você fez uma pergunta interessante! A resposta está bem na sua frente. Todo o tempo eu lhe mostrei o Caminho do Guerreiro Pacífico, não o Caminho para o Guerreiro Pacífico. Enquanto trilha o caminho, você é um guerreiro. Nos últimos oito anos você abandonou o "estado do guerreiro" para poder procurá-lo. Mas o caminho é *agora*; sempre foi.

— Então, o que faço? Para onde vou?

— Quem se importa com isso? — ele bradou alegremente. — O tolo é feliz quando seus desejos são satisfeitos. Um guerreiro o é sem motivo nenhum. É isso que faz da felicidade a disciplina maior que tudo o que lhe ensinei. Felicidade não é algo que você sente... é o que você é.

Entramos mais uma vez em nossos sacos de dormir, e o rosto de Soc brilhou à luminosidade alaranjada da fogueira.

— Dan — chamou ele baixinho —, esta é a sua última tarefa, e será para todo o sempre. Esteja no mundo com felicidade, sinta-se feliz, seja feliz, sem motivo nenhum. Então você poderá amar e fazer o que deve ser feito.

Eu estava ficando sonolento. Meus olhos se fecharam, e eu disse baixinho:

— Mas Sócrates, certas coisas e pessoas são difíceis de se amar; parece impossível ser sempre feliz.

— Os sentimentos mudam, Dan. Às vezes, você sofre; às vezes, você é feliz. Mas debaixo de tudo isso lembre-se de que a perfeição inata da sua vida se manifesta. Esse é o segredo da felicidade racional. — Com essas palavras, adormeci.

Sócrates acordou-me delicadamente pouco depois do amanhecer.

— Temos uma longa caminhada pela frente — disse. Em seguida, partimos rumo a um território mais alto.

O único sinal da idade ou do coração frágil de Soc era a subida mais lenta. Mais uma vez, lembrei-me da vulnerabilidade e do sacrifício do meu mestre. Nunca mais poderia ter certeza de meu tempo com ele. À medida que subíamos, recordei uma história estranha que até aquele momento eu nunca compreendera.

Uma mulher santa caminhava à beira de um penhasco. Várias centenas de metros abaixo, ela avistou uma leoa morta, cercada pelos filhotes chorosos. Sem hesitar, ela saltou do penhasco para que eles tivessem o que comer.

Talvez em outro lugar e em outro tempo, Sócrates fizesse a mesma coisa.

Subimos mais, e em silêncio durante grande parte do trajeto, atravessando regiões rochosas e com poucas árvores, até chegar aos picos superiores, acima da linha das árvores.

— Sócrates, para onde vamos? — perguntei, quando nos sentamos para um descanso rápido.

— Vamos a um outeiro especial, um lugar santificado, o platô mais alto que há por aqui. É o cemitério de uma primitiva tribo americana; tão pequena que os livros de história não registram sua existência. Mas é um povo que existiu e trabalhava na solidão e na paz.

— Como sabe disso?

— Foram meus ancestrais. Agora vamos, temos que alcançar o platô antes do anoitecer.

Nesse ponto eu estava disposto a confiar em Sócrates; porém, tinha a impressão perturbadora de que estava em grave perigo e de que Soc estava me escondendo algo.

O Sol estava ameaçadoramente baixo. Sócrates apertou o passo. Respirávamos com dificuldade, saltando e escalando os penedos mergulhados em sombras. Sócrates desapareceu numa fenda entre dois penedos, e eu o segui por um túnel estreito formado por rochas enormes, depois novamente para o ar livre.

— Se tiver que voltar sozinho, usará esta passagem — disse-me. É a única entrada ou saída.

Comecei a fazer perguntas, mas ele me fez calar.

O céu estava bem escuro quando empreendemos a subida final. Lá embaixo estendia-se uma depressão em forma de tigela, cercada de penhascos altos, já imersos na sombra. Descemos até essa depressão, e seguimos direto para uma crista pontiaguda.

— Já estamos perto do cemitério? — indaguei, nervoso.

— Estamos sobre ele — disse Sócrates —, entre os fantasmas de um povo antigo, uma tribo de guerreiros.

O vento começou a fustigar-nos, como se enfatizasse as palavras de Sócrates. Então ouvi um som muito estranho, semelhante a um gemido humano.

— Que diabo de vento é esse?

Sem responder, Sócrates estacou diante de um buraco negro no penhasco e disse:

— Vamos entrar.

Meus instintos assinalavam desesperadamente o perigo, mas Soc já havia entrado. Acendi a lanterna, deixei o vento lamuriento para trás e segui a silhueta fracamente iluminada de Sócrates no interior da caverna. A luz instável da minha lanterna revelava abismos e fendas, cujo fundo eu não conseguia enxergar.

— Soc, não me agrada ser enterrado nos confins desta montanha. — Ele me lançou um olhar fulminante. Mas para meu alívio, dirigiu-se para fora, para a entrada da caverna. Não que isso adiantasse; fora estava tão escuro quanto dentro. Acampamos ali e Sócrates retirou da mochila uma pilha de pequenas achas de lenha.

— Achei que poderíamos precisar — disse. Logo a fogueira crepitava. As sombras de nossos corpos, estranhas e retorcidas, dançavam loucamente na parede da caverna enquanto as chamas consumiam as lenhas.

Apontando para as sombras, Sócrates disse:

— Essas sombras na caverna são uma imagem primordial de ilusão e realidade, de sofrimento e felicidade. Eis uma história antiga, popularizada por Platão:

"Era uma vez um povo que passou toda a vida na Caverna das Ilusões. Depois de várias gerações, acreditava-se que as sombras, projetadas nas paredes, eram a substância da realidade. Apenas os mitos e as histórias religiosas falavam de uma possibilidade mais auspiciosa.

"Obcecado pelas sombras, o povo acostumou-se a elas, tornando-se prisioneiro dessa realidade sombria".

Contemplei as sombras e senti o calor da fogueira em minhas costas. Sócrates prosseguiu.

— No decorrer da história, Dan, surgiram abençoadas exceções entre os prisioneiros da caverna: aqueles que se cansaram do jogo das sombras, que duvidaram delas, que não se satisfaziam mais com elas por mais altas que estivessem. Esses passaram a buscar a luz. Poucos afortunados encontraram um guia que os preparou e os levou para além de toda ilusão, para a luz do Sol.

Fascinado com a história, observei as sombras dançando contra as paredes de pedra à luz amarelada da fogueira. Soc continuou:

— Todos os povos do mundo, Dan, estão presos nas cavernas de suas próprias mentes. Os poucos guerreiros que veem a luz, que encontram a liberdade renunciando a tudo, podem rir por toda a eternidade. E você é um deles, meu amigo.

— Isso parece inatingível, Soc... e, de certa maneira, assustador.

— Isso está além do alcance e do medo. Quando acontecer, você verá que é apenas óbvio, simples, comum, desperto e feliz. É apenas a realidade, que está além das sombras.

Permanecemos sentados num silêncio que só era interrompido pelo ruído da lenha crepitante. Observei Sócrates, que parecia esperar algo. Eu estava apreensivo, mas a luminosidade fraca do amanhecer, revelando a entrada da caverna, reanimou meu espírito.

Mas então a caverna mergulhou novamente na escuridão. Sócrates pôs-se de pé rapidamente e caminhou até ela. Eu o segui. O ar recendia a ozônio quando saímos. Senti a eletricidade estática eriçar os pelos da minha nuca. Então começou a tempestade de raios.

Sócrates girou nos calcanhares e fitou-me. Relâmpagos riscavam o céu. Um raio caiu nos penhascos a distância.

— Rápido! — disse Sócrates, com uma ansiedade que eu nunca percebera antes.

— Não resta muito tempo. A eternidade não está muito longe!

Naquele momento, a antiga sensação tomou conta de mim; o pressentimento, que nunca me enganava, alertou-me: *"Cuidado! A Morte está à espreita!"*

Então Sócrates falou com uma voz sinistra e estridente.

— Rápido, entre na caverna! — Comecei a procurar a lanterna na mochila, mas ele gritou: — Corra!

Mergulhei na escuridão e encostei-me à parede. Quase sem respirar, esperei por ele, mas ele havia desaparecido.

Eu estava prestes a chamá-lo, quando de repente alguma coisa apertou-me o pescoço como um torno, quase me fazendo perder a consciência, arrastando-me para o fundo da caverna com uma força esmagadora.

— Sócrates! — gritei. — Sócrates!

O aperto em meu pescoço afrouxou, para dar início a uma dor muito pior: minha cabeça estava sendo comprimida por trás. Gritei repetidas vezes. Pouco antes de o meu crânio se espatifar com a pressão enlouquecedora, ouvi a voz inconfundível de Sócrates: "Esta é sua última viagem!".

Com um estalo horrível, a dor desapareceu. Desabei no chão da caverna com um baque surdo. A lanterna acendeu, e por um instante pude ver Sócrates de pé junto de mim, olhando-me fixamente. Então ouvi o ruído de um trovão em outro mundo. Foi então que eu soube que estava morrendo.

Uma de minhas pernas pendia flácida sobre a borda de um buraco fundo. Sócrates empurrou-me para o precipício, para o abismo, e eu caí, ricocheteando e batendo nas rochas, mergulhando nas entranhas da terra. Por fim, caí por uma abertura e fui lançado para fora da montanha, saindo na luz do Sol, onde meu corpo, espatifado, caía num giro frenético até pousar na campina verde e úmida.

O corpo tornara-se um monte de carne, retorcido, quebrado. Abutres, roedores, insetos e vermes vieram alimentar-se da carne em decomposição que outrora eu imaginara ser eu. O tempo passava cada vez mais rápido. Os dias eram fugazes e o céu mudava num piscar de olhos, alternando-se entre luz e trevas, luzes bruxuleantes que rapidamente se transformavam num borrão. Então os dias tornaram-se semanas, e as semanas, meses.

As estações mudaram, e os restos do meu corpo começaram a dissolver-se no solo, enriquecendo-o. As neves congeladas do inverno preservaram meus ossos por um tempo, mas com a sucessão das estações em ciclos sempre mais rápidos, os ossos se transformaram em pó. Com o alimento oferecido pelo meu corpo, flores e árvores cresceram e morreram naquela campina. Por fim, até a campina desapareceu.

Eu me tornara parte dos abutres que haviam feito um festim sobre a minha carcaça, parte dos insetos e roedores e parte de seus predadores, num grande ciclo de vida e morte. Tornei-me seus ancestrais, até eles também serem devolvidos à terra.

O Dan Millman que vivera há muito tempo desaparecera para sempre, num momento fugaz no tempo — mas eu não mudei durante os séculos. Agora eu era Eu, a Consciência que tudo observava, que era tudo. Todas as minhas partes separadas continuariam para sempre, em eterna mutação, sempre renovadas.

Agora eu percebia que o Ceifeiro Implacável, a Morte que Dan Millman tanto temia, fora sua grande ilusão. E que sua vida também fora uma ilusão, um problema, nada além de um incidente divertido, quando a Consciência estava esquecida de si mesma.

Enquanto Dan estava vivo, ele não cruzara o portão; não percebera a sua verdadeira natureza; vivera só em mortalidade e medo.

Mas eu sabia. Se ele soubesse o que sei agora...

Fiquei deitado no chão da caverna, rindo. Recostei-me na parede e contemplei a escuridão, mas sem medo.

Meus olhos começaram a ajustar-se à penumbra, e vi um homem de cabelos brancos sentado ao meu lado, sorrindo. Então, revi tudo novamente, milhares de anos antes, e por um instante fiquei triste com meu retorno à forma mortal. Foi então que percebi que não tinha importância, que nada poderia importar!

Aquilo me pareceu muito engraçado; tudo parecia engraçado. Comecei a rir. Olhei para Sócrates. Nossos olhos tinham um brilho de êxtase. Eu sabia que ele sabia que eu sabia. Lancei-me para ele e abracei-o. Dançamos pela caverna, rindo loucamente da minha morte.

Depois arrumamos nossas coisas e descemos a encosta da montanha. Atravessamos a passagem, caminhamos por ravinas, campos e penedos, em direção ao acampamento.

Não falei muito, mas a toda hora desatava a rir, porque todas as vezes que olhava em torno — para a terra, o céu, o Sol, as árvores, os lagos, os riachos — compreendia que tudo isso era Eu — que não existia separação de nenhum modo.

Ao longo de todos esses anos, Dan Millman crescera, lutando para "ser alguém". Falar sobre o passado! Dan fora alguém preso numa mente medrosa e num corpo mortal.

Bem, pensei, agora voltei a ser Dan Millman, e é melhor acostumar-me com isso por mais alguns segundos da eternidade, até que também passe. Mas agora eu sei que não sou apenas um pedaço de carne, e esse segredo faz muita diferença!

Eu não tinha palavras para descrever o impacto dessa percepção. Simplesmente, eu estava desperto.

Assim, acordei para a realidade, livre de qualquer propósito, de qualquer busca. O que poderia ser a busca? Todas as palavras de Soc ganharam vida com a minha morte. Esse era o supremo paradoxo, toda a graça e a grande mudança. Todas as buscas, todas as realizações, todos os objetivos eram igualmente divertidos e igualmente desnecessários.

A energia percorria o meu corpo. Eu transbordava de felicidade e explodia em gargalhadas, a gargalhada de um homem exageradamente feliz.

Assim fomos descendo, passando pelos lagos mais elevados, sob a sombra das árvores e mergulhamos na floresta fechada, em direção ao riacho onde acampáramos há dois dias — ou mil anos.

Eu havia perdido todas as minhas regras, os meus princípios, o meu medo, lá nas montanhas. Eu não podia mais ser controlado. Que punição poderia ameaçar-me? Contudo, apesar de não ter um código de conduta, eu sentia o que era estar equilibrado, o que era adequado e o que era amor. Eu era capaz de uma ação amorosa e nada mais. Ele dissera isso. Que poder poderia ser maior?

Eu havia perdido a minha mente e caíra no meu coração. O portão finalmente se abrira e eu entrara aos trambolhões, rindo, porque isso também era uma piada. Era um portão sem portão, outra ilusão, outra imagem que Sócrates tecera na trama de minha realidade, como me prometera há muito tempo. Finalmente, eu vira o que havia para ver. O caminho prosseguiria, infinitamente. Mas agora ele estava banhado em luz.

Escurecia quando chegamos ao acampamento. Acendemos uma fogueira e fizemos uma refeição leve de frutas secas e sementes de girassol, o que sobrara de minhas provisões. Só então Sócrates falou, a luz da fogueira bruxuleando em nossos rostos.

— Você vai perdê-la, sabia?

— Perder o quê?

— A sua visão. Ela é rara; ela só é possível mediante um conjunto improvável de circunstâncias... Mas é uma experiência; portanto, você a perderá.

— Talvez seja verdade, Sócrates, mas que importância tem? — Dei uma risada. — Também perdi a minha mente e acho que não conseguirei encontrá-la em parte alguma!

Ele soergueu as sobrancelhas, surpreso e satisfeito.

— Bem, então parece que o meu trabalho com você está concluído. A minha dívida está paga.

— Uau! — Sorri. — Quer dizer que hoje é o meu dia de formatura?

— Não, Dan, é o dia da *minha formatura*.

Ele pôs-se de pé, colocou a mochila nas costas e se afastou, mergulhando nas sombras.

Estava na hora de voltar para o posto, onde tudo começara. De certo modo, eu sentia que Sócrates já estava lá, esperando por mim. Ao amanhecer, arrumei a mochila e desci a montanha.

A viagem de volta durou vários dias. Peguei uma carona até Fresno, depois segui a 101 até San Jose, em seguida cheguei a PaIo Alto. Difícil acreditar que deixara o apartamento há poucas semanas como um alguém desesperançado.

Desfiz a mochila e fui para Berkeley, às três horas da tarde, muito antes do início do turno de Sócrates. Estacionei em Piedmont e percorri o *campus* a pé. As aulas haviam começado recentemente e os estudantes estavam ocupados em ser estudantes. Desci a Telegraph Avenue e observei os vendedores. Por onde eu passava, as lojas de tecidos, os mercados, os cinemas e as salas de massagem, todos representavam à perfeição aquilo que acreditavam ser.

Caminhei até a universidade, depois percorri a Shattuck, cruzando as ruas como um fantasma feliz, o espírito de Buda. Queria sussurrar ao ouvido das pessoas: "Acordem! Acordem! Logo esse que você acha que é morrerá; por isso, acorde e alegre-se por saber disso". *Não há necessidade de busca; a realização não leva a parte alguma. Não faz diferença; portanto, seja feliz agora! O amor é a única realidade do mundo, porque tudo é Um, sabe? E as únicas leis são o paradoxo, o senso de humor e a mudança. Não existe problema, nunca existiu e jamais existirá. Abandone a sua luta, livre-se da mente, jogue fora suas preocupações e relaxe no mundo. Não é preciso resistir à vida; basta fazer o melhor. Abra os olhos e veja que você é muito mais do que imagina. Você é o mundo, você é o universo; você é você e todo mundo também! Tudo é o maravilhoso Jogo de Deus. Acorde, recupere o humor. Não se preocupe, apenas seja feliz. Você já é livre!*

Eu queria dizer isso a todos que encontrava, mas, se o fizesse, poderiam achar que eu estava louco, ou mesmo que eu era perigoso. Eu conhecia a sabedoria do silêncio.

As lojas estavam fechando. Em poucas horas, começaria o turno de Soc no posto. Dirigi-me às colinas, saltei do carro e sentei-me na borda de um penhasco, de onde podia contemplar a baía. Contemplei a cidade de San Francisco a distância e a Golden Gate. Eu podia sentir tudo aquilo, os pássaros em seus ninhos nas matas no outro lado da baía de Marin. Eu sentia a vida da cidade, os amantes se abraçando, os criminosos trabalhando, os voluntários sociais fazendo o que podiam. E eu sabia que tudo aquilo, compaixão e crueldade, altos e baixos, sagrados e profanos, tudo se encaixava no Grande Jogo. Todos representavam seus papéis muito bem! E eu era tudo aquilo, cada partícula daquilo. Contemplei os confins do mundo e amei.

Fechei os olhos para meditar, mas percebi que agora eu estava sempre meditando, com os olhos bem abertos.

Depois da meia-noite fui até o posto. A campainha tocou anunciando a minha chegada. Meu amigo saiu do escritório iluminado e aquecido, aparentando robustos 50 anos; magro, rijo, gracioso. Ele foi até a janela do carro, sorrindo, e disse:

— Completo o tanque?

— A felicidade é um tanque cheio — respondi, e fiz uma pausa. Onde eu ouvira isso antes? Do que eu precisava me lembrar?

Enquanto Soc punha a gasolina, limpei as janelas. Em seguida, estacionei o carro atrás do posto e entrei no escritório pela última vez. Era um lugar sagrado para mim — um templo inverossímil. Nessa noite, a sala parecia estar eletrizada; algo estava acontecendo, mas eu não sabia o quê.

Sócrates enfiou a mão na gaveta e estendeu-me um grande caderno de notas, rachado e ressecado pelo tempo. Nele havia anotações escritas com letra cuidadosa e bem desenhada.

— É o meu diário... Registros da minha vida, desde que era jovem. Ele responderá a todas as perguntas que você não fez. Agora é seu, é um presente. Já lhe dei tudo o que posso. Agora depende de você. Meu trabalho terminou, mas você ainda tem muito a fazer.

— O que pode faltar? — Sorri.

— Você escreverá e ensinará. Levará uma vida normal, aprendendo a permanecer normal num mundo agitado, ao qual, de certa maneira, você não pertence mais. Continue normal e poderá ser útil aos outros.

Sócrates levantou-se da cadeira e alinhou sua caneca cuidadosamente ao lado da minha sobre a mesa. Fitei-lhe a mão. Ela brilhava mais do que nunca.

— Estou me sentido muito estranho — disse ele, surpreso. — Acho que tenho que ir.

— Posso fazer alguma coisa? — indaguei, pensando que ele estava com problemas no estômago.

— Não. — Contemplando o espaço como se a sala não mais existisse, ele caminhou lentamente até a porta onde se lia "Privativo", abriu-a e entrou.

Fiquei pensando se ele estaria bem. Senti que nosso tempo nas montanhas o consumira; contudo ele estava brilhando como nunca. Como de hábito, Sócrates não tinha nenhuma lógica.

Continuei no sofá, olhando para a porta, à espera de sua volta. Gritei da porta:

— Ei, Sócrates, você está brilhando como um vaga-lume esta noite. Jantou um peixe elétrico? Quero convidá-lo para o jantar de Natal. Você daria uma decoração fantástica para a minha árvore.

Pensei ver um clarão de luz sob a fresta da porta. Bem, uma lâmpada queimada poderia apressar o negócio.

— Soc, vai passar a noite inteira aí? Pensei que os guerreiros não sentissem dor de barriga.

Passaram-se cinco minutos, depois dez. Continuei sentado, segurando o valioso diário em minhas mãos. Chamei repetidas vezes, mas apenas o silêncio foi a resposta. De repente, percebi. Não era possível, mas eu sabia que acontecera.

Pus-me de pé de um salto e corri até a porta, abrindo-a com tanto ímpeto que ela bateu na parede de ladrilhos com um ruído metálico, que ecoou no banheiro vazio. Lembrei-me do clarão de luz, minutos antes. Sócrates entrara brilhando naquele banheiro e desaparecera.

Permaneci ali durante um bom tempo, até ouvir a campainha familiar, em seguida uma buzina. Saí e, mecanicamente, enchi o tanque; peguei o dinheiro e dei o troco de meu próprio bolso. Quando voltei ao escritório, percebi que nem calçara os sapatos. Comecei a rir; meu riso tornou-se histérico; em seguida, silenciei. Sentei-me no sofá, sobre o velho cobertor mexicano agora em farrapos, desintegrando-se, e percorri a sala com os olhos: o tapete amarelo desbotado pelos anos, a velha escrivaninha de nogueira e o reservatório de água. Vi as duas canecas — a de Soc e a minha — ainda sobre a escrivaninha, e por último a cadeira vazia.

Então falei com ele. Onde quer que aquele velho guerreiro malicioso estivesse, eu lhe daria uma última palavra.

— Bem, Soc, aqui estou, entre o passado e o futuro, novamente flutuando entre o céu e a Terra. O que eu poderia lhe dizer? Obrigado, meu mestre, minha inspiração, meu amigo. Sentirei a sua falta. Adeus.

Saí pela última vez do posto, sentindo apenas surpresa. Eu sabia que não o havia perdido, não verdadeiramente. Eu precisara de todos aqueles anos para enxergar o óbvio: que Sócrates e eu jamais fôramos diferentes. Todo aquele tempo, tínhamos sido um só e o mesmo.

Percorri os caminhos ladeados de árvores do *campus*, atravessei a enseada e fui além dos arvoredos sombreados — continuando no Caminho, a caminho de casa.

EPÍLOGO
GARGALHADAS AO VENTO

Eu atravessara o portão; vira o que havia para ver; percebera, no alto de uma montanha, minha verdadeira natureza. No entanto, assim como o velho que carregava seu fardo e prosseguia em seu caminho, eu sabia que, embora tudo tivesse mudado, nada mudara.

Eu ainda levava uma vida comum, com responsabilidades comuns. Teria que adaptar-me a uma vida feliz e útil num mundo que se ofendia com alguém que não se interessava por qualquer busca ou problema. Um homem excessivamente feliz, aprendi, pode irritar as pessoas! Em muitas ocasiões, comecei a compreender e até mesmo a invejar os monges que iam morar nas montanhas distantes. Mas eu estivera na minha caverna. Meu tempo de receber terminara. Agora era hora de dar.

Saí de Palo Alto e mudei-me para San Francisco, onde comecei a trabalhar como pintor de casas. Assim que encontrei lugar para morar, passei a resolver algumas questões incompletas. Eu não falava com Joyce desde Oberlin. Encontrei o número de seu telefone em Nova Jersey e telefonei.

— Dan, que surpresa! Como vai?

— Muito bem, Joyce. Passei por muita coisa nos últimos tempos.

Seguiu-se uma pausa do outro lado da linha.

— Ah, como vai sua filha... e sua mulher?

— Linda e Holly vão bem. Linda e eu nos divorciamos há algum tempo.

— Dan — outra pausa —, por que você telefonou?

Respirei fundo.

— Joyce, quero que você venha morar na Califórnia comigo. Não tenho dúvidas em relação a você... em relação a nós. Tem espaço suficiente aqui...

— Dan — Joyce soltou uma risada —, você está sendo muito rápido para mim! Quando quer que eu vá?

— Agora, ou assim que você puder. Joyce, tenho tanto para lhe dizer... coisas que nunca disse a ninguém. Guardei durante muito tempo. Telefone para mim assim que tomar uma decisão, por favor.

— Dan, tem certeza?

— Tenho, acredite em mim, e estarei esperando aqui, todas as noites, pelo seu telefonema.

Cerca de duas semanas depois, recebi um telefonema às sete e quinze da noite.

— Joyce!

— Estou telefonando do aeroporto.

— Do aeroporto de Newark? Está embarcando? Você vem?

— Do aeroporto de San Francisco. Já cheguei.

Por um instante, não entendi.

— Do aeroporto de San Francisco?

— É. — Ela riu. — Sabe aquela pista de pouso ao sul da cidade? E então? Você vem me buscar ou pego uma carona?

Nos dias que se seguiram passamos todos os instantes livres juntos. Deixei o trabalho de pintor e comecei a dar aulas numa pequena academia de ginástica em San Francisco. Contei-lhe a minha vida, como está escrito aqui, e tudo sobre Sócrates. Ela ouviu atentamente.

— Sabe, Dan, tenho uma sensação engraçada quando você me fala desse homem... como se eu o conhecesse.

— Bem, tudo é possível — sorri.

— Não; estou falando sério, é como se eu o conhecesse! Nunca lhe contei antes, Danny, mas saí de casa pouco antes de começar o segundo grau.

— Bem — respondi —, isto não é comum, mas não é nada estranho.

— O estranho é que entre a saída de casa e a vinda para Oberlin, esses anos são um branco completo na minha memória. E não é só isso. Em Oberlin, antes de você chegar, lembro-me de ter tido sonhos muito estranhos, com alguém como você... e um homem de cabelos brancos! E meus pais... meus pais, Danny... — Seus olhos grandes e luminosos arregalaram-se e encheram-se de lágrimas. — Meus pais sempre me chamavam pelo meu apelido... — Segurei-a pelos ombros e olhei-a nos olhos. No momento seguinte, como um choque elétrico, abriu-se um espaço em nossas memórias. — O meu apelido era Joy.

Casamos na presença dos amigos, nas montanhas da Califórnia. Daria qualquer coisa para compartilhar esse momento com o homem que iniciara tudo isso, para nós dois. Então me lembrei do cartão que ele me dera — o cartão que eu deveria usar se realmente precisasse dele. Achei que era o momento.

Escapuli por um instante e atravessei a estrada, até um pequeno monte de terra que dava para o bosque e as colinas. Havia um jardim com um único olmo, quase oculto pelas parreiras. Abri a carteira e encontrei o cartão entre outros papéis. Estava meio amassado mas ainda brilhava.

Guerreiro, Associados
Sócrates, Proprietário
Especialista em Paradoxos,
Humor e Mudança.
Apenas Emergências!

Segurei-o com as duas mãos e disse baixinho:

— Muito bem, Sócrates, seu velho mago. Faça a sua parte. Venha visitar-nos, Soc! — Esperei e tentei de novo. Nada aconteceu. Nada mesmo. O vento soprou por um instante... e foi tudo.

Meu desapontamento me surpreendeu. Eu nutria uma esperança secreta de que ele poderia voltar de alguma maneira. Mas ele não viria; nem agora, nem nunca. Minhas mãos caíram para os lados e olhei para a terra.

— Adeus, Sócrates. Adeus, meu amigo.

Abri a carteira para guardar o cartão, contemplando novamente o brilho fugaz. O cartão mudara. No lugar de "Apenas Emergências" havia uma única palavra, mais brilhante que as outras: "Felicidades". O seu presente de casamento.

Nesse momento, uma brisa quente acariciou-me o rosto, desarrumou meus cabelos e uma folha de olmo bateu no meu rosto.

Atirei a cabeça para trás, rindo, deliciado, e olhei para o alto, além dos galhos, onde as nuvens passavam lentamente. Olhei além do muro de pedra, sobre as casas, pequenos pontos na floresta verde. O vento voltou a soprar e um pássaro solitário passou voando.

Então senti a verdade de tudo. Sócrates não viera porque nunca partira. Ele apenas mudara. Ele era o olmo sobre a minha cabeça; era as nuvens e o pássaro e o vento, que sempre seriam meus mestres e amigos.

Antes de voltar para a minha mulher, para a minha casa, para os meus amigos e para o meu futuro, observei o mundo à minha volta. Sócrates *estava* ali. Estava em toda parte.

POSFÁCIO

Este livro, que tocou a vida de inúmeros leitores, também transformou minha própria vida de modos que eu não havia previsto. A mudança começou em 1966, durante os meus últimos anos na Universidade de Berkeley, quando uma série de acontecimentos levou minha vida para caminhos inesperados de sombra e luz. Minha vida transformou-se numa aventura, não muito diferente da de Alice quando ela escorregou para dentro da toca do coelho, entrando num reino de realidades e regras diferentes. Escrevi este livro como um romance autobiográfico, unindo fato e ficção, a fim de lembrar aos meus leitores o quadro mais amplo da vida e as possibilidades mais elevadas.

Nos anos que se seguiram aos acontecimentos descritos neste livro, minhas viagens me levaram ao redor do mundo e aos mais íntimos recessos da minha mente e do meu coração. Buscando encontrar o sentido do que eu aprendi, fui aprendiz de um grande número de mentores e mestres. Durante esse período, casei-me com minha mulher Joy, formei uma família, trabalhei em vários empregos até descobrir a minha vocação; ao longo do caminho, eu aprendi lições que não se encontram nas universidades ou *ashrams*, mas nas humildes lições humanas na escola da vida do dia a dia.

Eu não planejei tornar-me um escritor ou conferencista. Mas eu tinha uma história para contar e lições a compartilhar; assim, aprendi esse ofício ao fazer o que era necessário fazer. *O Caminho do Guerreiro Pacífico* tomou forma durante um período de dez anos. Quando o manuscrito parecia pronto, eu o enviei para alguns editores. Ele voltou sem ter sido aberto. Um envelope tinha um selo com a mensagem: "Só aceitamos manuscritos encaminhados por agentes literários". Procurei na lista e encontrei a Agência Larsen-Pomada de San Francisco. Michael e Elizabeth acreditaram que eu tinha potencial e concordaram em encaminhá-lo.

Em 1980, um editor de Los Angeles fez uma oferta modesta. Eu aceitei. Esse primeiro projeto submetido à análise, basicamente um guia de não ficção, só mencionava brevemente o meu encontro com Sócrates, empregado num velho posto de gasolina. Meu editor pediu que eu descrevesse melhor o que tinha acontecido entre nós. Durante as três semanas seguintes, trabalhei febrilmente, de dezoito a vinte e quatro horas por dia, às vezes rindo, às vezes chorando, para completar o livro.

Meu editor escolhera um subtítulo alegremente ambíguo: "Uma história basicamente verdadeira". Os vendedores de livros, entretanto, não acharam divertido; eles não sabiam em que prateleira colocá-lo — poucas lojas estocaram o livro. A primeira impressão de *O Caminho do Guerreiro Pacífico* teve morte rápida. Os direitos voltaram para mim, mas os meus agentes foram incapazes de apresentar esse "fracasso" a outro editor.

Por três anos, este livro ficou na terra dos livros fora de impressão, até que uma cópia foi parar nas mãos de Hal Kramer. Alguns anos antes, o Sr. Kramer havia fundado a Celestial Arts Publishing antes de vender a editora em 1980 e de se aposentar. Então, em 1983 um amigo lhe deu a cópia de *O Caminho do Guerreiro Pacífico*. Hal ficou tão inspirado, que declarou: "Estou voltando ao ramo editorial e vou começar com este livro". Hal, então com 70 anos de idade, explicou que não tinha provisão promocional, nem equipe, nem escritório. Tudo o que podia me oferecer era um adiantamento de 100 dólares de *royalties* e sua fé neste livro. Nós apertamos as mãos; eu assinei um contrato e minhas aventuras no ramo editorial começaram de novo.

Mostrei a Hal o surpreendente número de testemunhos que recebi. As mesmas frases se repetiam: "Senti como se você estivesse escrevendo sobre a minha vida interior... Parece que este livro foi escrito para mim... O seu livro chegou às minhas mãos na hora certa". Porém, a frase mais frequente era: *"Este livro mudou a minha vida"*. Com base nessa resposta ao livro original, Hal disse que deveríamos usar o subtítulo "Um livro que modifica vidas". Assim fizemos e *O Caminho do Guerreiro Pacífico* renasceu das cinzas para uma nova vida. Mas como Francis Bacon disse certa vez: "Subimos a grandes alturas por uma escada sinuosa". Demorou dois anos para que o editor conseguisse que as cadeias de livrarias colocassem um único exemplar em cada loja. Então aconteceu algo mágico — algo chamado propaganda boca a boca.

Desde 1980 recebi cartas de milhares de pessoas. Uma mulher contou que seu marido, que sofria de depressão e não saía mais da cama — que não tinha emprego e estava bebendo demais — recebeu *O Caminho do Guerreiro Pacífico* de um membro da família. Ele leu o livro, levantou-se, vestiu-se, saiu, arranjou um emprego, parou de beber e começou a tomar aulas de artes marciais. Uma jovem mãe que encontrei (entre todos os lugares) num posto de gasolina no Havaí me contou: "Se eu não tivesse lido o seu livro, eu estaria morta e este bebê não teria nascido". Embora a maioria dos comentários, histórias e testemunhos sejam bem menos dramáticos do que esses, eles não são menos estimulantes; e eles me inspiraram a continuar escrevendo e dando palestras.

Depois que *O Caminho do Guerreiro Pacífico* foi publicado em brochura, trabalhei durante cinco anos num texto que mostrava como a minha visão do livro podia ser adaptada para um filme. Então, em 1990, escrevi um novo romance, *A Jornada Sagrada do Guerreiro Pacífico*,* baseado em novos ensinamentos. Levado pela necessidade de explicar e ampliar o que Sócrates havia relatado — e o que a vida revelou por meio da experiência — comecei um período fértil de escrita que dura até hoje. Uma série de

* Publicado pela Editora Pensamento, São Paulo, 1993.

livros de não ficção e de manuais se seguiram, cada um revelando outra faceta da abordagem do guerreiro pacífico a uma vida boa e sábia.

As perguntas mais comuns que as pessoas fazem sobre este livro incluem: "Até que ponto a história é verdadeira? Sócrates realmente existiu e ele, de fato, podia fazer as coisas que você descreve?". Com frequência, eu respondo: "Sócrates é totalmente real, mas Dan Millman é um personagem fictício". Afinal, isso realmente importa? Talvez agora você entenda que nem Sócrates nem Dan Millman realmente importam; somos apenas símbolos e sinais do caminho. O que importa é a compaixão, a gentileza, o fato de nos levarmos menos a sério e de acordarmos para o dom da vida em cada momento que passa.

Anos depois de sua primeira publicação, *O Caminho do Guerreiro Pacífico* tornou-se um fenômeno editorial lido por milhões de pessoas em vários idiomas, compartilhado entre amigos e famílias. Ele oferece esperança, significado e um novo propósito para muitas pessoas em todo o mundo. No entanto, este livro é somente uma faceta da história épica da nossa jornada humana.

Pais de três filhas e avô, ainda hoje sorrio e reflito sobre os meus dias como um jovem ginasta e vagabundo espiritual. Olho para trás com respeito, para o modo como a vida se desenrolou através dos anos — para as muitas mudanças que vejo no mundo ou num espelho. Ainda tenho a cabeça nas nuvens, mas os meus pés estão mais firmemente plantados em solo firme. Essa imagem de equilíbrio representa o caminho do guerreiro pacífico — um caminho que abrange a carne e o espírito, o leste e o oeste, o masculino e o feminino, o interior e o exterior, a mente e o corpo, a escuridão e a luz, a coragem e o amor. Somos todos guerreiros pacíficos. O caminho cria o guerreiro.

De um companheiro viajante, desejando-lhe boa velocidade.

Dan Millman
Primavera de 2000